UP Collection

新装版

日本文学の近代と反近代

三好行雄

東京大学出版会

日本文学の近代と反近代／目次

近代文学の諸相……一
——谷崎潤一郎を視点として——

＊

日本の近代化と文学……九六
反近代の系譜……一三三
漱石の反近代……一四九
詩的近代の成立……一五九
——光太郎と茂吉——

＊
白樺派の青春……一八五
芥川龍之介の死とその時代……二〇四
＊
私小説の動向……二三五
あとがき　二六五
解　説（安藤　宏）　二六九

近代文学の諸相
——谷崎潤一郎を視点として——

1 教師と小説家

斎藤緑雨といえば、明治二十年代に正直正太夫の仮名で知られた有名な毒舌家だが、その緑雨が当時の指導理論家と目された鷗外にはげしく嚙みついたことがある。明治二十四年に宮崎三昧という三流作家が匿名で自作を批評し、緑雨がそれを咎めたのに端を発して論争がおこった。いわゆる自評論争である。その過程に介入して、鷗外がシルレルやハウフの例をあげて三昧を弁護したとき、緑雨はただちに反駁して、つぎのように書いた。

《シルレルなればとてハウフなればとて善《よ》き事は善き事なり悪《あし》き事は悪き事なり古今の大家に例《れい》少からざるがゆゑに問はずといふの漁史は、大家のなしゝことは一も二もなく宜《よ》しとして世を挙げて然《さ》なきだに模倣の世たらしめんと欲するか》(「鷗外漁史の弁護説」)

論争自体は時代の幼なさをいたずらに印象づけただけで、いまとなっては、おそらくなんの意味もない。しかし、それにしても、緑雨の批判は鷗外の批評原理をほぼ正確に衝いている。自評論争とおなじ年に逍遙・鷗外の没理想論争もたたかわれているが、仏教からキリスト教にいたる思想の領域をすべて比喩とする、この壮大な論争で、鷗外はE・H・ハルトマンの観念論美学によって論をたてた。シルレルといい、ハルトマンといい、これら西欧の〈大家〉は、鷗外にとって唯一無二の拠るべき批評の基準だったのである。

しかし、これは鷗外の批評原理というより、日本の近代文学の成りたちそのものとも密接な関係がある。鷗外の相手どった逍遙にしても、かれの説くリアリズムは、帝国大学文科大学で吸収した英文学の知識を下敷きにしていたし、逍遙の写実主義をより徹底させたといわれる二葉亭四迷はロシヤ文学、とくにベリンスキーらの文学理念に学ぶところが多かった。たとえば逍遙が「小説神髄」を書いたとき、この先駆的な文学論によって理念としての小説様式はいちはやく成立したが、日本語で書かれた小説はまだどこにも存在しなかった。逍遙は西洋を見ながら、その西洋のめがねで江戸の浮世草子を見なおすよりしかたなかったのである。おなじ事情は鷗外や二葉亭にもあてはまる。かれらは無から有を生みだすために、刻苦して西洋を学ばねばならなかった。

日本の近代文学を主導した知識人たちは、みな例外ではない。その系譜は明治四十年代の漱石や荷風にまで辿れるが、かれらは小説家であると同時に学者であり、教師であることを強いられたのである。みずから学びながら、学ぶことで、後続する世代へのかけがえのない師であらねばならなかった。その間の事情は、かれらがいずれも有能な翻訳家であった事実にもうかがわれ、また、もっと端的には、指導的な役割をはたした当時の批評家たち、たとえば逍遙・鷗外をはじめ高山樗牛・上田敏・島村抱月らに共通する強い使命感と明瞭な啓蒙家の姿勢に象徴されている。

むろん、これは単に文学だけの問題ではなく、ひろくいえば文明開化という、日本の近代化方式のひとつの現われにすぎない。〈散切《ざんぎり》頭を叩いてみれば文明開化の音がする〉と明治初年の俗謡ではやされて以来、ヨーロッパ文明の移植による近代社会の建設はわが国の知識人に課せられた最大の任務であった。〈追いつけ追い越せ〉という、国をあげての応援歌がうたわれたのである。

江戸文人の気質をひく緑雨はそうした時潮への最後の抵抗者であった。緑雨の先達には明治七年に「柳橋新誌」第二篇を世に問うた成島柳北がいる。しかし、かれらの抵抗は論理に論理を対置するという形をとらず、思想や論理以前の体質的な反撥にとどまっていた。かりにそうでなかったとしても、この種の論点を思想として有効に論理化するために、日本の近代はまだ、あまりにもおさなすぎた。おなじ江戸戯作の流れを汲む硯友社の作者たちは、国木田独歩が的確に批評したように、〈洋装せる元禄文学〉の道を選んだのである。

しかし、柳北や緑雨のおいた最初の一石はやがて明治四十年代にはいってから、逆に漱石や鷗外によって拾われることになる。漱石は「現代日本の開化」という有名な講演で、外国の圧力によってむりやりに開化させられた外発文明の危うさについて警告し、鷗外は芸術や学問の自由は〈遠い遠い西洋のこと〉という悲痛な認識を語った（「夜中に思つたこと」）。荷風がおなじく物質文明の形骸的な模倣を嫌悪し、花柳狭斜の頽廃に身をひそめたのもよく知られている。柳北を再評価したのもおなじモチーフからである。

近代化の推進者はここで告発者に転じた。逆説と聞えるかもしれぬが、かれらにそれを強いたのは、ほかならぬ日本の近代社会そのものの成熟であった。近代化のためのながいジグザグな過程を経て、実質的な近代社会がまがりなりにも成立したとき、漱石や荷風は自己の理念と比較できる対象をはじめて手に入れたのである。

文学的には、近代散文芸術としての小説の本格的な定着が、近代社会の全般的な成熟とほぼ見あう形で実現している。明治四十年代には自然主義・非自然主義のさまざまな文学傾向があらわれ、多彩な資質の開花が見られたが、そのもっともめだった現象のひとつに口語文体の完成がある。この時期以後、口語は小説の唯一の文体となったが、これも近代散文精神の成立を告げるメルクマールのひとつであった。

こうして、さきの比喩でいえば、教師から小説家への世代の移行がある。明治四十三年に創刊された「新思潮」（第二次）や「白樺」に拠る新人作家たち、たとえば谷崎潤一郎や志賀直哉らにとって、小説はすでに自明の形式として眼前にあった。小説のはらむ無限の可能性をうたがう必要はもうない。かれらは学者でも翻訳家でも、まして教師でもない、他のなにものでもない小説家として自己を出発させる。

谷崎は荷風の推賞によって、みずからバイロンに比したほどのはなばなしさで文壇に出た。谷崎が荷風の「あめりか物語」に芸術上の血族を発見し、そして「刺青」を荷風が認めたとき、師から弟子へ、時代の歯車はカタリと音をたてて廻ったのである。谷崎がワイルドなどに近づいて悪魔主義へ趨ったのは事実だが、かれにとって西洋はもはや刻苦して学ぶ対象ではなかった。それはもっと身丈にあった衣裳であり、等身大の鏡だったのである。

サロンの季節

一八八〇年、つまり明治十三年である。日本では近代小説の最初の一歩さえまだ踏みだされていなかった頃、フランスで普仏戦争に題材をとった短篇集「メダンの夕べ」が刊行された。モーパッサンやユイスマンなどゾラの周辺にいた若い作家たち――ゾラのメダンの別荘に集って文学論をたたかわせた、いわゆる〈メダンのグループ〉が執筆した短篇集である。モーパッサンの「脂肪の塊」もここに載ったが、自然主義派の存在を明確にした歴史的な記念碑でもある。ヨーロッパの芸術運動では、芸術家のサロンが温床として大きな役割を果すことが多い。さしあたって、メダンの会などは典型的な例のひとつといえよう。

このメダンのグループにしばしば擬せられるのが、わが国の自然主義の母胎となった竜土会である。明治三十四年頃、柳田国男の自宅でもたれていた小集会が濫觴で、その後、早くからサロンの必要を力説し、琴天会などを催していた美術史家の岩村透らも合流し、明治三十七年前後には麻布のフランス料理屋竜土軒に会場を移して、竜土会と称する大きな会合にまで成長した。常連の出席者には田山花袋・国木田独歩・島崎藤村・徳田秋声らがあり、その他画家・詩人など、きわめて多彩な顔ぶれを集めていた。前身の琴天会の雰囲気は、常連のひとりだった蒲原有明の「琴天会に寄す」という詩篇にたくみに写されている。有明の詩は〈美酒《うまざけ》、ほほゑみ、ともに匂ひかはし／甕《かめ》より、はた面《おもて》よりあふれいでぬ〉とうたいだされるのだが、その〈巴里の園生《そのう》〉をしのび、〈伊太利の旅路〉を思うはなやかな集いが竜土会に成長したとき、たとえばモーパッサンに触れて地上を視る目を発見したロマンチスト花袋の感動なども、おそらく熱っぽく語られたにちがいない。

こうして、近松秋江の言葉を借りていえば〈自然主義は竜土会の灰皿から生れた〉。自体としては情熱的で、ロマンチックな集会から無理想・無解決を標榜する自然主義の文学運動が誕生したのはやや奇妙だともいえるが、藤村はもとより、花袋や独歩にしても、もともと抒情詩を最初の自己表現とした文学者である。日本の自然主義は浪漫主義の自己否定もしくは自己転身として胎動してきたわけで、竜土会と自然主義の関係もその間の事情とほぼ見あうところがある。だから、大正二年前後まで存続した竜土会も、実はその命脈は自然主義の成立とともに尽きたといえる。事実、明治四十一年六月に独歩が病没して以後、会は急速に衰微するが、これは有能な世話人をうしなったからというだけでなく、やがて顕在化してゆく自然主義の閉鎖的性格が、サロンの成立を不可能にしたという事情も他の半面にはある。竜土会は自然主義の母胎ではあっても、運動体とは決してなりえなかったのである。

竜土会が衰微期にはいった明治四十一年の十二月十二日に、隅田川沿いの両国公園内のレストラン第一やまとで、パンの会の第一回の会合が開かれている。翌月に「スバル」を創刊するはずの木下杢太郎・吉井勇・北原白秋らの詩人と、美術雑誌「方寸」に拠る山本鼎・石井柏亭らの画家が協力して、青年芸術家の談話会をおこそうとする最初の試みであった。ギリシャ神話の Pan（牧羊神）にちなんだこの会も隅田川をセーヌになぞらえ、巴里を東京にうつす甘美な夢がわかわかしい情熱を織っていた。見方によれば、竜土会の命脈を継いだともいえるが、当代一流のパルナシヤンをあつめて、より徹底して耽美・享楽の風を追い、青春歓楽の美酒に酔ったのである。比喩としていえば、メダンのグループとほぼおなじ頃に、詩人マラルメの自宅で開かれていたという火曜会を彷彿させる集いであった。

パンの会はその後、会場を隅田川下流の永代橋のほとり（永代亭）に移し、日本橋大伝馬町（三州屋）に移してつづけられるが、竜土会が山の手に会場をもとめたのに対して、この会はつねに下町の江戸情調を追うところに鮮明な特色があった。白秋や杢太郎の小唄ぶりに通じるこの江戸趣味は、明治の〈現実〉を批評する眼の代償である。かれらにとって、パリも江戸も、そこに不在の憧憬の対象にほかならない。失われた世界を架空に構築し、心情の避難所とする姿勢が明瞭なのだが、そのこと自体は〈現実〉へ下降して自己を閉鎖した自然主義の裏返しとして、明治文学のひとつの帰結と見ることができよう。

しかし、パンの会はその反自然主義的な性格によって、同時に大正への架橋を用意することになった。明治四十三年十一月、会はあらたに創刊されたばかりの「三田文学」、第二次「新思潮」、「白樺」の諸同人に招待状を発している。谷崎潤一郎がはじめて出席したのはこの会である。のちに「青春物語」でみずから回想するように、永井荷風にはじめて会った興奮から、〈わざと先生の見えない所へ逃げて来て、「永井さんえ！　永井さんえ！」と、やりての婆さんが花魁を呼ぶ口調で怒鳴つた〉りした。潤一郎の大袈裟な挨拶を迎えて、荷風はいささか迷惑そうだったとも回想しているが、そうした個人的な関係を別にしても、この日の出席者はスバル同人はもとより、武者小路実篤・里見弴・柳宗悦・和辻哲郎・後藤末雄・久保田万太郎など、まことに多彩である。前章の比喩をくりかえしていえば、教師と小説家をあわせつらねて、反自然主義戦線の大同団結が成った観がある。パンの会自体はこの四十三年十一月の大会を境に、皮肉にも下降期にはいるが、ここで実現した新人作家群の交流はそのまま大正期文壇の見取り図を示している。むろん、実篤と潤一郎、白樺と新思潮の異質はおのずから明らかであって、それはやがて大正文学の構造を決定することになった。

最後に、竜土会、パンの会と併行して、夏目漱石宅に寺田寅彦・小宮豊隆・鈴木三重吉・森田草平らが集った木曜会がある。明治三十九年以降、漱石の死までつづくが、「朝日新聞」文芸欄の母胎ともなって、大正期のリベラリストを多く育てた。鷗外が斎藤茂吉らのアララギ同人と、白秋以下のスバル同人を自宅に招き、〈国風の新興を夢みた〉観潮楼歌会も忘れがたいが、こう見ると、明治四十年代の文壇は時ならぬ〈サロンの季節〉を迎えていたようである。それらのサロンの内部で、明治から大正への架橋が準備されていた。

人道と悪魔

明治四十五年四月七日の志賀直哉の日記に、つぎのような記事が見える。

《父と話した。自家の財産を帳面によつて調べて話を聞いた。……自分は、財産のあるといふ事が自分を下らぬ事で束縛しない――その自由を与へてくれる事をありがたく思ふた。……自分は自分の自由を得てゐる、自分の家庭を祝福するやうになるだらう。》

直哉の青春が父との抗争に明け暮れたことはひろく知られている。日記の記事はこの前日にも

〈生活問題〉で多少のいさかいがあったらしいことを伝え、ほぼ半年後には、父との不和がゆきつく結論として家を出ることになる。直哉がその青春の自画像を「大津順吉」に描いたのは、すでに大正に改元されたおなじ年の九月である。そうした時期の感想としていささか手前勝手だともいえるが、それにしても直哉のこの率直な自覚は、白樺派の文学がどういう場所から出発したかを明確にしめしている。

《金がなくなると、神田の知つてゐる古本屋で一番高く買ひ取る書名を聴いては丸善とか中西屋でその新しい本を買ひ、俥で運んで金に換へた。丸善や中西屋は自家《うち》へ払ひを取りに行くから幾らでも本を渡して呉れた。》

直哉の小説「廿代一面」によれば、かれの家庭はこういう自由も許してくれたのである。飢餓からの自由である。そして、その飢餓からの自由という特権を、いわば個性の自由を守るための城砦と化して、自我独創の強烈な論理が編まれたのである。

直哉のいう財産は、維新の動乱期からながい時間をかけて育った商業ブルジョアジイの獲得したものである。その意味でも、白樺派はまぎれもなく二代目の文学であった。直哉だけでなく、かれの僚友たちは多かれ少なかれ、おなじような二代目の自由を意識的な特権と化して自己の文学をつむいだのである。母の実家を継いだ里見弴が、養家の財産を確かめてから小説家としてたつ決意をかためたというエピソードなどにも、その間の事情がたくまずして語られている。

むろん、それを咎めることはできない。武者小路実篤が「桃色の室」で明快に説いたように、特権もまた運命であり、宿命である。運命のうながすモラルをみずから選びとることもまた作家の誠実というものであろう。

しかし、そうはいっても、かれらの自我形成の過程がきわめて求心的な、現実との通路を絶って成りたつ閉鎖した世界の劇であったことは否定できない。実篤のいう〈幸福になるべき運命〉は当時の社会構造の内部では、なお例外的な状況にすぎなかった。そのことを理解するためには実篤と同年の作家に、〈時代閉塞の現状〉をするどく衝いた石川啄木のあったことを想起するだけで充分であろう。

念のためにいえば、田山花袋の「田舎教師」の主人公、ロマンチックな情熱に魅せられながら、貧しいがゆえに、片田舎の一助教として朽ちてゆく青年もまた白樺派の諸作家とほぼ同世代である。白樺派の作家が〈自我〉について語るとき、実はかれらの自我は自我を成りたたせる環境を不可分の条件としてのみありえたわけで、だから、その哲学が思想としての普遍性や自律性を獲得するのははじめから不可能だったともいえる。そうした求心性――もしくは遠心力の欠如が――いっぽうで純粋な市民意識の成立をもたらしながら、他方では、思想をたえず肉体へ還元する固有の思考形態を生むとともに、文学的な虚構の可能性を閉ざすことになったのは自明である。有島武郎を唯一の例外として、ほとんどの作家が私小説への傾斜をまぬがれなかったゆえんでもある。

しかし、直哉や実篤らの幸運は、ほとんど自立不可能なかれらの思想がオイケンやリップス、ベルグソンなど、理想主義の哲学を迎えつつあった時潮とめぐりあったことにある。こうして、白樺派と漱石やケーベルの門下生たち、つまり阿部次郎・安倍能成・小宮豊隆らのいわゆる大正期教養派の思想家たちとの奇妙な対応が実現する。阿部次郎が「三太郎の日記」を公刊したのは大正三年だが、この比類なく強靱な内観者の記録は理想主義的な自我哲学の典型として、たちまち白樺派の有力な思想的バックボーンと目されることにもなった。

白樺派の作家たちが幸運な時代の子として、大正初頭の文壇に個性の明瞭な存在を明らかにしたとき、それは自然主義の強力なアンチテーゼの出現を意味した。白樺派が主として誤解にもとづいて、人道主義の名で呼ばれたのは有名だが、当時の文壇は同時に新技巧派なる名称をかれらのために案出してもいる。といえば、いまでは奇異に聞こえるかもしれないが、文壇の最初の用法に執していうかぎり、新技巧派という概括はいっぱんに信じられているように、新思潮系の作家たちのために編みだされたものではない。秋田雨雀のことばを借りていえば、白樺派の諸個性を一括するための〈新しい首輪〉だったのである（「人道主義」――「早稲田文学」大正七年五月）。

白樺派のメルクマールを技巧に求める試みは、今日の眼から見てやはり誤解として退けられてよい。しかし、新技巧派の概念が成立する後景には、硯友社の文学を旧技巧とし、その否定のうえに出現した自然主義を無技巧とする前提にたって、自然主義のアンチテーゼとしての白樺派に新技巧を見るという、一種の歴史的なパースペクティブがひそんでいた。だから、技巧という言葉にこだわらなければ、新技巧派の概括自体が自然主義を否定する有力な文学理念の登場を確認する手続きのひとつでもあったわけで、そこにおのずと白樺派のになう歴史的な意味が語られるのである。

直哉や実篤に人道主義の冠辞を捧げ、新技巧派の概括をあたえた文壇は、ほとんどおなじ頃に、谷崎潤一郎を目して悪魔主義の代表作家だとした。ふたたび多くの誤解を指摘しなければならぬわけだが、潤一郎のえがく背徳と美の世界が白樺派の場合よりももっと典型的に、肉体の思考であったことはいまとなっては疑う余地があるまい。大正二年に「谷崎潤一郎に呈する書」(「早稲田文学」四月号)を書いた実弟精二が〈「秘密」の主人公はあなたであり、「飈風」の主人公はあなた自身である〉と断言したのも――あるいは、筆者の意図をはずれたいいかたかもしれぬが、――谷崎文学のモチーフが思想としての結晶、もしくは原理化を決して遂げえない事態を、裏から語った言葉と見ることもできよう。

谷崎潤一郎はその出自、遭遇、作風のいずれをとって見ても、白樺派の諸作家とはきわだって対照的である。しかも、その潤一郎が文学史的な文脈のなかでは新技巧派の概括によって、直哉や実篤とおなじ首輪で括られる可能性が現に存在したのである。のちに新技巧派のチャンピオンと目されるはずの芥川龍之介の目に、実篤と潤一郎とがひとしく自己の芸術上の血族と見えていた事情なども、これと対応する。大正文学は自然主義を諸悪の根元とする場所から出発したのである。

無理想・無解決を標榜する自然主義の現実暴露は、大正期にはいる頃から紛々たる事象への主体埋没と、ゆきくれた虚無的な人生の袋小路に迷いこんで、しだいにそのゆきづまりが自覚されてきた。文壇の沈滞を憂うる声がようやく高く、客観から主観への転回が説かれはじめる。リップスやオイケンなど、理想主義の渇望もそうした事態を破ろうとする時潮の胎動にほかならない。他方、自然主義の内部でも世紀末風の悲哀や幻滅を精神の糧としながら、そのことによって対立的な耽美主義の志向とも微妙に結びついた形で、みずからの低迷を脱却しようとする傾向が一部に生じていたが、それがやがてボードレエルやワイルドに倣った悪魔主義《ディアボリズム》の方向に進んで、おのずと自然主義超克の発条に転じていったのである。

相馬御風が「近代主義の第一人者」(「早稲田文学」)で、ボードレエルの悪魔主義を論じたのは明治四十五年四月であり、岩野泡鳴が「悪魔主義の思想と文芸」を公刊して、ポーからワイルドにいたる〈文芸上の象徴主義乃至人生観上の悪魔主義〉を説いたのは大正四年二月である。この時期の時潮の低音部には、生命力の讃美におもむくメイン＝カレントとほぼ見あった形で、悪魔への志向がひそかに動いていた。

潤一郎の「秘密」にワイルドの影を見る批評(本間久雄)は早くからあったが、「悪魔」や「続悪魔」の作者がやがて悪魔主義をもって呼ばれるのは、きわめて自然な成りゆきだったともいえよう。潤一郎自身もそうした動向に触発されて、みずからディアボリズムの仮構に身をまかせたふしもあるが、それが所詮〈一種の装飾的思想〉(佐藤春夫)にすぎなかったのは、また別な問題である。いずれにしても、人道と悪魔は大正期初頭の文壇で、自然主義否定の二旒の旗差物であった。

明治の終焉

大正五年十二月九日に、夏目漱石が歿した。明治の気質と精神を身をもってになった思想家の死である。漱石ののこした作品の解釈について、あるいはその総体としての作家像の理解について、かならずしも一致した定説はまだ成りたっていない。漱石の評価はいまなお流動的だといえるのだが、にもかかわらず、漱石の文学が明治というきわめて独創的な一時代の体現だったことをうたがう人間はいない。

〈降る雪や明治は遠くなりにけり〉(中村草田男)とうたわれたのは昭和初年代だが、戦後、この実感はいっそう動かぬものになっている。明治百年という最近の流行語にも、呼称自体の当否はともかく、それにふさわしい時間のながい距離がたしかな実感としてある。そのとおい明治を現代につなぐ架橋として、ひとは漱石の文学を読むこともできる。「こゝろ」(大正三年)の〈先生〉は明治の精神に殉じるという遺書をのこして、自裁した。現代の読者にはもっとも難解な箇所かもしれないが、明治とともに生きた漱石のいつわらぬ感慨がここにこめられている。

「こゝろ」の先生は遺書を托した青年にあてて、〈貴方にも私の自殺する訳が明らかに呑み込めないかも知れません〉と書く。自己の思想を理解しない新しい世代との距離を、漱石はやはり知っていたのである。漱石にとって、それはおそらく小宮豊隆や森田草平、阿部次郎等々の、かれともっとも親しい弟子との距離としてまず明瞭に見えてきたはずである。絶ちがたい人間的交情と信頼が他方でたもたれていたにもかかわらず、いわゆる大正期教養派の中核をなした小宮豊隆以下と、漱石との文学的・思想的な落差は大きい。

さしあたって、白樺派の有力な思想的バックボーンとなった阿部次郎の「三太郎の日記」（大正三年）がある。誠実な内省の記録を綴りながらひたむきな自我哲学を編んだ青年の書と、エゴの悪をきびしくあばく「こゝろ」の遺書とを読みあわせてみるだけでも、その間の事情はおのずから明らかであろう。だとしたら、漱石の晩年には、ある種のむなしさと寂寥の想いもたゆとうていたはずである。最初の弟子より一世代わかい大学生に遺書が托されるという「こゝろ」の設定に、作者の微妙な心情のゆらぎを思うのは無用な深読みにすぎるだろうか。

芥川龍之介が漱石をはじめて訪れたのは「こゝろ」の書かれた翌年、大正四年の十二月である。あたかも「こゝろ」の〈私〉とおなじ大学生であった。晩年の漱石が芥川に寄せた好意と庇護は有名だが、そのほとんど異例ともいえる鍾愛を解く鍵も実はこころあたりにあるかもしれない。やや危険な比喩だが、「こゝろ」は、漱石が芥川龍之介にあてた遺書として読めなくもない。すくなくとも、あたらしい世代への遺書だったのはたしかだが、その芥川もたとえば「将軍」で、自刃の前日に写真を撮った乃木将軍の衒気を衝くといったていの底のあさい批判をやってみせる。「将軍」を書く芥川が「こゝろ」を想起していたとしたら、大正の世代は漱石の投げたおもい問題を正確にはうけとめなかったことになる。漱石の死によって、明治の命脈がまたひとつ絶たれたのは確かである。

漱石の葬儀は十二月十二日に青山斎場で執行され、多くの弔問客があいついだ。この日、芥川は受付で忙殺されていたが、かれにもっとも強烈な印象をのこした弔問客のひとりに森鷗外がいた。芥川はその印象をつぎのように回想する。

《霜降の外套に中折帽をかぶりし人、わが前へ名刺をさし出したり。その人の顔の立派なる事、神彩ありとも云ふべきか、滅多に世の中にある顔ならず。名刺を見れば森林太郎とあり。おや、先生だつたかと思ひし時は、もう斎場へ入られし後なりき。》(「森先生」)

芥川はのちに〈漱石と鷗外の私生子〉という奇妙な呼び名で評されたこともあるが、漱石を葬る斎場での鷗外との対面というこの一幅の図柄は、さながら明治から大正への世代の交替を告げる劇のひとこまとして興味ぶかい。

大正五年の鷗外はすでに「渋江抽斎」以下の史伝の世界に踏みこんでいた。〈皆当時の尺牘等に拠りて筆を行《や》り一の浮泛の字句なきは著者の敢て自ら保証する所なり〉(自筆広告)という史伝の試みが、史料の内部に作家主体を埋没するきびしい決意の裏に、現前の紛々たる事象への断念をかくしていたのはいうまでもない。

鷗外文学の根っ子も明治という一時代の光彩と暗黒にふかくつながれていた。かれもまた新しい時代をむかえて、自己の思想の生きるてだてに絶望したひとりである。この年の七月に随筆「空車」が書かれた。なにものも載せず、大道を濶歩する巨大な車への感動をかたった文章だが、同時に、おのれを一箇のむなぐるまとして目送する時代への醒めた認識が底に沈んでいる。ふたたび比喩としていえば、「空車」は新しい世代へ寄せる鷗外の遺書でもあった。翌六年の「北条霞亭」を最後に、鷗外は本格的な創作活動をほとんど廃するにいたるのである。こうして、漱石の死と鷗外の沈黙があいついだ大正五年から六年にかけて、〈明治の終焉〉が文学史上の顕著な事実として記録されることになった。

大正六年六月二十七日の夜、芥川龍之介の第一短篇集「羅生門」の刊行を祝う会が日本橋のレストラン鴻の巣でひらかれた。当日の出席者には小宮豊隆・有島生馬・豊島与志雄・佐藤春夫・久米正雄、そして谷崎潤一郎らの名が見える。小人数だがにぎやかなこの日の顔触れこそ、明治の終焉を強いた新しいエリートの集いであった。

友情と流派

「羅生門」の出版記念会の当日、芥川龍之介は〈およそ文学は人格と人格とのコンタクトから生まれるといわれています。今晩お集まり下すった方々のような、すぐれた人格とコンタクトすることによって、私の文学がいっそう高められることを思うと、まことによろこびにたえません〉といった意味の挨拶をてぎわよく述べた。また、佐藤春夫の追悼記「芥川龍之介を憶ふ」によれば、会を閉じる間際に、芥川龍之介は会場の鴻の巣の主人から揮毫をもとめられ、六朝まがいの文字で〈本是山中人〉と書いた。洋服の膝を折って、床の毛氈のうえにかがみこんで字を書く芥川の背後から、谷崎潤一郎がそれをいたずら小僧めいた笑顔でのぞきこんでいたという情景など、いかにも印象的である。

この記念会からまもなく、七月初旬の雨あがりの日に、芥川龍之介は佐藤春夫や江口渙・赤木桁平らと連れだって谷崎の家を訪問している。これも春夫の回想するところだが、偶然同席した武林無想庵らをもまじえて四時間ほど話しこんだ。席上、もっとも談論風発だったのは赤木桁平であったという。赤木は前年のいわゆる遊蕩文学撲滅論で、文壇の耳目を聳動したばかりであった。

ところで、この訪問のきっかけを作ったのは芥川である。〈谷崎もああやって誰も友達なしに独りでいるのだが、時々は押しかけて行って友達になってやったがいいよ、あれではいくら谷崎でも淋しいだろう〉――芥川はこういった意味のことばで、友人たちを誘ったらしい。できるだけ文壇づきあいを断って、自分の城をかたくなにまもるのは当時から谷崎潤一郎の信条であった。作風からとかく私生活が好奇の眼で見られるという理由だけでなく、のちに文壇の動向に超越して、独自の世界をきずくこの作家の片鱗もかいま見ることができる。

芥川龍之介にとって、谷崎潤一郎は同人誌の名前までそのまま継承したほどの、はるかに畏敬すべき先輩であった。四代目の「新思潮」を創刊する前後に、帝劇のロビーでたまたま谷崎を見かけた思い出を「あの頃の自分の事」で語っているが、無名の文学青年が高名な作家のまえでそうするように、かれはただ偸むように谷崎を見やるばかりだった。そして、興奮して、友人たちと谷崎潤一郎論をやりあったりした。

友達になってやったがいい――この言葉のニュアンスが事実だとしたら、作家として、ようやく対等の地位を占めつつあった芥川の自負が透けて見えるが、それとは別に、孤高な世界に閉鎖しがちな作家をもそういう形で〈友達〉のなかにくみこんでゆく、――芥川流にいえば、人格と人格とのコンタクトをもとめるということになるのだろうが――一種独特の文壇的な雰囲気がそこにうかがえる。サロンとしての文壇の完成という大正期固有の条件もあるわけで、しかもその文壇の内部にもっと小規模な形で、親友交歓の場が用意される。かなりちがった作風の作家たちの交流がそれなりの友情をたもって成りたつのである。その根底にあるのは、やはり、世代的な連帯感であった。たとえば新技巧派。大正六年の芥川龍之介はすでに〈新技巧派のチャンピオン〉と目されていた。かれを中軸とする新技巧派のグループに、谷崎潤一郎が無理なく組みこまれたのを見ても明らかなように、この概括は明確な主張にもとづくエコールでも運動体でもない。実態はもっと漠然とした、比喩としていえば谷崎邸の会合のごとき、雰囲気的な結集にすぎなかったようである。

にもかかわらず、それはやがて文学史的な文脈のなかで、大正文学の実質的な構造にかかわる意味をあらわにしてゆく。友情から流派への胎動がうながされてゆくのである。

たとえば大正七年七月に「中央公論」は、七月号とは別に定期増刊を出し、「秘密と開放」号と銘うって、〈芸術的新探偵小説〉を特集した。収められているのは谷崎潤一郎「二人の芸術家の話」(改題「金と銀」)、佐藤春夫「指紋」、芥川龍之介「開化の殺人」、里見弴「刑事の家」の四作で、この顔触れはそのまま新技巧派のエリート群にあたる。大正七年は保篠龍緒のアルセーヌ・ルパンの翻訳がはじめて出た年で、大正九年には、森下雨村編集の「新青年」が創刊され、探偵小説は、最初のピークを迎えることになる。谷崎の「人面疽」をはじめ、推理小説・怪奇小説風な手法を用いる作家も出はじめていた。そうした風潮を反映した特集だったわけだが、探偵小説として見れば、残念ながらどれも出来はあまりよくない。

ところが、二ヵ月後の「早稲田文学」に細田源吉の「好事的傾向を排す」という痛烈な批評が現われる。この特集を痛罵し、谷崎以下を〈文芸上のディレッタント〉ときめつける手きびしい批判だった。しかも、おなじ誌面には宮島新三郎・片上伸らの時評五本が特集されるという念のいれようで、新技巧派系の作家・作風への批判を執拗に展開している。その批判は、たとえば細田が芥川についていうところによれば、〈彼の作品からは、大きな気魄も、深沈な心も見出すことが出来ません。彼の作品の唯一の興味は、無限大の人生から、一片の小出来事を切り取つてきて、それをいかに巧みに画面化するかといふに過ぎないのです〉という、要するに、かれらの作品が器用貧乏の拵え物で、人生に相渉るところがないというに尽きたが、たちまち新聞のコラム欄あたりで、「早稲田文学」同人の新技巧派に対するいっせい攻撃などと揶揄されたように、感情的な反撥もあからさまだった。

新技巧派の攻めるべき城のありかがようやく瞭然としてきたのである。「早稲田文学」は、いうまでもなくかつて自然主義の牙城であり、当時なお自然主義末裔の温床だった。遊蕩文学撲滅論は享楽・頽唐の系をひく文学傾向の急速な退潮を強いたが、他方、自然主義の残照は広津和郎・葛西善蔵らの新しい世代に継承されて、文壇の主流としてなお有力だった。芥川の「MENSURA ZOILI」(大正五年)は直接には広津の批評に反撥して書かれた小説だが、その間の事情を如実に伝えている。「早稲田文学」諸同人の大正期新世代へのはげしい反撥にしても、その根底には文学観の根ぶかい対立が横たわっていたわけで、自然主義との対立関係を通じて、新技巧派のエコールとしての意味がやがて明確になってゆくのである。

対立と連帯

新技巧派もそのひとつだが、大正期ほど流派の交替がめまぐるしかった時期はめずらしい。交替というより、錯綜した人的構成がつぎつぎに呼び変えられていったというのが真相で、だから流派の概念自体も、文壇内部の私的な交流と、整理好きの批評家の恣意によってなりたつ場合が多く、エコールとしての結集がおのずから文学史的な葛藤と緊張をはらむという例はとぼしい。

そうしたなかで、とくに大正期前半のもっとも緊張した対立関係は、新技巧派と、自然主義の後裔たち、つまり広津和郎・葛西善蔵らの「奇蹟」同人を中核とする早稲田派との間に見られた。前章でその一半を述べたように、「早稲田文学」や「読売新聞」などで、しばしば新技巧派グループへの執拗な批判がくりかえされている。

新技巧派からの反駁がめだたなかったことも原因で、この対立は論争にまで発展できなかった。しかし、かりに両者の対立が徹底して掘りさげられていたら、大正文学はもっとちがった可能性を実現したかもしれない。実人生との密着をいそぎ、文学のリアリティを実生活の重さで代償する自然主義の現実下降に対して、新技巧派の〈技巧〉の意味はすくなくともある一点で、文学固有の原理、つまり虚構の文学世界をささえる創作方法のそれでもあった。実人生との脈絡を断った〈拵えもの〉が、にもかかわらず実人生より以上に、たしかなリアリティをもちうること。そのことの認識のあいまいさがやがて大正末年代に私小説・心境小説への道をひらくわけだが、新技巧派の存在はたとえば谷崎潤一郎がそうだったように、リアリズムの日本的風化を否定する文学伝統のあたらしい端緒でもありえた。あったとはまだいえない。しかし、すくなくともその可能性を潜在させていたのである。

新技巧派と自然主義との対立は大正六年から七年にかけて、もっとも明瞭な文壇現象となった。しかし、大正八年にはいると、この対立関係ははやくも崩れ、両者をひとしなみに包括する新現実主義の概念が成立する。対立の意味を明確にするいとまもなく、文壇の動向はまことにあわただしく、つぎの曲り角にさしかかったのである。その背後には、民衆芸術論の唱道にはじまる、社会主義文学の新しい波の擡頭があった。

大正期前半は、日本の社会主義運動の〈冬の時代〉であった。明治四十三年の大逆事件の大弾圧以後、運動は指導者の大半をうしなって完全な屏息を強いられた。あやうく難をのがれた大杉栄・荒畑寒村らは大正元年に「近代思想」を創刊し、わずかに〈哲学や科学や文学の仮面〉のかげで、思想のほそぼそとした命脈をたもっていた。この雑誌は石川啄木の「果しなき議論の後に」などが掲げられたことでも有名である。

しかし、第一次世界大戦による社会構造の揺動や大正デモクラシーの原理化、ロシア革命の成功など、さまざまな要因がふたたび社会主義思想の雪解けを用意することになる。「近代思想」の廃刊は大正五年一月だが、このとき仮面の使命はまったく終っていた。

おなじ年に、民衆芸術論がはじめて文壇に現われる。

本間久雄・大杉栄・加藤一夫らの唱道した民衆芸術論はその詩的実践としての民衆詩派（百田宗治・福田正夫ら）の動向をふくめて、まだ漠然とした教化的・人道主義的な民衆への接近にとどまり、そのかぎりでは自然主義や白樺派のモチーフの変奏、いわばその鬼っ子にすぎなかったともいえる。文壇への波紋もはじめは現実主義の要求というような形をとり、新技巧派と自然主義の対立に重層して、ネオ・ロマンチズムと現実主義の対立関係が生じたりする。たとえば生えぬきの自然主義者である本間久雄によって、「浪漫主義か現実主義か」という問題の整理がおこなわれたのは大正七年十月である。しかし、この鬼子の成長は急速だった。まもなく民衆の概念に、働く者＝労働者の自己規定があたえられ、さらに階級理論と握手することでプロレタリア文学の前兆へと変貌してゆくのである。

労働者文学の概念が明確になるのは大正八年で、この年「黒煙」と「労働文学」が同時に創刊され、「近代思想」の土壌に育った宮島資夫や宮地嘉六らの荒削りだが、不敵な文学が、ようやく文壇の地平に姿を見せてきた。

おなじ年、既成文壇はかれらの現実主義に対して、新しい現実主義の主張で武装しつつその地図の再編成をいそぐ。新技巧派と自然主義の対立は解消し、両者をひとしなみに括る巨大な輪のなかに、大正期文壇の現有勢力をほとんど網羅する視点が成立したのである。いまなお文学史の概念として生きのびる新現実主義の縁起である。

こう見ると、新現実主義の概括自体は流派としての必然性をもたぬ無意味な輪にすぎない。社会主義文芸の擡頭を迎えた既成文壇の防衛的視点であり、やがて昭和文学の内部で顕在化するはずの市民文学と、プロレタリア文学の対立関係の原型であった。そして重要なのは〈現実〉を原点とする座標系によって市民文学の統一が求められたこと。大正文学のひとつの解答がそこにあったわけで、具体的にいえば、志賀直哉への傾倒が、たとえば広津和郎や菊池寛らに見られるように、この派の諸作家にほぼ共通のメルクマールとなった。

谷崎潤一郎も当時〈芸術的完成に努力する作家〉(三上於菟吉)という苦しい理由づけで、新現実主義の一員として指名されている。しかし、自然主義との対立が新技巧派の〈技巧〉の意味から喪失したとき、かれを新現実主義の内部につなぎとめるいかなる親和力ももはや存在しない。谷崎が文壇の動向から離れ、孤立をふかめてゆく機縁である。

映像の世界

わが国で映画がはじめて一般に公開されたのは明治三十年である。エディソンのヴァイタスコープと、フランスのリュミエール兄弟のシネマトグラフとがほとんど同時に輸入され、関東と関西であいついで公開されたのである。当時の新聞には〈万物活動の状を有りのまゝに撮影し得る奇法にして〉などと紹介されているが、まもなく、活動写真というオールドファンにはなつかしい呼び名が生まれた。最初の映画は、たとえば〈露国皇帝戴冠式、ナイヤガラ瀑布の飛湍奔沫の真景、李鴻章米国ニューヨークのウヲルドルフ旅館を去るの図〉などの実写のたぐいであって(「読売新聞」明治三十年三月三日)、全長五十フィートほどのフィルムをいわゆるタスキと称して、前後をつないで何回も上映する。だから、おなじ場面がなんども現われるわけで、清国の高官李鴻章はあきもせず、おなじホテルの玄関から馬車に乗りこむことになる。そこで、弁士が、〈天下の英傑、世界的偉人、李鴻章をかくの如く、何回でも随意に歩行せしめうるは、実にわが活動写真の真価でアル〉などと、大見得を切ってみせる仕組みであった(徳川夢声「くらがり二十年」)。

それからほぼ四半世紀ほど過ぎて、大正中期の映画はすでに大衆娯楽の王座を占めていた。日本映画の製作も活潑になったが、同時に、いくぶんか低級で、非芸術的な娯楽という印象もつよく生きのびていた。文壇の視野にそれが入っていなかったのもむろんで、演劇の動向に誌面を割く文芸雑誌にも映画への言及はほとんど見られない。文学が映画からモダニズムの糧を得るのは、ウィーネの「カリガリ博士」（大正十年上映）あたりまで待たねばならなかった。とくに日本映画の質は低く、歌舞伎や新派などの舞台劇への完全な従属がめだった特徴だった。女形の起用がながくつづき、空間構成も舞台の模倣に終始したのである。

そうした日本映画の隘路をやぶろうとする動きは大正七年頃にはじまるが、その一環として、大正九年に大谷竹次郎の創立した松竹キネマ研究所と、浅野良三の創立した大正活映（大活）とがあいついで出現する。前者には小山内薫が責任者として招かれ、後者には谷崎潤一郎が文芸顧問として参加した。映画が他の芸術領域に協力者をもとめた最初の例であり、このとき、日本映画の近代化の端緒がひらかれたのは確実である。

小山内の場合、かれが松竹の招請に応じた最大の理由は、自由劇場以来の新劇運動の挫折以外にはあるまい。新劇運動にのこした見果てぬ夢を、映画の未知の領域で実験する意図が明白であって、だから、松竹の商業主義でそれを阻まれたとき、かれはふたたび演劇運動に復帰し、築地小劇場にたてこもることになる。

谷崎潤一郎の場合も、この作家のきずいた巨大な文学の世界をかたわらにおいてみれば、映画との邂逅はやはり一時の偶然にすぎぬようにも見える。しかし、かれが早くから〈活動の愛好者〉であったのは事実で、初期の短篇「秘密」にも映画の描写がたくみにとりこまれている。この小説の主人公はゆきずりの情事の相手に、映画館のくらがりでめぐりあうのだが、当時の映画、いや活動写真は、いまのわたしたちが想像するよりもはるかに猟奇的・煽情的な雰囲気をかもしだしていたらしい。もともと谷崎好みの世界だったともいえるが、かれはそこからさらに進んで、映画様式の芸術的可能性をもっとも早く発見したひとりでもある。

大正六年に書かれた「活動写真の現在と将来」という評論がある。活動写真の芸術性の確認にはじまり、偉大な演出家や俳優の出現の待望に終るこの文章は、映画に対する関心がいかに並ならぬものだったかを示している。映画が〈立派な高級芸術〉として、〈演劇を圧倒する時代が来るかも知れない〉という予言はほぼ実現したが、舞台劇に従属した演出や演技への批判が明確に語られていることも注目される。そうした谷崎にとって、芸術映画運動への参加はきわめて自然な成りゆきともいえる。

他方では、この時期の谷崎が文壇からの孤立をようやく深めつつあった、という事情も別にある。かれは大正八年の十二月に東京を去って小田原に転居し、十年にはさらに横浜に移転する。当時、大活のスタジオが横浜の山下町にあった関係もあるが、同時に、この東京脱出はみずから語っているように、乱脈をきわめた大都会への根ぶかい嫌悪が底にあった(「東京をおもふ」)。このとき以後、谷崎は文壇からいっそう遠ざかることになるが、他方では文壇自体が一種の閉鎖的な社会としての自己形成を進め、志賀直哉を指標とする私小説への傾斜を明瞭にしつつあった。そうした状況のなかで、映画はもっとも反文壇的な、しかも、現実と絶縁した自由な架空世界を実現する新しい芸術様式として、谷崎にはいっそう魅力的だったかもしれない。

大活の第一回作品は、谷崎自身がシナリオを書きおろした「アマチュア倶楽部」である。避暑地を背景にしたコメディで、アメリカ映画の追駆けの手法なども採用されている。俳優も既成の役者を避けて、新人を公募して起用したが、そのなかに後年の内田吐夢や岡田時彦らがいた。演出を担当したのは、ハリウッドで俳優としての訓練をうけて帰国し、大活に監督として迎えられた栗原トーマスである。このふたりの組み合わせに世間が期待したほどの成功は収めていない、との評もあるが(岩崎昶「映画史」)、ハリウッド技術を大胆に導入した斬新な手法は、当時の映画水準を抜くユニークな作品であった。谷崎の義妹葉山三千子が水着姿で出演し、由比ケ浜海岸をはねまわるというシーンなども、その頃の映画としては画期的なことであった。

その後、大活では「葛飾砂子」(原作泉鏡花・脚色谷崎)、「雛祭の夜」(原作・脚色谷崎)などが製作された。第四回作品は上田秋成の原作を谷崎が脚色した「蛇性の婬」で、この作品を最後に谷崎は大活を退社し、会社自体もまもなく松竹に合併されて終る。谷崎が映画史に残した足跡の評価はまた別な問題だが、はるか後年に、溝口健二が「雨月物語」によって国際的な評価を得ている。雨月の映画性に着目したあたり、谷崎の映画を見る眼は確かだったようだ。

舞台の群像

大正十年の七月一日から十五日間、日本最初の純洋式劇場として有名だった帝国劇場で、恒例の女優劇が谷崎潤一郎の小説「お艶殺し」(脚色・邦枝完二)を上演している。歌舞伎の「吃又」などとの併演で、入場料は最高五円から最低六十銭まで(「帝劇の五十年」)、森律子がお艶に扮し、相手役の番頭新助は十三世の守田勘弥がつとめた。この女優劇は明治四十四年から何度か回をかさねていたが、帝劇附属の技芸学校で養成した女優を起用して専属の歌舞伎役者と共演させるという、いかにもこの劇場らしい、当時の流行語でいえばハイカラな企画だった。歌舞伎の古典を女形にかわって演じる場合もあったが、観客の主たる興味は彼女たちの演技にはなく、大ぎりのダンスがもてはやされたというのだから、所詮は新劇運動の鬼っ子にすぎなかったわけである。

「お艶殺し」の最初の劇化は大正五年四月の大阪中座での上演にまでさかのぼる。これが谷崎の作品が上演された最初だが、この時のお艶は女形の片岡我童が演じ、翌六年三月には松井須磨子が新富座の芸術座公演で、沢田正二郎の新助と共演した。大正十三年には岡田嘉子が神田の新富座でお艶を演じた記録ものこっている。とにかく、谷崎の作品は現在まで、この「お艶殺し」をふくむ小説十七篇、戯曲十八篇が延べ百四十三回にわたって上演されてきた(田中栄三「上演された谷崎先生の作品」)。たしかに、厖大な数である。しかも、この厖大な上演記録のなかで、前記の芸術座など少数の例外をのぞいて、いわゆる新劇系の劇団との接触はきわめて乏しい。この事実は、ひとつには谷崎文学の構造にかかわる問題であると同時に、もっと本質的には新劇運動自体の性格を物語っている。

日本の新劇は明治四十年代に、坪内逍遙・島村抱月の組織した文芸協会(明治三十九年創立)と、小山内薫の指導する自由劇場によって出発する。小山内は市川左団次と提携し、抱月は〈素人を俳優にする〉ことをめざして松井須磨子らをそだてた。いずれもヨーロッパの劇を直接の師表としながら、活潑な近代劇運動を展開したのである。

自由劇場の第一回公演は明治四十二年十一月二十七日、有楽座でイプセンの「ジョン・ガブリエル・ボルグマン」を上演して幕をあけた。その夜、谷崎潤一郎も観客席の片隅で、開幕を固唾をのんで待っていたひとりである。開幕の直前、二十九歳の小山内薫がやや興奮ぎみで舞台の前面を歩きまわりながら、〈私共が自由劇場を起しました目的は外でもありません。それは、生きたいからでありますす〉と挨拶し、それがまた満場の観客を魅了した(「青春物語」)。午後六時、やや猫背の小山内が緞帳のかげに隠れると、ベルが鳴って客席の灯が消え、プロセニアムの脇に、場面をあらわす1という数字が表示された。これが日本の演劇史に画期的な一瞬だったことは確かである。

最後の幕が下りたとき、はげしく、感動的な拍手が湧いた。舞台の巧拙をこえて、日本にはじめて、イプセンという巨木を移植できた事実が人々を酔わせたのである（戸板康二「演劇五十年」）。公演としては圧倒的な成功だったが、春秋の筆法でいえば、このときに実は新劇運動の性格と命運が決定された。

運動は大正期に継承され、丸山定夫の近代劇協会をはじめ川村花菱の土曜劇場、青山杉作のとりで社など多くの群小劇団が輩出し、菊五郎の狂言座や猿之助の吾声会など、既成俳優からの接近もあった。むろん、その主流は自由劇場、および芸術座（大正二年に分裂した文芸協会の後身）によってまもられていたが、運動自体のもっとも簡明な原則は小山内がいみじくも〈翻訳時代〉を宣言したように、西欧の理念と日本的風土との無媒介な接着ということに尽きた。その間の事情はイプセン以下ゴーリキイ、チェーホフなどのおびただしい翻訳劇の上演表目を見れば明白である。この日本語の徹底的な無視は新劇運動そのものの遊離と閉鎖をまねき、鷗外のいわゆる演劇場裡の詩人＝劇作家が運動の内部から育つこともなかった。

新劇運動における劇作家の不在は逆に大正期に入って、小説家による戯曲の執筆、創作劇の流行という現象をもたらす。その間の因果はさほど簡明ではないが、谷崎をはじめ久米正雄・菊池寛・山本有三・久保田万太郎・里見弴らの才華があいついでドラマの世界に参加してきたとき、新劇運動の空白はかれらによって埋められるべきだった、といちおうはいうことができよう。事実、大正八年に芸術座が解散し、自由劇場が消滅して以後の新劇運動の空白期に、これらの劇作家たちの存在は〈戯曲が新劇運動を導くという逆様の〉（舟橋聖一）事態さえ生じたし、それはやがて大正十三年一月に創刊される「演劇新潮」の運動となって結実し、岸田国士を生むことになる。

しかし、日本の新劇と創作劇との接点はまだ不在だった。「演劇新潮」にややおくれて、築地小劇場（小山内・土方与志）によって新劇運動が再起したとき、小山内が創作劇の拒否を宣言し、「演劇新潮」同人とのはげしい応酬があったのを見ても事態は明瞭である。演出中心主義と戯曲中心主義の相剋でもあったが、結果として、新劇運動はふたたび実験的性格に自己を閉鎖した。

小劇場が日本の創作劇を上演するのは第三年度（大正十五年）に入って、逍遙の「役の行者」が最初である。それに先立って観客の希望を投票で募ったが、最高は岸田国士で三十八票をあつめた。二十二票を得た谷崎は、武者小路実篤につづいて三位に入り、山本有三や菊池寛を抑えている。当時の劇作家としての世評を示す資料のひとつだろう。

築地小劇場は昭和二年四月に、谷崎の「法成寺物語」を上演した。道長が友田恭助、院源律師が青山杉作、四の御方が山本安英という配役で、端役だが、東山千栄子も顔を見せている。これが実は新劇運動とのほとんど最後の接触であって、以後、谷崎文学の世界は歌舞伎や新派の舞台で、濃艶で甘美な、大輪の花を咲かせることになる。

それに関連していえば、谷崎は大正二年にはやくもイプセンを否定し、〈思想内容の深刻な芸術よりも、官能的な快味の豊穣な芸術を喜ぶ〉という理由で、ダンヌンチオやワイルドの上演を待望している（「劇場の設備に対する希望」）。松井須磨子がサロメを演じた事実はある。しかし、その舞台効果は谷崎の期待にははるかに遠かった。谷崎の期待とは逆に、新劇運動の本流は思想の深刻のみをめざした。様式美を見うしなって社会劇へ傾斜する新劇のひずみを、もっとも正確に見抜いていたのは、あるいは、谷崎潤一郎だったかもしれない。

揺らぐ大地

大正十二年九月一日の正午ちかく、谷崎潤一郎は芦の湖畔の箱根ホテルから小涌谷へむかうバスのなかで、関東大震災に遭遇した。この夏、八月にはいってから、家族連れで小涌谷ホテルに滞在していて、二、三日前に妻子を横浜へ帰したばかりだった。芦の湯をすぎてまもなく、車が左右にはげしく揺れた。乗りあわせたドイツ人が恐怖の叫びをあげ、〈前方の地面にみみずの這ふような裂け目が出来、それがずる〳〵と伸びて行つた。路の端が谷の方へ崩れ始めた〉。バスは五、六百メートルあまりのカーブを必死に走りぬけて、やっと十坪ほどの平地に駐まった。小涌谷への山路を歩きながら、谷崎潤一郎はこれが関東全域を襲った大地震であり、東京と横浜が灰燼に帰して人口の過半をうしない、あらゆる社会機構や秩序が壊滅しただろうことを信じてうたがわなかった（「九月一日前後のこと」「東京をおもふ」など）。

谷崎自身がいうように、かれの想像はすこし大袈裟すぎたかもしれない。それにしても、この相模湾の北西部を震源地とする大地震は死者・行方不明十五万、被害総額百億という未曾有の惨禍をもたらし、首都文化の大半を烏有に帰すことになった。当時の中央集権的な文化型態から見て、ほとんど一国文化の壊滅にひとしかった。ジャーナリズムについていえば、東京の印刷機関がほとんど全滅したため、各新聞はすべて十日前後の休刊を強いられ、震災前は三七〇種にも及んだ各種の雑誌のなかで、十月号を発行できたのはわずか七十余にとどまったという(「時事新報」大正十二年九月二十日)。単なる自然的被害の域を超えて、はるかにふかく社会や文化の根底をゆるがす大事件だったのである。

東京への集中度がとくに顕著だった文壇の場合、衝撃はいっそう大きかったはずである。厨川白村の圧死や甘粕憲兵大尉による大杉栄の虐殺、あるいは亀戸署のテロに倒れた平沢計七の横死などの陰惨な事実が伝えられ、とくに大杉と平沢の死は、流言蜚語の飛びかうなかでの朝鮮人の大量虐殺とともに、大地震から派生した「三種の虐殺事件」(三宅雪嶺「改造」大正十二年十一月)として世間に衝撃を与えた。

これらの事件に対する文壇の反響は、かならずしも敏感ではなかった。たとえば「中央公論」「改造」「新潮」の各十月号、「文芸春秋」の十一月号、「早稲田文学」の翌年一月号などがあいついで震災特集号を編み、多くの作家が参加しているが、権力の暴挙と理性の混乱に対して、まともな批判はほとんど見られない。そこに大きな問題がのこるのは事実だが、それにしても、時代の暗さ・けわしさをさながらに象徴する事件そのものの意味は人々の心情におもく沈んで、無言の畏怖と化したはずである。そうした事態をもふくめて、震災のもたらした惨禍は現象面での混乱や動揺とはまた別に、もっと目に見えぬ形で文壇の深部に侵襲し、結果的に既成文学理念の崩壊をはやめることになる。

横光利一は後年、大震災を回想して、つぎのように書いた。

《今から考へてみると、大正十二年の関東の大震災は日本の国民にとつては、世界の大戦と匹敵したほどの大きな影響を与へてゐる。……物事にあつて、あきらめといふやうな老人じみた念慮のつい出て来ようとしかかるのも、私にはあの震災のときからのやうな気がしてならない。》（「覚書」昭和九年）

横光は心的体験としての〈無常〉について語るのだが、その〈無常〉をさか手にとって新感覚派の文学運動をおこし、既成文学をはげしく批判した作家の感想だけにいっそう興味ぶかい。がおそらく、おなじような一種の無常感は多くの作家たちのものだったはずである。菊池寛が余燼もまだなまなましい頃、いちはやく〈究極の人生に芸術が、無用の長物である〉という〈不愉快な真実〉（「災後雑感」）について語り、震災後の文芸が無力化し、衰退すると予言したのはまさしく、〈作家たちの内部に揺曳した絶望感ないしは虚無感の集中的表現〉（稲垣達郎）であった。

むろん菊池寛の感想と対蹠的に、里見弴の〈珠は砕けず〉——芸術には目に見えぬひびひとつはいっていないという断言もある。また、芥川龍之介は、焼けた吉原の〈浜町河岸の舟の中に居ります桜川三孝〉の貼札を〈哀れにも風流〉と見る（「大災雑記」）。このきわだって冷静な眼の持主をはじめ、多くの作家たちは菊池の文芸無力説に左袒しなかったし、文壇自体も現象的には菊池の予言に反して、ジャーナリズムの復興とともにふたたび隆盛におもむくかに見えた。

しかし、新感覚派の拠点となった「文芸時代」が創刊されるのは、大正十三年の十月である。おなじ年の六月にはプロレタリア文学運動が「文芸戦線」によって出発する。その前駆の「種蒔く人」は大正十年二月に創刊されていた。時代はすでにいやおうない転換期にはいっていたのである。現代からのパースペクティブでいえば、震災はやはりエポック゠メーキングな事件であった。関東平野を震撼した衝撃は、明治から大正にかけて形成された文学理念、市民文学といってもよいし、個人主義文学といってもいいが、その理念の根底にもはげしい一撃を加えてすぎたのである。

大震災とおなじ年の六月、有島武郎が軽井沢で波多野秋子と情死した。かれは前年の「宣言一つ」で、第四階級の擡頭を前にして知識人がついに無力であるゆえんを、自嘲をまじえて説いていた。その有島を同人のひとりとする「白樺」は、震災で九月号が焼失したのを機として、あしかけ十四年におよぶ歴史を閉じた。これもまた、〈揺らぐ大地〉を象徴する事件であった。

谷崎潤一郎は小涌谷にたどりついてから九月四日に沼津へ出て、汽車で大阪にむかった。九日に神戸で上海丸に乗船して帰京、十一日にはじめて妻子と再会した。その月の二十日に、家族とともにふたたび上海丸で関西へむかい、以後二度と東京へ帰らなかった。

東と西

関東大震災の直後、谷崎潤一郎とおなじように、東京の焦土を嫌って関西に逃れた作家は二、三にとどまらない。江戸後期の文化東漸以来はじめて、上方に文学の花がひらいたといえばむろん大袈裟すぎるし、嘘にもなるが、それにしても谷崎のいわゆる〈罹災民時代〉が、関西文壇にときならぬにぎわいを呈したのも事実である。中山太陽堂の顧問をしていた小山内薫が同社の好意でいちはやく天王寺に移住してきたのをはじめ、川口松太郎や三宅周太郎などといった作家たちがあとにつづいた。まだほとんど無名ながら「文芸春秋」で歯に衣きせぬ毒舌をふるい、辛辣なゴシップ記者として一部に知られていた直木三十五——もっとも、当時はまだ直木三十二というペンネームだったが——も、そのひとりである。

直木はその頃、雑誌社の経営に失敗して債鬼に責められていた。ために震災の当日、燃えさかる火の手を眺めながら〈早く火がこつちへ来ればいゝと思ってる、僕の家が燃えてしまへば占めたものだ、全部差押へられてゐるからさつぱりする〉などと豪語していたというエピソードも伝えられている。家は不幸にも焼失をまぬがれたが、当人ははやばやと東京に見切りをつけて、大阪にやってきた。菊池寛にも移住の計画があって、直木はその先発だったとの説もあり、東京の復興が意外にはやく進んだため、菊池と文芸春秋社はそのまま東京に留まることになったともいう。

翌大正十三年の一月、「苦楽」という文芸雑誌が大阪のプラトン社から創刊された。太陽堂資本の出版社で、編集の実権は直木三十五にゆだねられ、川口松太郎が協力した。小山内を中心に、関西に移住した文人たちの交流がまずこういう形で具体化したわけで、大阪におよんだ震災の余響のひとつである。

「苦楽」は、時代小説作家直木三十五の誕生をうながし、いわゆる大衆文芸の分野に新しい領域をひらいた。いまの中間雑誌の端緒という見方もできそうだが、念のためにいえば、大正十二年の三月以降、京都には志賀直哉が移住していたはずである。山科に住んで、のちに「山科の記憶」一連に描かれるはずの、祇園のわかい仲居との事件がひそかに進行していた時期と、「苦楽」の命脈とはほぼ首尾をかさねている。にもかかわらず、当時の用語でいえば〈震後文学〉の、大阪でのもっともきわだった出現が志賀直哉と無縁な場所で、大衆文芸へのいちじるしい傾斜とともにあった事実は興味ぶかい。偶然といってしまえばそれまでだが、以後織田作之助にいたるまでの大阪文学の独自な系譜を思いあわせてまことに象徴的である。このことはまた、文壇の主流がほぼおなじ頃に、いわば大正文学のひとつの帰結として、志賀直哉を極北とする私小説=心境小説概念の形成をいそぎつつあった事情ともきわめて対照的である。いうまでもないが、谷崎潤一郎はもっとも早く直木三十五を認め、「大菩薩峠」の作者中里介山を認めたひとりである。ここらあたりにも当時の文壇における谷崎の位置がうかがえるかもしれない。

「苦楽」の創刊とおなじ年に、東京では「文芸戦線」（六月）と「文芸時代」（十月）とがあいついで創刊された。前者には青野季吉・平林初之輔・小牧近江・前田河広一郎・中西伊之助らが拠り、後者には「文芸春秋」に育った新人作家たち、横光利一をはじめ川端康成・中河与一・片岡鉄兵・十一谷義三郎・佐々木茂索らが集まっていた。プロレタリア文学運動の再起と、いわゆる新感覚派の出発である。このふたつの文学運動によって、昭和文学の実質を形成したさまざまな条件が用意されたのはいうまでもないし、かれらに共感し同調する若い文学世代も確実につちかわれていた。時代はようやく転形期にさしかかり、文壇はのちに小林秀雄によって〈雑然と粉飾した〉（「様々なる意匠」）と形容されるような、めまぐるしい交替と流行の季節を迎えはじめていたのである。

そうしたあわただしい動向に背をむけて、谷崎潤一郎は大阪で生活の城をしだいに築きはじめていた。「倚松庵随筆」（昭和七年）の欄外注記によると、〈大正十二年の九月二十日頃に家族の者と品川沖から上海丸に乗つて神戸に上陸、暫く蘆屋の友人の家に仮寓し、十月上旬京都の等持院の畔に移り、ついで東山三条要法寺内の寺を借りて住んだが、京洛の地の寒さに堪へかねてその年の大晦日に近い頃俄かに苦楽園に転居し、翌十三年の三月になつて岡本に一家を構へた〉ということになる。新居は阪急沿線の本山村岡本、本山小学校に隣りあった三百坪ほどの敷地に、クリスマス＝ケーキを思わせる優雅な平家二棟の洋館で、一棟が家族の起居、一棟が谷崎の書斎にあてられた。奔放な美少女ナオミを創造して、一世を風靡した「痴人の愛」が書かれたのもこの家である。

大阪文壇の〈罹災民時代〉はながくつづかなかった。谷崎の回想によれば、文学者以外にも、映画演劇の関係者や横浜の外人など多彩な顔触れが下阪して、横浜の夜をなつかしむ懐旧談に花が咲くこともあったらしいが、バラック建築ながら東京の復興が進むとともに、そうした人々がやがて一人去り二人去りして、潮の引くように帰京していった。小山内薫もいちはやく、築地小劇場の創立に参画して大阪を離れている。しかし、谷崎ひとりは〈ほんの一時の避難のつもりで〉逃げてきた関西に、いつのまにかどっしりと根を下すことになった。〈大阪や京都や奈良の古い日本が、知らぬ間に私を征服してしまつた〉(「東京をおもふ」)からである。

明治維新にはじまる近代化のもっとも顕著な特質は、それが東洋と西洋という異質な文明型態の接触をともなった点にある。西洋に糧を仰いだ多くの近代作家が、やがて〈東と西〉の切実な主題をみずから発見してゆくゆえんだが、谷崎潤一郎の関西移住は期せずしておなじ主題の前にかれを連れだすことになったようである。

しかし、大正十三年の谷崎はまだ西洋のモダニズムを信じる作家であったし、〈外人〉のように関西を見る旅行者でしかなかった。そのことは「痴人の愛」が東京時代からもちこしたモチーフの総決算だったのを見ても明瞭だろう。そのきらびやかな世界を抜けて、〈故郷の生き延びてゐる異境、過去を生活し得る未来として、その感覚にしつかり手応へのある芸術の素材〉(中村光夫「谷崎潤一郎論」)を関西に発見するまで、そして古典や伝統の世界と融合した自在な芸境をひらくまでの過程に、谷崎なりの東から西への屈折があったわけだが、それが思想や観念の問題としてではなく、純粋な美意識、あるいは感性の劇として演じられたところに、この作家の独創性を見ることができる。

仮構と心境

新刊の「倚松庵の夢」によれば、松子夫人と谷崎潤一郎をはじめてひきあわせた〈結びの神〉は芥川龍之介であった。芥川と初対面の南地の茶屋に、思いがけず谷崎が同席していたのがきっかけだったという。芥川の最晩年で、美しく澄みきった〈哀愁のたゝえられた眼〉が印象的だったと夫人は語っているが、その席上、筋のない小説などがしきりに話題になっていたという思い出もある(「銀の盞」の章)。いうまでもなく、当時谷崎と芥川は小説の〈話〉をめぐる有名な論争を応酬中であった。夫人の回想はこの論争がいわば知己の論争であった事情を示している。

「新潮」昭和二年二月の「創作合評」で、芥川がたまたま谷崎の短篇に言及して、小説の筋の面白さの芸術性について疑問を呈した。これが発端で、以後、谷崎の「饒舌録」および芥川の「文芸的な、余りに文芸的な」(いずれも「改造」に連載)で応酬がかわされることになる。谷崎は尾崎紅葉の「三人妻」などを高く評価しながら、小説におけるプロットの価値について説き、芥川は小説の価値判断の基準としてのプロットを否定した。谷崎の発言は自然主義系の〈安価なる告白小説体〉の否定にまでおよぶわけだが、その複雑な話のからみあう面白さ＝〈構造的美観〉の強調と、芥川のいう〈最も純粋な小説〉＝詩的精神にみちた〈「話」らしい話のない小説〉との鮮明な対立は、当時の文壇用語でいえば、本格小説と心境小説との対立に図式化できる。

その頃、日本の近代文学は自然主義と白樺派のおちあう地点で、みずからのリアリズムがゆきつく帰結としての心境小説を発見していた。トルストイの「戦争と平和」もフローベルの「ボヴァリイ夫人」もすべて〈偉大な通俗小説に過ぎない〉とする、久米正雄の有名な「私小説と心境小説」が書かれたのは大正十四年である。翌十五年には宇野浩二の「『私小説』私見」が出て、白樺派の自我哲学に心境小説の淵源を見る通説がさだまる。両者の論の基本構造はいずれも心境小説を目して、自然主義の告白にはじまる〈私〉への固執が、作家個性の円熟とともに完成した極北とするところにある。久米が〈芸術の花冠を受くるもの〉といい、宇野が私小説のより〈進歩した形〉と呼ぶゆえんである。

芥川も〈話のない小説〉を身辺雑記の私小説から区別する。〈詩的精神の有無、或は多少〉にこその差が求められるとき、たとえば志賀直哉の「焚火」などを例にあげる〈最も詩に近い小説〉は、久米や宇野のいう心境小説といくばくの径庭もなかったはずである。しかも、その芥川はつぎのように書いている。

《志賀直哉氏の作品は何よりも先にこの人生を立派に生きてゐる作家の作品である。》

ほとんどおなじことを、久米はつぎのようにいう。

《心境とは……一個の「腰の据わり」である。……要するに立脚地の確実さである。其処からなら、何処をどう見ようと、常に間違ひなく自分であり得る。……心の据ゑやうである。》

芥川も久米も、心境小説のなかに他人格に化身して生きる作家の〈私〉ではなく、たぐいまれな個性の光芒をはなつ作家の生身を読んだのである。当時の心境小説論はそのどれをとってみても、小説を論じながら忽然として人間論へ転じてゆく。心境小説への仰望は、そうした心境をわがものとしえた人格への仰望にほかならなかった。

いうまでもないが、この時期に作家の生きかたや立脚地の確かさがあらためて問われねばならなかった事実は、裏をかえせば、みずからの立脚地や〈心の据ゑやう〉を喪失した既成作家の無力感の反映である。有島武郎の「宣言一つ」における知識階級敗北論以来、プロレタリア文学とモダニズム文学の挾撃下に、市民文学の動揺と昏迷はようやく深刻化していた。相前後して「宣言一つ」をめぐる論争をはじめ、菊池寛と里見弴の文芸の内容的価値論争、広津和郎の散文芸術論など、さまざまな論争の継起したこともこれと無関係ではない。これら一連の論争は平野謙の説くように〈小説の運命に対する実作者の自己反省であり、……自己の陣営を再整備せんとする既成文学の苦悶の表はれ〉であった(「現代日本文学論争史」上巻)。心境小説がもっとも日本的なリアリズム型態として成立する裏には、いわば理念の崩壊を実生活によって支えようとする、市民文学の逆説的な自己擁立の劇があったのである。

ことの意味は、たとえばつぎのような問いのなかにもある。志賀直哉に脱帽し、谷崎潤一郎の対極に身をおくために、芥川龍之介はなにを代償にしなければならなかったか。芥川はかつて谷崎とともに新技巧派グループの中核にいた。そのとき、かれは告白を拒否し、芸術活動の意識性を説き、透徹した技巧と計算で巧緻な世界をきずく作家であった。〈構造的美観〉をともなう〈話のある小説〉の作者に、もっともふさわしい作家だったのである。その芥川は谷崎との論争の過程で、かつての文学観を〈十年前の事〉としてみずから否定した。心境小説の讃美は、実は自己半生の営為をことごとく抹殺するにひとしい挫折をともなっていたのである。だからまた、「歯車」の主人公は「暗夜行路」を読んで、とめどない痛恨の涙を流すのである。

芥川龍之介は昭和二年七月二十四日未明、田端の自宅でヴェロナールおよびジャールの致死量をあおいで自殺した。死の理由としてあげる〈ぼんやりした不安〉の、おそらくもっとも大きなひとつが芸術的信念の亀裂と挫折にあったのは確かである。〈大きく見れば、何事も時代の影である。

山頂が曙光の第一線を先づ受けるやうに、文学者の尖鋭な神経は、いつも一番早く時代の苦悩を感じる〉と、「大阪朝日新聞」はその評壇で芥川の死を評した。

小説の筋をめぐる論争は、芥川の死によって中断した。谷崎は訃報に接して、急遽神戸から上京したが、その車中で、短篇集「羅生門」所収の作品が芥川文学の白眉だと語った。論争をしめくくる最後の批評である。おそらく芥川の承服できぬ感想だろうが、ある意味では知己の言でもある。谷崎のこのさりげない言葉は、「羅生門」の作者がついにプロットの否定にまで屈折したいたましい矛盾と、その矛盾をよそに見すごした谷崎文学の牢固な立脚地とを髣髴する。

退位と命脈

昭和二年七月二十四日に芥川龍之介が自裁し、それから正確に一年後、昭和三年七月二十三日に葛西善蔵が病歿した。芥川の死が知識階級の動揺と敗北の象徴だったとすれば、葛西の死は、同時代がいちはやく評したように〈日本の芸術家と芸術の達し得る最後の壁〉（間宮茂輔「葛西善蔵氏の歩いた道」）の崩壊、とひとびとの眼に映じた。作家のある生き方の死に通じるものとして受取られ、芥川の死とあわせて、そこに市民文学の弔鐘を聞こうとするひとも多かった。

昭和三年といえば、わが国のプロレタリア文学運動がひとつの転換期にさしかかった年である。

大正末期の福本イズムの導入以後、理論闘争と組織の分裂をくりかえしてきた運動のジグザグな歩みにようやく戦線統一の気運がうまれ、この年の三月、マルクス主義文学の大同団結による全日本無産者芸術聯盟（のちに芸術団体協議会）、いわゆるナップの成立を見た。その指導理論家としての地位を確立した蔵原惟人は、機関誌「戦旗」の創刊号に「プロレタリア・レアリズムへの道」を書いて、戦闘的な前衛の眼をもって現実を描くことを説いた。共産主義芸術の確立を至上要請とし、文学運動が、ときとして革命運動を代行する尖鋭な政治主義路線の端緒がひらかれたのである。

他方、おなじ昭和三年は、急速に尖鋭化するプロレタリア文学に対して、芸術主義的傾向からの、最初の公然たる挑戦があらわれた年でもある。新感覚派の横光利一・中河与一らと、ナップの蔵原惟人・勝本清一郎らとが応酬をかわした形式主義文学論争もそのひとつである。文学の本質が形式か内容かをめぐって争われたこの論争は、新感覚派時代にはなお曖昧だった芸術派とプロ派の対立関係を明確にした。中村武羅夫がややヒステリックな語り口で、イデオロギーの文学を退けて芸苑の花をまもる決意を表明したのもおなじ年である（「誰だ？　花園を荒す者は！」）。そうした気運がおのずから芸術派の結集をうながし、やがて竜胆寺雄や中村武羅夫らを推進者として、「文芸時代」を継ぐ十三人倶楽部から新興芸術倶楽部の設立（昭和五年四月）へとすすみ、反マルクス主義の旗幟のもとに、芸術の自律性の擁護をめざすモダニズム文学の新しい展開が用意されることになる。

昭和文学の実質を形成するふたつの文学運動が最盛期に達しつつあった時期、両者の挟撃を受けた既成作家たちの多くはおのずから創作意欲をうしない、あるいは発表の舞台をうしなって、いっぽうでいわゆる円本、文学全集の流行による多額の印税にうるおったのとはうらはらに、作家的な低迷と沈滞をつづけていた。武者小路実篤がやや自嘲ふうに〈失業時代〉と呼ぶ一時期である。死にちかい芥川の眼にあれほど〈この人生を立派に生きてゐる〉と映った志賀直哉さえ、昭和四年以降創作活動を停止した。「暗夜行路」も未完のままで放棄されるが、そのながい沈黙の底にも〈時代に拘泥する気持〉(「志賀日記」)が多少とも動いていたのは確かである。

たとえば「新潮」の昭和三年十一月号は恒例の創作合評会の趣向を変えて、正宗白鳥・島崎藤村・菊池寛・武者小路実篤以下の作家たちを〈現代的立場から、忌憚なく評価して見たい〉という「既成作家を論じる会」にあてている。出席者は司会を担当した中村武羅夫と、かれの主宰する「不同調」の尾崎士郎・浅原六朗、ナップの林房雄・勝本清一郎らの新人作家に、労働者文学出身の宮地嘉六などがくわわったという顔触れで、こうした試み自体が、新旧両世代の勢力交替を如実に告げる現象にほかならない。

座談会の進行は「不同調」とナップの基本的な対立を微妙に織りこみながら、白鳥は〈何等時代感情を持つて居ない〉(浅原)、藤村は〈古い型の最も代表的なものである〉(尾崎)などと、出席者のことばを借りていえば、まさに旧世代作家に〈人工的退位を迫る〉おもむきがあった。〈我々は所謂大家連をこの席上では大体に於て否定し去つた……そして、それは時代的批評と一致することで全く正しい〉という林房雄の断言が、ほぼこの座談会の結論にちかいあたりにある。

こうした新人の放言と、たとえば昭和五年に書かれた徳田秋声の短篇「老苦」とが微妙に対応する。例によって作者の日常をそのままなぞった身辺雑記にすぎないが、それだけにいっそうまざまざと、ゆきくれた既成作家の心境をうつしだすことになった。〈おれは年取つてから、又こんな苦労をする〉――一篇をつらぬくものは、この惻々たる感慨である。秋声のになう〈老苦〉の多くが、〈人工的退位〉を迫られた既成作家の苦悩に発していたのはいうまでもない。

むろん、おなじ時期に、旧世代文学の命脈がまったく絶えたわけではない。秋声はのちに「町の踊り場」(昭和八年)を書いてよみがえる。そのとき、老苦に耐えた秋声の個性はみじんもゆらいでなかったし、「暗夜行路」の世界を持ちこたえた作家の沈黙は、むしろ、かれの強健な個性の貌を示すものといえよう。そして、直哉が口をとざすことを個性の証明とした作家だとしたら、昭和三年に「卍」や「蓼喰ふ虫」を書きはじめた谷崎潤一郎と、昭和四年以降「夜明け前」を書きついだ島崎藤村とは、ともに渋滞のない創作活動によって、山裾のひろい巨峰の偉容をしめした作家たちである。

「卍」は大阪弁がはじめて現われた記念すべき小説であり、「蓼喰ふ虫」は伝統的な美意識に傾斜する作者の姿勢をはっきりとうかがわせた最初の作である。谷崎文学の世界はここでようやく、日本の古い美学への志向を明確にした。それは形こそちがえ、〈日本の誠〉をモチーフの根底においた「夜明け前」とおなじく、伝統と近代をつなぐ確かな架橋であった。西欧の二十世紀を追う昭和文学の出発の時期に、〈人工的退位〉をがえんぜぬ旧世代文学のモチーフがいずれも〈日本の再発見〉に収斂したという偶然は、この国の近代文学のゆきついたひとつの結論として見ても、興味ぶかい。

旧世代作家の復辟

昭和六年の十一月初旬、当時プロレタリア文学運動の第一人者だった小林多喜二が、奈良に、志賀直哉を訪れている。娘たちをまじえて近所の公園を散歩したりしたらしいが、直哉は小林多喜二の印象を〈音無しい男〉だったと、その頃奉天に住んでいた、網野菊にあてた書簡（同月六日付）で語っている。

おなじ手紙にはまた、〈今度の騒ぎで随分心身を刺激されになつた事と思ひます、子供の時は何といつても自分直接の問題でなく呑気でしたが、年をとると何となくさういふゴタ〳〵した問題が絶えず重苦しく心にかゝるのを感じ愉快でありません〉などという一節もある。志賀のいう〈ゴタ〳〵した問題〉が、この年の九月に勃発した満洲事変と、それにともなう一連の政治情勢を指すのはいうまでもない。昭和史の危険な曲り角がようやく近づいていたのである。

満洲事変前後から政治、思想運動への官憲の強圧がいっそう強化され、プロレタリア文学運動も困難な嶮路にさしかかっていた。小林多喜二自身も前年の六月に逮捕、起訴され、五ヵ月の未決囚生活を経て、保釈出獄中であった。しかも文学運動自体は、あいつぐ弾圧で潰滅寸前の非合法共産党の楯として、合法面での啓蒙・宣伝・組織活動を代替しようという、もっと困難な任務にやみくもに突入していった。昭和六年十一月に、整然たる組織的統一体をめざして、運動の敵前展開ともいうべき日本プロレタリア文化聯盟（略称コップ）が成立したのも、そのひとつの現われである。おなじ年の十月に日本共産党に入党した小林多喜二は、コップの組織化と作家同盟の再建にもっとも熱心に動いたひとりだったが、奈良に志賀を訪れてから帰京後、地下潜行の非合法活動に入り、宮本顕治らとともに、なかば非合法化した文学運動を指導することになる。

そのあわただしい時期に、保釈者に必要な届出も無視して（前記、網野宛志賀書簡）、あえて奈良にまで志賀直哉を訪れた小林多喜二の真意はどこにあったのか。志賀が芸術家として小林のもっとも尊敬する作家のひとりだったのは有名だが、それにしても、時代の性急な転変のあわいに刻まれたこの出会いの記録は、昭和文学全体の眺望にかかわって、多少の感慨を呼ばぬでもない。

コップの成立は結果的に、国家権力の干渉をいっそう凶暴化する呼び水になったにすぎなかった。昭和七年三月以降、文化団体への徹底的な弾圧が開始され、蔵原惟人以下、宮本百合子・中野重治・壺井繁治らの指導的メンバーがあいついで検挙された。小林多喜二自身も翌八年二月二十日の正午過ぎに、赤坂で街頭連絡中に築地署の特高課員に逮捕された。かれが拷問によって殺されたのは、その数時間後である。

小林多喜二の死はプロレタリア文学にとって不吉な弔鐘にほかならなかったが、おなじ年、運動の拠点誌のひとつだった「文化集団」(昭和八年六月創刊)に、小林とその母に宛てた志賀直哉の書簡が掲載されている。昭和六年八月七日づけの一節に、つぎのような感想が見える。

《私の気持から云へば、プロレタリア運動の意識の出て来る所が気になりました。小説が主人持ちである点好みません。》

「蟹工船」その他の批評として書かれたものである。〈主人持ちの芸術はどうしても稀薄になると思ひます〉ともいいきっている。プロレタリア文学運動の全盛期に、あえて主人持ちの文学をしりぞける不変の信条を書きおくった一行の文字にも、この作家のきわだった強健な個性の貌がうかがえるわけだが、その書簡が、多喜二の非業の死を悼む母宛ての手紙を添えて追悼号に発表されたのである。この事実にも、やはり、多少の感慨がのこる。昭和六年から八年にかけて、文壇の勢力地図はようやく確実に塗りかえられようとしていた。

たとえば、志賀直哉は昭和八年九月に「万暦赤絵」を発表した。昭和三年以降、足かけ五年のながい沈黙をやぶった創作活動の再開である。そのとき、「新潮」十月号の匿名時評は〈中央公論が鬼の首をとつたやうな云々〉と書き、川端康成は「文芸時評」で〈「万暦赤絵」の一作を得るためにも、恐らく各雑誌社が狂奔したことであらう〉と書いた。かつてモダニズム文学とプロレタリア文学の挟撃下に、一種の〈人工的退位〉を迫られていた既成文学の復活、いわば旧世代作家の復辟がこの時期のもっともめだった現象となったのである。

《世の中のことも今は全くわが身には縁なきやうなる心地していかなる事を耳にするも公憤を催さず。文壇斗筲の輩のとや角言ふが如きことは宛らに蚊の鳴くに異らず。》

昭和三年の日記にこう書いたこともある永井荷風の復活が、もっとも早かった。「つゆのあとさき」（昭和六年）でいぜんたる健在ぶりを突如として示したのち、「ひかげの花」（昭和九年）以下の、季節感のあざやかな風物詩をたてつづけに発表し、過渡期を生きぬいた個性のみごとな存在証明を提示した。また、たとえば昭和五年に〈老苦〉にあえいでいた徳田秋声も、「町の踊り場」（昭和八年）で再起する。「死に親しむ」や「勲章」など、ふたたび明らかにされた個性的な風貌は新世代の作家にとってもまた驚異と目されたようである。

その他、「枯木のある風景」（昭和八年）を書いた宇野浩二の奇蹟的な復活など、挙げていけばきりがない。この華々しい旧世代作家の復辟は昭和十年代のいわゆる〈文芸復興〉のさきがけになったが、昭和文学史の主流をそれた場所に聳立する谷崎潤一郎の文学も、そうした一般的な動向とはじめて交叉して、この時期の文学史にきわだって大きな意味をもつことになった。たとえば昭和六年から八年まで、「吉野葛」以下「盲目物語」「蘆刈」「春琴抄」とつづく一連の作品は大阪移住に胚胎する固有のモチーフを実現し、艶美な古典主義美学を完成している。発表当時、すべてがかならずしも好評だったわけではない。しかし、いまとなっては、これらの陰翳に富む美的世界が――たんに谷崎文学の絶頂をきわめた傑作というだけでなく――昭和文学史の一角に占めている比重の大きさを否定することはできない。伝統への復帰によって用意された昭和文学の新しい出発の時期に〈古典と現代文学〉の課題をみずから担い、ここを源流とする新しい文学伝統の端緒をひらいたのである。

小説と随筆

志賀直哉の「万暦赤絵」が、この作家の二度目のながい沈黙をやぶって発表されたのは昭和八年九月である。作者はのちに「続創作余談」で、この短篇小説についてつぎのようにいっている。

《書かれた事は事実だが、私は最初これを「矢島柳堂」の連作の一つとするつもりで書き、然し前に柳堂を書いた時から大分年月が経つてゐた為めに、柳堂のポーズに自分がなりきれず、何度も書損じをした。仕舞ひに面倒臭くなり、地金で書きかへてしまつた……。》

細かなことをいえば、昭和六年四月二十四日の志賀日記に〈夜（柳堂）を書く〉、翌二十五日に〈予定の（柳堂）書けず〉などの記事が見える。おそらくこの〈柳堂〉が「万暦赤絵」の前身で、すくなくともこのあたりまでは〈柳堂のポーズ〉がつづいていたわけである。昭和七年の日記は空白だが、八年に入って、七月二十三日に〈仕事少しとりつく、明日あたり書けさう〉との一行がある。八月四日「万暦赤絵」を書きあげ、五日に清書を終えている。矢島柳堂への扮装から作家自身の〈地金〉まで、かなり短くない時間が必要だったわけである。

むろん、「矢島柳堂」の連作自体がもともと純然たる私小説である。私小説といえども、作者は作品の内部で他の人格に化身し、仮構の生を生きることを試みねばならぬ、作家はそういう操作のなかでのみ作家でありうるというしごくあたりまえの常識に〈柳堂のポーズ〉は支えられていたはずなのだが、だとすれば、柳堂の扮装から作家の〈地金〉にまで下降することは、いわば小説の破産を意味することにもなろう。にもかかわらず、「万暦赤絵」を小説として受取ってあやしまぬ理解が、当時の文壇にはすでに牢固として成立していた。

志賀直哉の率直な感想は、はしなくも私小説の特質のひとつをあざやかにした観があるが、さしあたっての主題に即していえば、おなじ事情が日本の近代作家の随筆から、ある種の特権をうばいさることになった。小説の随筆性が逆に随筆固有の魅力をうばうのである。作家の随筆が読者の感興をそそる理由のひとつは、仮構の生を試みる小説家の〈地金〉をそこに読みとるからである。しかし、日本の読者は多くの場合、作家の素顔を小説で読んでしまっている。

「柳橋新誌」を書いた成島柳北や辛辣な諷刺で知られた斎藤緑雨のように、随筆を有力な武器として現実へたちむかった作家もいないわけではないが、概して、自然主義以後の時期になると、文学としての随筆の伝統は、むしろ寺田寅彦や中谷宇吉郎などの科学者、あるいは阿部次郎・安倍能成などの哲学者、茂吉や白秋以下の詩歌人等々によって育てられてきたようである。

むろん、夏目漱石をはじめ永井荷風・芥川龍之介・佐藤春夫・菊池寛・久米正雄など、魅力的な随筆を書きのこした作家もいないわけではない。しかし、かれらの多くが虚構の文学をいっぽうの極にもつ作家であった事実は、私小説の随筆性が、随筆固有の世界をとみに貧しくしたことを逆に証明している。私小説系の作家で、かれらと拮抗する随筆をのこした作家はほとんどいない。「新片町より」などの多くの随筆集をもつ島崎藤村はめずらしい例外のひとりだが、その随筆は――とくに大正期のそれにいっそう明瞭にしめされるように――自伝作家の影に蔽われていた本来の思想家の面目を如実に伝えている。一種の〈地金〉で書かれた随筆だといえるのである。

漱石以下の随筆に、読者はやはり、小説ではたやすく見やぶれない作家の素顔を読む。といういいかたはやや乱暴だとしても、すくなくともこれらの作家たちが、小説的世界を築くときとははっきりちがった姿勢で〈こころにうつりゆくよしなしごとをそこはかとなく〉書きつけているのは確かである。漱石の「夢十夜」や芥川の「大川の水」のように、なかば仮構にちかい、随筆というより小品と呼ぶべき作品についても、そういえる。

谷崎潤一郎も日本の近代作家のなかでは、比較的多くの精力を随筆に割いた作家のひとりである。

「陰翳礼讃」や「青春物語」などから、果ては「倚松庵随筆」にいたる代表作をあげるまでもなく、谷崎の随筆が奔放自在な語りくちのなかに、読者を魅了してやまぬ興趣をたたえることは定評がある。その多彩な魅力を一言で要約するのは困難だが、ともあれ、それが素顔の魅惑にほかならぬのはいうまでもない。

谷崎潤一郎は多くの小説でえがいたように、素足の魅力をじゅうぶんに知っていた。しかし、作家自身の素足は小説にではなく、随筆のなかに写されている。あるいは、谷崎は仮構と地金との関係をもっとも明確に計量して、随筆を書いた作家のひとりかも知れない。

たとえば「私の貧乏物語」に、つぎの一節がある。

《最近、私が創作よりも随筆の方を多く書くのは、随筆ならば疲れた時には人を頼んで筆記して貰ひ、口授をしながら進められるので……その間に遊びの時間を適当に割り込ませつゝも、どうにかやつて行けるからである。》

谷崎潤一郎にとって、随筆はあくまでも〈遊び〉だったのである。けれども〈遊び〉であるゆえに、それは谷崎が小説家として拠ってたつ基盤、いわばその〈地金〉をいっそう確かなかたちであからさまにすることになった。その〈地金〉がいかに豊穣であったかは、中村光夫の「谷崎潤一郎論」が、論理の発端をより多く、谷崎の小説よりも随筆に仰いでいるのを見ても明らかである。谷崎潤一郎の随筆もまた、この作家のひろい裾野の展望を望見させる。

私小説の円環

久米正雄が昭和十年四月に「二階堂放話」(「文芸春秋」連載)の一連として書いた「純文学余技説」は、筆者みずから〈論文の体はなさない〉ことを認めたように文字どおりの放談でしかないが、いかにもこの作家らしい率直な、八方破れの感想をふくんでいる。志賀直哉の作品は〈純文学の最高峰〉で、同時に〈生活者の余技〉であり、横光利一の〈色々な構成や、本職的企みのある小説は……結局、六ケ敷い通俗小説でしか無い〉などという発言がそうだが、むろん、この久米の信条告白は、大正十四年の「私小説と心境小説」における主張のほぼ正確なくりかえしにすぎない。大正末期の私小説論争に一石を投じたこの論文でも、久米はトルストイやフローベルが偉大な通俗小説作家であり、〈私〉を〈心境〉によって表現する心境小説こそが真に〈芸術の花冠を受くるもの〉であるゆえんを熱っぽく説いていた。

「私小説と心境小説」から「純文学余技説」にいたる十余年間は、プロレタリア文学運動の前史から壊滅までの時期とかさなり、新感覚派以後のモダニズム諸傾向のあわただしい継起の過程ともかさなる。それをどう呼んでもよいが、昭和文学史の最初の激動期であったのはまちがいない。既成リアリズム概念の動揺も深刻で、そのひとつの帰結である私小説もほとんど跡をはらっていた。

その私小説の屛息期に〈行きづまり〉〈尻尾を巻いて〉外国へ逃げだした（広津和郎「わが心を語る」）はずの久米正雄が、ふたたび自信にみちた断言をあえてする背後には、時流のうごかしがたい回帰があった。私小説の栄光から復活までの円環が閉じられたのである。

たとえば小林秀雄は昭和十年に次のように書いている。

《わが国の自然主義小説はブルジョア文学といふより封建主義的文学であり、西洋の自然主義文学の一流品が、その限界に時代性を持つてゐたのに反して、わが国の私小説の傑作は個人の明瞭な顔立ちを示してゐる。彼等（注、マルクシズム文学）が抹殺したものはこの顔立ちであつた。思想の力による純化がマルクシズム文学全般の仕事の上に表はれてゐる事を誰が否定し得ようか。》（「私小説論」）

小林がこう書くためには、かれ自身の内部で「様々なる意匠」からのある種の屈折――ほとんど後退と呼んでよい――があったように見えるが、いまはそれを問わない。しかし、マルクス主義文学とはいわず、昭和文学の実質的部分は私小説の〈個人の明瞭な顔立ち〉を、果してよく抹殺しえたか？　事態は昭和十一年に、当の小林秀雄が正宗白鳥と、トルストイの家出をめぐるいわゆる〈思想と実生活〉論争をたたかわせたときに明らかになる。

論争の展開をこまかく追ってみる余裕はないが、両者の対立点だけを性急に図式化すれば、ほぼ、つぎのようなことになる。

〈実生活から全く遊離した抽象的煩悶はない〉、だからトルストイの家出もそれが思想の行為だったにせよ、その決行をうながしたのは〈夫婦間の実生活〉である。〈実生活と縁を切つたやうな思想は、幽霊のやうで案外力がない〉という正宗白鳥の唯一の論点に対して、小林秀雄は〈あらゆる思想は実生活から生れる。併し生れて育つた思想が遂に実生活に訣別する時が来なかつたならば、凡そ思想といふものに何の力があるか。大作家が現実の私生活に於て死に、仮構された作家の顔に於て再生するのはその時だ〉との本質論をつきつけた。

この対立も視点をすこしずらせば、私小説か本格小説かの二律背反とかさなるだろうが、論理の整合と密度にこだわれば、明らかに小林に軍配をあげざるをえない。にもかかわらず、小林の緻密な論理をもってしても、すべてを私生活に還元する白鳥の固有の思考方式——小林流にいえば〈永年リアリズム文学によつて錬へられた正宗氏の抜き難いものの見方とか考方とか〉を、ついに否定も抹殺もできなかったのではないか？　小林秀雄は手をかえ品をかえて執拗に城を攻めつづけた。しかし、白鳥の城を抜くことはついにできなかったというのが、思想と実生活論争の率直な印象である。論争の首尾をつらぬく白鳥の単純な、それでいて頑固な白鳥らしさ、いわば〈明瞭な顔立ち〉こそ、かつて十年前に、久米正雄の仰望した私小説作家の生身の人間像にほかならない。

そうした思想以前、文学以前の裸の〈人間〉に、いたましい憧憬を語りつつ敗れた作家に、芥川龍之介がいる。その芥川の「文芸的な、余りに文芸的な」と、谷崎潤一郎の「饒舌録」とが応酬をかわしたいわゆる〈小説の筋〉をめぐる論争は、死を直前にした芥川の最後の文学的事件として有名だが、この論争がやはり、大正末期にはじまる私小説論争の一環に位置づけられねばならぬゆえんはすでに述べた。

「饒舌録」はもともと文芸時評として「改造」に連載されたものだが、その冒頭に〈実は時評をする積りはない〉〈一人の作家を見出す為に百も千もの駄作を読む暇はない〉〈その方面は他の適当な批評家に任せて、私はいつも多少世間が問題にするやうになつた作物を、後でゆつくり読むことにしてゐる〉などという破天荒なことわり書がついている。これは小説家としての不逞な自信を秘めた発言にちがいないが、にもかかわらず「饒舌録」は芥川との論争をふくむことによって、文壇のなまなましい動向とじかに触れあう時評性を担うことになったのである。

ほぼ十年後に、谷崎潤一郎は「『芸』について」(改題「芸談」)を書き、「陰翳礼讃」を書いた。伝統芸術の神髄としての芸をたたえ、日本文化の根底にある微妙な陰翳美について語ったのである。これらの感想も結果として、やがて〈日本への回帰〉をいそぐはずの文壇の動きを先取りした発言であった。にもかかわらず、このときの谷崎の眼は時流の紛々たる現象をもはやいささかも見ようとはしていない。かれの作品が文壇の外に甘美に聳立していたゆえんだが、私小説の円環をとじた周期は、谷崎潤一郎にとって時代を超え、私小説を超える芸術世界を不動のものとする時間でもあったようだ。

文学的抵抗

昭和八年二月の小林多喜二の獄死は、あいつぐ弾圧で急速に弱体化しつつあったプロレタリア文学にとって、最後のとどめの一撃となった。警察側の発表では死因は心臓麻痺ということになっていたが、誰の眼にも拷問の痕があきらかな、満身創痍の死体が同志のもとにかえされたとき、プロレタリア文学運動の組織は真に瓦解への道を辿りはじめた。

同年六月、日本共産党の最高指導者だった佐野学と鍋山貞親とが、獄中から「共同被告同志に告ぐる書」を発表して共産主義思想の放棄を宣言した。世にいわゆる転向声明である。この事件もまた側面から、プロレタリア文学運動の壊滅をうながすことになった。あたかもプロレタリア・リアリズムの前衛性を否定する社会主義リアリズムがソヴィエトから紹介されたこともあって、日本プロレタリア作家同盟(ナルプ)は文学論と組織論の両面で収拾のつかない混乱におちいり、昭和九年三月にはみずから解散を宣言するにいたる。

ナルプ解散の波紋のおよぶところは深く、また、大きかった。なによりも、それはたんに一文学運動の終焉を意味しただけでなく、昭和文学の命運を卜するに足る事件だった。マルクス主義文学の死んでゆく過程は、この時代のすべての文学がやがてたちむかわねばならぬ黒い権力の所在を無気味に予言したからである。

ナルプ解散に踵を接して文壇に一種の活況がおとずれ、創作意欲の昂揚がめだった現象となったのは事実である。当時、〈文芸復興〉などという気ばやな呼び声さえ聞かれたが、革命運動の挫折を主題とする転向文学の出現にはじまり、旧世代作家の創作活動の再開、「紋章」(横光利一)や「雪国」(川端康成)などを書いた昭和世代の作家たちの成熟、そして、芥川賞の創設に象徴される新人作家の輩出とつづく一連の事態が、昭和八、九年の交から十二年前後にかけて、昭和文学史のもっとも豊穣な季節をもたらしたのである。そうした文運の隆盛と、マルクス主義文学の退潮にともなう政治からの一種の解放感とが、いわば表裏一体の関係にあるのも無視できないが、同時に、運動の退潮を余儀なくしたファシズム勢力の擡頭、あるいはその予感が、この時期の文学に潜在的な不安や危機の実感を強いることになった。

相前後して、シェストフの〈不安の文学〉が紹介されたり、ヒューマニズムの擁護が説かれたり、時代の矛盾を能動的に打開するための行動主義が要望されたりするが、そうしたあわただしい動きの底にも、〈文芸復興〉の威勢のよいかけ声とはうらはらな、おもく沈んだ焦燥が見てとれた。高見順や太宰治など、この時期に脚光を浴びた新人作家の多くに、虚無や頽廃の影を帯びた作風がめだつのも、時代そのものに潜在する危機の反映にほかならぬだろう。

はたして、昭和十一年の二・二六事件、翌十二年の日中戦争という、昭和史の危険な曲り角があいついであらわれたとき、文学の危機は急速に顕在化し、具体化してきた。石川達三の「生きてゐる兵隊」が微温的な内容にもかかわらず、発禁・起訴の厄に遭うのは昭和十三年である。国家権力の文化干渉、文化統制はなかば公然とおこなわれ、しかも文学者の側では、ファシズムにたいする組織的な抵抗はついに不可能であった。以後の昭和文学の歴史は、誇張していえば、戦争の渦に呑まれた死屍累々の記録であった。〈文芸復興〉の記憶をむなしい幻影にとどめて、文壇は太平洋戦争下の恐るべき荒廃にまで、一路下降していったのである。

その間、わが国の文学が語の真の意味で、一篇のレジスタンス文学も持てなかったという事実はにがいが、だからといって、芸術の法燈がまったく絶えてしまったわけではない。戦争文学・国策文学の氾濫するおなじ時期に、たとえば中野重治や宮本百合子らの〈頭はさげても膝は曲げない〉硬い背骨もあった。しかし、かれらがそうした心情の姿勢に相応じて、執筆さえ困難な場所に追いつめられていったのに対して、むしろ紅旗征戎をわが事にあらずとする精神によって、いわば芸術的抵抗のひそかな水脈がまもられていた。たとえば昭和十六年に堀辰雄は「菜穂子」を書き、石川淳は「森鷗外」を書いた。また、川端康成は昭和十七年に、本因坊秀哉の芸魂と死をえがく「名人」の稿をおこしている。おなじ年の「文学界」には、芸術家の宿業をえがく中島敦の「山月記」が載った。これらの自己完結的な世界は時代の悪気流からもっとも遠くに身をおきながら、そのことによって時代への痛烈な批判となったのである。

「韮崎氏の口よりシュパイヘル・シュタインが飛び出す話」から「きのふけふ」まで、昭和八年から十七年にかけて書きつがれた谷崎潤一郎の諸作も、おなじく徹底的な時潮の無視にきわだった特色がある。あらゆる政治を侮蔑して生きてきた巨大な個性の、おのずから身についた風格の流露があり、堀辰雄や石川淳らの世界がもっと意識的な文学方法によって獲得されたこととの差はあるが、これもまた、昭和十年代文学の芸術性のありかをしめす作品群にまぎれもない。

たとえば「きのふけふ」は昭和十七年に書かれた随筆だが、その一節に永井荷風との再会の記事がある。洋服に白足袋という異装であらわれた荷風は、むかしなじみの料亭の女将をつかまえて、かつての下谷や浅草界隈の思い出を語って倦むところがなかったという。この夜の交歓に、紅旗征戎の時代の影はいささかも落ちていなかったはずである。

この日の記事は荷風の日記にも見える。

《志保原に至るに谷崎君既に在り。……料理の中記憶に留るもの鯛の塩焼、飯鮹さくら煮。刺身。鱧吸物。蕎麦切等。食後ぜんざい。……時節柄一として珍羞にあらざるはなし。この旗亭志保原は余の若かりしころには芸者連込の温泉宿なりき。神田講武所の小勝といひし妓と共に折々来りて巫山の夢を結びしことあり。》（昭和十七年三月初一）

などという一節もある。やがて偏奇館焼亡の記事にいたる、この「断腸亭日乗」もまた、同時代への完全な見切りを精神の糧とする、文学的抵抗のひとつの相にほかならない。

日本への回帰

保田与重郎の「日本の橋」が「文芸」に発表されたのは昭和十一年の十月である。日本のさまざまな橋にたくして民族の精神と詩想を語った文章だが、古代と現代、西洋と東洋を自在に往復する感受性の軌跡が散文詩を思わせる語りくちの文章で綴られている。いわば一種の美文でしかまだないが、そのきらびやかな文体の裏には、前年の三月に日本美の復古運動をめざして創刊された雑誌「日本浪曼派」の中軸として、やがて民族主義、日本主義のイデオログに転じてゆくはずの保田与重郎の貌が、どうまぎれようもない明瞭さで読みとれたのである。念のためにいえば、滅びと頽廃の白鳥の歌の悲しさを知っていた保田の死の美学の独創性と、その美学が浅野晃や影山正治等々の亜流を生んだ事実とはやはり区別されねばならない。

昭和十一年といえば、文壇にはいわゆる〈文芸復興〉の名で呼ばれた文運隆盛のむなしい残照がただよっていた頃だが、同時に、他方ではこの年から翌年にかけて、〈日本精神〉だとか〈日本的なるもの〉だとかいったあらたな問題が、ようやく踏絵的な性格をも帯びて提起されはじめている。昭和十二年四月以降、「東京日日」および「大阪毎日」の両紙に連載された横光利一の「旅愁」がカソリックと古神道の対立という難解な課題を根底にすえて、かれなりの解答の模索だったのはひとの知るとおりである。しかし、ファシズムの擡頭という厳然たる事実のまえで、近代知識階級の命運を問うそのモチーフは民族主義への急激な傾斜を免れなかった。

保田与重郎は昭和十七年に「攘夷の精神」(「文芸春秋」一月号)や「後鳥羽院」(五月)を書いた。〈臣民の道〉の文芸化をめざした新国学のそれなりの頂点であろう。おなじ年の一月、「中央公論」は高坂正顕・西谷啓治・高山岩男・鈴木成高ら、京都学派の哲学者による座談会「世界史的立場と日本」を試み、「文学界」はおなじく九、十の二ヵ月にわたり、特集「近代の超克」を連載した。文化綜合会議と銘うった同題の座談会も行なわれているが、企画の参加者には亀井勝一郎・林房雄・中村光夫・河上徹太郎・小林秀雄・諸井三郎・西谷啓治らの顔触れが並んでいる。このふたつの座談会の悪名はあまりにも高いが、それにしても、強いられた戦争の不条理を視野のかたはしにおきながら、その主体的肯定と参加《アンガージュ》の方途をさぐろうとする絶望的な試み自体は——時代状況と相対化される功利性はもとより否定できないが——なお、当代の知識人の、負うべき十字架に誠実であろうとした知的追求のひたむきさを認められていい。いずれにしても、ここが〈日本への回帰〉のゆきつくひとつの突端だったのはまちがいない。

前述のとおり、谷崎潤一郎もほぼおなじ時期に、伝統芸術や日本美への讃嘆をあからさまに語りはじめている。西洋から日本への谷崎なりの過程は確実にあったし、それは結果として〈日本への回帰〉をいそぐ時潮の先取りにもなった。しかし、歴史的時間の内部では〈日本への回帰〉という大きな動向の一環に位置づけられるこの作家の変貌は、にもかかわらず、多少とも微視的な視座にたてば、時代性との大きな距離がただちに確認できる。たとえば日本浪曼派のひとびとや「近代の超克」の発言者たちと、谷崎潤一郎との差はおのずと明瞭だろう。

結論ふうにいえば、市民社会のいちおうの成立以後に自己形成の時期をもつ昭和作家をまきこんだ〈東と西〉の課題と、もっと早い時期にいわば〈西洋〉に仮装して近代を手に入れた旧世代作家のそれとの差である。前者は西欧を敵として認識した。自己のメンタリティの基盤として西洋を認めざるをえない矛盾ゆえに、西洋は真に攻めるべき城として彼らの前にあらわれたといいかえてもよい。

谷崎潤一郎にとって、西洋はそれへの仮装から脱けてしまえば、もはや敵でさえない。自己の脱ぎすてた衣裳をしかと踏みすえて、かれは固有のメンタリティの内部へ、つまり江戸へ、あるいは江戸と短絡した東京へ帰ってゆく。随筆「東京をおもふ」にも、そうした心情の一半はあらわである。それは〈未曾有の天災と不躾な近代文明とに自分の故郷を荒らされてしまひ、親戚故旧を亡ぼされてしまつた人間の怨み言〉という形で、仮装から醒めた人間の故郷願望の情を縷々として語るのである。

「私の見た大阪及び大阪人」につぎの一節がある。

《関西の都会の街路を歩くと、自分の少年時代を想ひ出してしみ〴〵なつかしい。と云ふのは、今日の東京の下町は完全に昔の俤を失つてしまつたが、それに何処やら似通つた土蔵造りや格子造りの家並みを、思ひがけなく京都や大阪の旧市街に見出すのである。》

谷崎は〈忘れてゐた故郷〉を関西に発見したのである。関東大震災による関西移住が谷崎の伝統美発見のとおい端緒なのはいうまでもないが、中村光夫の指摘があるように（「谷崎潤一郎論」）、それは京都や大阪の直接の感化というより、関西の風土に見出した〈故郷〉へ遡源する心情の自然であった。谷崎が関西のすべてをよしとするのでないことは、「所謂痴呆の芸術について」や「大阪の芸人」などの文脈のはしばしに読みとれる。大阪を見る東京の眼はなお消えていない。

中村光夫の指摘を借りていえば、関西で演じられた谷崎の劇は〈知識階級〉から〈町人〉への変貌であった。それとかさなって、西洋から日本への傾斜があったのである。谷崎の手に入れた〈日本〉が美意識の領域に終始して、同時代の知識人の命運を賭けて問われた〈日本への回帰〉とほとんど無縁だったゆえんである。

暗い谷間

谷崎潤一郎が「細雪」の稿をおこしたのは昭和十七年である。この年、文学や芸術に対する国家権力の統制は、ほとんど凶暴といってよいほど徹底化していた。山本有三の「路傍の石」が官憲の忌諱に触れ、作者がみずから「ペンを折る」決意を語って中絶を選んだのは昭和十五年の八月である。下層社会の連帯をまなびはじめた主人公吾一の成長が当局を刺戟したとも伝えられるが、この種の露骨な文芸干渉は、太平洋戦争の勃発前後からいっそう険悪になり、文学者の表現の自由はまったく封殺されるにいたった。戦争讃美・国策遂行をうたう有用の作品が流行し、文壇はとめどなく文学不在の〈暗い谷間〉に迷いこんだのである。

昭和十六年には徳田秋声の「縮図」が厄に遭った。〈芸術本位〉に〈時代の許す範囲で自由に書きたい〉(予告)という意図ではじめられたこの長篇小説は、巷の芸者の半生を老練な筆で綴って、透徹した人生観照の奥ゆきをしめした傑作だが、「都新聞」に八十回まで連載されたところで内閣情報局の干渉を受け、おなじく妥協をこばんで中絶した。恋愛や風俗の描写さえ、時局に非協力との理由で圧迫されるにいたったのである。

谷崎潤一郎の「細雪」もまたその受難をまぬがれなかった。その間の経緯は、当時の「中央公論」の編集長畑中繁雄の回想にも詳しい。

《藤村先生の「東方の門」と二本建で「細雪」を大きく打出した昭和十八年度の新年号は、それだけで世の視聴を衝動させ、雑誌もまた空前といっていい活況を呈した。しかし反響が大きかつたことは、それだけ当局からの干渉を早めたし、直接検閲の網にひつかける箇所がなかつただけに、いいがかりはいつそう老獪と悪らつをきわめた。》(「夢魔の一時期」)

〈時局を弁えない〉〈不謹慎きわまる〉といういいがかりに、〈万策尽きて、ついに掲載中止が確定した〉と畑中氏は書いている。「東方の門」が死によって中絶する藤村の最後の大作であり、ながい作家道程のゆきついた民族の叙事詩だったのに対して、「細雪」の書きだしは、高雅な芸術的世界の開幕を告げる甘美な予感にみちていた。時代の悪気流は、この優艶な恋愛小説の存在を脅かすほど濃かったのである。第二回が三月号に掲載されたのみで、「細雪」はその誌上から姿を消した。

「縮図」は作者の死（十八年十一月）によって、未完のままで終った。しかし、「細雪」は中絶後も稿を継いで、翌十九年七月、上巻二百部が私費で刊行された。作者の回想によれば、この私家版に対しても当局の干渉があったという（「『細雪』回顧」）。が、小説はその後も熱海の疎開先でひそかに書きつがれ、十九年十二月には中巻を脱稿している。

「細雪」の発表を断念するに際して、原稿九十六枚目、現在の上巻第十九章末尾の後書に〈他日、これが完成発表に差支なき環境の来るべきことを遠き将来に冀ひつゝ、当分続稿を篋底に秘し置かむとす〉という一節がある。そういえば、藤村も「東方の門」の予告に、〈実はこの作、戦後にと思つて、その心支度をしながら明日を待つつもりであつた〉という一行を残している。このふたりの文豪は、果してどういう〈戦後〉を、それぞれに思い描いていたのであろうか。

昭和十七年十一月三日から三日間、日本、満洲、中華民国、蒙古などの文学者を集めて、第一回大東亜文学者会議がひらかれている。聖戦遂行への忠誠を誓う、お仕着せのセレモニイであったが、初日の発会式に出席した藤村は聖寿万歳の音頭を取った。平野謙はその洗いさったような〈稚醇の美〉に、三代の風雪に耐えた文学者の〈生きた象徴〉を見たと書いている（「ふたりのすがた」）。おなじ日、巌谷大四は、情報局次長奥村喜和男の演説なかばに、〈小声で「ふん、つまらんことを言つてやがる」と言つて、すつと立つて出て行つてしまつた〉徳田秋声の姿を目撃している（「非常時日本文壇史」）。そしてまた、おなじ日の「断腸亭日乗」には、つぎのような記事が見える。

《十一月初三。晴。此夜十二時より酉の市なり。浅草上野辺の電車昼の中より乗客おびたゞしく乗る事能はざる由。ひとり金兵衛に夕飯を喫す。》

荷風も当時、かたくなな沈黙のなかにいた作家である。かれの名が諸雑誌から消えてひさしかったが、その間、「ひとりごと」（のちに「問はず語り」）「踊り子」「来訪者」などの短篇がひそかに書きつがれていた。荷風もまた、谷崎潤一郎とおなじように、〈戦後〉を信じていたひとりであった。

偏奇館を空襲で焼かれ、明石や岡山の旅舎に仮寓した荷風は、昭和二十年の八月十三日に、岡山県の勝山に疎開していた谷崎潤一郎を訪れている。焼けのこりの全財産をカバンと風呂敷包の振分け荷物にし、背広にカラーなしのワイシャツという風態だったという。しかし、その嚢中には「ひとりごと」以下の原稿があった。それを谷崎に托して、荷風は十五日に辞した。その日、太平洋戦争が終るわけだが、谷崎が敗戦を知らされたのは、「ひとりごと」の原稿を読みふけっている途中であった（「疎開日記」）。

「細雪」はようやく〈完成発表に差支なき環境〉にめぐりあったのである。昭和二十一年以降、上・中巻があいついで刊行され、下巻の原稿は、京都南禅寺下河原町の潺湲亭や南禅寺塔頭真乗院で書かれた。「婦人公論」に連載して局を結ぶのは、昭和二十三年の十月である。最初の発表から完結まで、まる六年の歳月が過ぎたことになる。この六年の時間は、〈暗い谷間〉に耐えて自己の世界をまもったひとりの作家が、文学的抵抗の記念碑を刻むための時間でもあった。

終焉と出発

昭和二十年八月十五日、すべての文化を荒廃に帰して戦争が終った。ポツダム宣言の無条件受諾を告げるかすれた玉音を、晴れた暑い日射しのなかで、ひとはさまざまな感慨とともに聞いたはずである。

この日、山形県の片田舎に疎開していた横光利一は、敗戦の報を聞いたとき、西日を受けて光る山脈の無言のどよめきを耳にし、夏菊の懸崖が焔の色に燃えあがるのを見た。また、すぐつぎの日には〈敗戦の憂きめをぢつと、このか細い花茎だけが支へてくれてゐる〉かと、〈茎のひよろ長い白い干瓢の花〉に見入ることもあったし、また別な日には、庭石に白い蝶の影をおとす午後の日ざしゃ、歴史を秘めた山河のたたずまい、そして、そこに生きる老婆の〈最後の生の眺めのごとき曲つた後姿〉にふかい感慨を抑えかねていた。そうした日々の思いを綴った日記体の小説「夜の蝶」は当時、夜光虫の光のように冴えて美しいと評されたが、一介の疎開者として、無智で、強欲な農民たちの生活と心理を見まもる作者は、透徹した心境をわがものとしている。この小説のどこか妖しい感銘が横光自身の健康のおとろえと、日本の敗北による挫折感とのいわば二重の死の代償だったのはいうまでもない。

横光利一は敗北の傷を癒すいとまもなく、二十二年の十二月に逝いた。川端康成はその葬壇にさきげた弔辞の一節で、つぎのように書いた。

《国破れてこのかた一入木枯にさらされる僕の骨は、君といふ支へさへ奪はれて、寒天に砕けるやうである。》

川端はまた敗戦直後に、島木健作の死に触れて、つぎのような感慨を洩らしている。

《私の生涯は『出発まで』もなく、さうしてすでに終つたと、今は感ぜられてならない。古の山河にひとり還つてゆくだけである。私は死んだ者として、あはれな日本の美しさのほかのことは、これから一行も書かうとは思はない。》

〈終戦後このひとのほかにたれがこれほど真実のこもつた感慨をもらしえたらうか〉という福田恆存の批評がある（「終戦後の文学」）。

〈日本の美しさ〉を白鳥の歌とする決意は、川端の文学にはやくから潜んでいたモチーフの変奏であり、福田恒存もいうように、それはむしろ〈古き時代のかたくなさ〉をつらぬく姿勢にほかならない。しかし、そのかたくなさの背後には、現実の荒蕪と流亡を映すつきつめた眼がある。敗戦のもたらす危機感が、孤高な美意識への沈潜をうながしたわけで、それはやがて「千羽鶴」や「山の音」などの秀麗な世界を築くことになる。

むろん、まったく違った感慨で敗戦にたちあった作家たちも多い。

たとえば、宮本百合子は福島県の弟の家族の疎開先で、八月十五日を迎えた。夫顕治は六月に無期刑が確定して、市ヶ谷から網走刑務所に移送されていた。彼女はみずから網走に移り住もうとして福島まで辿りついたが、津軽海峡の連絡船が動かないため足留めされていたのである。百合子も天皇の放送を聞いたとき、寂《せき》として声のない大気が〈八月の真昼の災暑に燃え、耕地も山も無限の熱気につつまれてゐる〉のを感じた。しかし、その彼女の、身体のふるえるような感動は、横光のそれとはおよそ異質だった。翌日、夫に宛てて手紙を書く百合子は、小説「播州平野」の表現を借りていえば、〈こみ上げて来る声なきかちどきで息苦しいばかりだつた〉という。

他方、そうした個々の感慨とは別に、日本の徹底した非軍事化と民主化をめざす連合軍の占領政策は既成のあらゆる価値や秩序をくつがえし、政治機構と社会構造を根底からゆるがすかに見えた。人間性の解放も、表現や思想の自由も、ながい抑圧から回復された。いっぽうで、敗戦のもたらす混乱・虚脱・頽廃が根強くわだかまりながら、同時に敗戦による社会革命の可能性が本気になって期待された。日本共産党が占領軍即解放軍などの規定をおこなうという事態のなかで、河上徹太郎の皮肉な表現をなぞっていえば、〈自由〉と〈民権〉の到来をむかえる鳴物入りのお祭騒ぎが進行していたのである。そして、希望と絶望、終焉と出発の錯雑したアラベスクを織る心理風景とともに、文学の再建もまた日程にのぼってくる。

宮本百合子がたかぶった語り口で、新しい文学の出現をうながした「歌声よ、おこれ」（昭和二十年十二月）が、戦後文学の事実上の第一声となった。

戦後の文学を主導したのは急速に再建された文芸ジャーナリズムである。「新生」のいちはやい創刊（昭和二十年十月）にはじまって、「世界」「展望」「人間」「近代文学」などの綜合・文芸雑誌があいついで創刊され、また、戦争末期に弾圧によって姿を消し、あるいは発行不能におちいっていた諸雑誌、たとえば「新潮」「文芸春秋」「中央公論」「改造」「日本評論」なども、つぎつぎに復刊された。

これらの雑誌がまず作品を求めたのは、戦争中に比較的純潔をまもってきた老大家である。「世界」の創刊号には志賀直哉の「灰色の月」が発表され、「人間」の創刊号には里見弴の「姥捨」や正宗白鳥の「『新』に惹かれて」などが載った。「中央公論」の復刊号以下には永井荷風の「浮沈」が連載され、谷崎潤一郎に托されていた「踊り子」も「展望」の創刊号を飾った。谷崎自身も、ややおくれて「細雪」の濃艶な世界を完結し、「少将滋幹の母」によって独創的な王朝絵巻をくりひろげることになる。

日本の近代史の浮沈を身をもって生きたこれらの作家たちは、昭和世代の作家がなんらかの形で戦争と敗戦の衝撃をまぬがれなかったのに比して、はるかに自在に暗黒の時代をくぐりぬけたようである。〈古き時代のかたくなさ〉がより牢固だったわけだが、それだけに作品自体の高度な完結性はともかく、主題や方法が戦後社会の特殊な状況と直接に交叉することはなかった。しかし、かれらによって戦後文学の最初の頁がめくられた事実の意味は、まもなく戦後派の文学運動の擡頭した同時代よりも、むしろ後代の評価にゆだねられるべきであろう。

戦後の終焉

「鍵」(昭和三十一年)は「少将滋幹の母」とともに、谷崎潤一郎の戦後の代表作にかぞえてよい作品だろうが、発表と同時にはげしい賛否両論の矢面にたたねばならなかった。まず第一回が現われただけの時期に、はやくも臼井吉見が「朝日新聞」の文芸時評で「卍」の系譜を継ぐ作品として位置づけながら、〈性の奥底から人間をとらえた画期的な作品〉と評価した。臼井は作者をひそかにローレンスに擬そうとさえしているが、「毎日新聞」の時評を書いた平野謙も生理的な人間把握の徹底をいい、「少将滋幹の母」を抜く秀作の出現を期待した。いっぽう、これらの讃辞に対して「読売新聞」の文芸時評では、亀井勝一郎が信仰と思想の裏づけを欠くモチーフの貧しさを責め、否定的な評価をあたえている。

亀井の批判は、のちに臼井吉見との論争の過程で、谷崎には死の深淵と対峙する危機の認識がないことを理由に、谷崎とローレンスとの距離を確認するという形で論拠をととのえてゆくが、その論理には明らかに「春琴抄」や「少将滋幹の母」を谷崎文学の最高峰とする立場の反映があった。だから、亀井は「鍵」と「卍」の系譜を認めながら、「卍」そのものを性的遊戯への惑溺にすぎぬとして退けたのである。臼井吉見は逆に「卍」を前期の最傑作と認める立場から、「蓼喰ふ虫」以後で消えた可能性の復活を「鍵」に見ようとする。谷崎文学をどう見るかという文学観の差がおのずから評価の対立をみちびいたわけで、だからある意味で、「鍵」論争は谷崎文学の本質に迫るための有効な端緒にもなりえたはずである。

その後、「鍵」が「中央公論」に連載されてゆく過程で、この小説をめぐる論議はさまざまに尽きなかった。論争は小説の完結した翌月に、「中央公論」が臼井吉見・亀井勝一郎をはじめ伊藤整・十返肇らを動員して特集した「さまざまの『鍵』論」でいちおうの終止符をうたれるが、その間に臼井が讃美から否定に転じ、逆に、はじめは批判的だった中村光夫がのちには弁護論にまわるなどの事態が生じ、他にも否定、肯定とりどりのニュアンスで、荒正人・青野季吉・福永武彦・山室静らの発言があった。なかでも高橋義孝が多くの「鍵」批評を俗物主義としてしりぞけながら、この小説のテーマは性欲にはなく、〈所有に対する……恐ろしい焦慮と追求との描写〉であることを指摘した新しい見解（「鍵批評を批評する」）が注目された。十返肇が〈肉体の人間生活に対する支配力〉という思想の徹底をそこに読んだ批評とともに、「鍵」にもっとも好意的だった論のひとつである。

しかし、論議が多岐に沸騰したわりには論争自体の結論も、そこからの収穫もさほど明確ではない。「鍵」の評価も、「鍵」をテコとする谷崎文学の本質的な理解も、なお今後の問題として残されている。おそらく論争があいまいに解消した理由の一半は、論争というものの本質的な不毛性や小説自体の難解さに帰せねばなるまい。だが、それと同時に、「鍵」をめぐる論議が文学論の領域を逸脱して、いわば一種の社会問題として通俗化していったところにも、この論争の後味の悪さがある。

たとえば小説の第二回（五月号）に踵を接して、「週刊朝日」が「ワイセツと文学の間・谷崎潤一郎氏の『鍵』をめぐって」というセンセーショナルな表題の特集記事を組んでいる。近藤日出造・金森徳次郎・荒垣秀雄などといった人々の非芸術説が掲げられているが、巨大な発行部数をほこる週刊誌の特集という事実自体が、「鍵」の問題を不当に通俗な場所にひきだすことになったのはいうまでもない。果して、折から売春禁止法を審議中の国会法務委員会で、世耕弘一委員が刑法百七十五条に抵触しないかと政府委員にただしたり（五月十日）、松原一彦法務政務次官がほとんどポノグラフィと同一視する意見を新聞紙上で公表したりする（たとえば「毎日」五月十二日）という事態さえ生じた。文壇の内部では、〈自由の敵〉ときめつける石川達三のやや性急な批判もあらわれた(「東京新聞」三十二年一月二十二日)。むろん、これらの通俗論や良識論に対しては亀井勝一郎や福田恆存らのきびしい反論があいついだが、それにしても、経済の高度成長にともなう大衆社会的状況の成立に、文学ないし文壇がいやおうなくまきこまれてゆく現象は、この頃からようやく明瞭になってくる。

「鍵」の連載開始からややおくれて、前年度下半期の芥川賞が石原慎太郎の「太陽の季節」に与えられることが決定したが、期せずして、この小説も青春の性風俗の大胆な描写によって物議をかもすことになった。選考過程での評価の対立が、その後〈作者の美的節度の欠如〉を責める佐藤春夫と、〈快楽〉への徹底=肯定的積極性を評価する舟橋聖一との論争などに発展するわけだが、それとともに〈太陽族〉という流行語があらわれたり、戦後世代の生態が社会問題化したりという事態もまぬがれなかった。大衆社会成立にともなう〈文学の芸能化〉をあやぶむ声がきかれたのも、おなじ頃である。

「鍵」と「太陽の季節」と、このふたつの作品のおかれた運命はどこか似通ったところがある。そこに昭和三十一年という時代の意味が顕現するのだが、論証ぬきにいっておけば、それはやはり、ながかった〈戦後〉の終りにほかならぬ。「鍵」にしても「太陽の季節」にしても、戦後文学における性の禁忌《タブー》からの解放がなければ、決して現われなかった作品なのは間違いない。しかし他方では、石原慎太郎の出現は戦後の文学を主導した戦後文学運動の終焉を告げる事件であった。いわゆる戦後派の影響からまったく自由な、あたらしい文学世代の出現を意味し、それにともなう文学の質的転換を象徴したのである。

ふたつの晩年

昭和三十四年四月三十日未明、永井荷風が市川市の自宅で急逝した。胃かいようの突然の激変で八十年の生涯をあわただしく閉じたのだが、大金をいれて持ち歩いていたというボストンバッグを枕もとにおいて、臨終をみとる者もいない孤独な死であった。おなじ日の午前九時ごろ、身のまわりの世話をしていた老婢の来訪で死体が発見された。検屍直前の現場写真にもとづく秋庭太郎の再現によると、〈新築して間もない新しい家の書斎兼居間は蜘蛛の巣だらけ、安物の手あぶり火鉢、空《から》の炭籠、ボストンバッグ、埃にまみれた数冊の書物が畳の上に散乱し、粗末な小机の上には鎖付きの懐中時計、眼鏡、紙屑が放置されてゐ、背広姿のまゝ万年床からうつぶせに半身を乗り出して畳に吐血し、顔を右に向けて絶命してゐる荷風の死顔には断末魔の苦悶の様子などはいさゝかもみられな〉かったという(「考証永井荷風」)。

荷風の死は同日付夕刊各紙をはじめテレビ、ラジオがいっせいに大きく報道したのをかわきりに、マスコミに好個の話題を提供することになった。巨匠の死をいたむ哀悼や追慕がつづき、荷風文学の意味をあらためて再評価しようとする動きが生じたのだが、他方では、そうした文学的反響とはかかわりなく、もっと騒然とした波紋もあった。ここでも文学的事件が社会的事件と化した観があり、果ては「週刊大衆」「週刊実話」「週刊女性」「週刊明星」などの通俗週刊誌や芸能誌までが、荷風とその死の特集を編むという事態さえ見られた。好奇な視線まじりで伝えられていたかねての奇人ぶりに、芸術院会員、文化勲章受賞作家の孤独な死という意外性がいっそう輪をかけたわけだが、むろん、荷風の死が常軌を逸した変人の終焉として通俗の話柄とされた事実そのものに、荷風文学の本質にまで還元できるひとつの問題がひそんでいるかもしれない。

　昭和三十四年は翌年のいわゆる日米安保条約の改定をひかえて〈安保反対運動〉が顕在化した年であり、文学者のあいだにも公然たる発言がめだってきた。政治的季節の到来をむかえて、政治と文学や戦争責任をめぐる論議が再燃してきたのもおなじ頃である。逆に、それとうらはらな形では、「海辺の光景」を書いた安岡章太郎をはじめ庄野潤三・吉行淳之介らの〈第三の新人〉がようやく円熟し、それに関連して、戦後の一時期、とくに戦後派の文学理念によって全否定されていた私小説の復権が論じられた。三浦哲郎の「忍ぶ川」が翌年下半期の芥川賞を受賞したのは、その象徴的な事件である。週刊誌がブームになり、賑やかな文運隆盛が謳歌されるかげで、文学の不在や頽廃を危惧する声もいっそう高くなった。

そうしたあわただしい文壇現象の内部においてみると、荷風の死はこの年最大の文学的事件でありながら、奇妙にもその周辺に、ぽっかりと大きな真空が出現するような気がする。荷風が拒絶してきた文壇に荷風の死を容れる空間がないのはしごく当然なのだが、それにしても、臨終が孤独であったように、荷風の死自体が孤独な事件であった。それはある強烈な個性によってかたくなにまもられてきたひとつの生きかた、同時代とまったく無縁でありながら、同時代へのもっとも痛烈な批判でありえた生きかた、ほとんど文学精神といっていいものの死であった。

荷風の死にほぼ半年ほどおくれて、谷崎潤一郎が「夢の浮橋」を「中央公論」に発表している。中国語のいわゆる〈書痙〉に悩まされ、口述筆記して成ったというこの百枚の小説は「母を恋ふる記」の系譜を継ぐ最後の到達点となったが、老大家のひさびさに見せた力作として文壇の反響を呼んだ。むろん、作家自身は荷風とはまたちがった形で、もはや時評の褒貶でどう動くこともない、牢固として聳立する世界をきずいていた。「夢の浮橋」の世界自体が、語り手の現在として設定した昭和時代の反影をまったくとどめていない。この徹底した超時代性も明証のひとつである。

平野謙は「毎日新聞」に連載していた文芸時評で「夢の浮橋」をとりあげ、永井荷風の死に言及しながら、〈強力な美の世界〉をまもりつづける〈谷崎潤一郎のうらやむべき老年〉について語っている。〈私どもの文学世代〉は谷崎潤一郎の晩年から追放されている、というのが氏の結論になるのだが、たしかに、永井荷風の晩年と谷崎潤一郎の晩年とのきわだった対照は、〈荷風の死以後、……たどりつくべき老年ということを、身にしみて考える時をもつようになった〉平野謙をまつまでもなく、わたしたちにまさにひとごとでない実感をもってせまる。孤独と恩愛、寂寥と至福など、どういいかえてもよい両者の対照は、明治四十年代の最初の出会いまでを思いあわせるならば、いっそういたましく痛切だといえよう。

しかし、それにしても、荷風と潤一郎の距離は、そのおもてにあらわれた形ほどに真に遠いのであろうか。荷風の奇行は、いささかの逆説もなしに、かれの健康の明証だったはずである。状況からもっとも隔たった場所に自己の世界をまもること。多くの明治作家に課せられたこの信条にもっとも忠実だったひとりが荷風にほかならぬ。だとしたら、自己の文学にその信条を別な形で生かした谷崎潤一郎もまた、まぎれもなく明治の作家であった。「毎日新聞」の記者に荷風の死についての感想を求められて、谷崎はつぎのように語った。

《明治大正以来一番身近な作家だった。自分とは違う面はあるが、それでもなお身近に感じられる人である。……あんな孤独な生活を私もしてみたらよかったと思うほどうらやましかった。》(「毎日新聞」昭和三十四年四月三十日夕刊談話)

荷風の生き方をあえて〈うらやましい〉という感想におそらく嘘はない。おなじ談話で、谷崎は荷風を〈同じ種族〉ともいいきっている。荷風にとって、なによりも〈身近な〉鎮魂歌だったかもしれない。

点鬼簿

昭和四十年七月二十九日は渋谷のいわゆる少年ライフル魔が逮捕された日である。警官を射殺して逃走した十八歳の少年が、渋谷の銃砲店に店員二名を人質にしてたてこもり、逃走後八時間の抵抗のすえにようやく逮捕されるという、ある意味できわめて〈アメリカ的〉な事件である。アメリカとの接触によってはじまった日本の近代化が、昭和二十年八月のアメリカとの再度の接触をともなって到達した現代的風景のひとつにまぎれもない。

犯罪さえもアメリカナイズされた時代状況のなかで、この年はまた、戦後二十年の時間をそれ自体の価値や意味において問おうとする〈戦後二十年〉論が、相前後して強力にキャンペーンされはじめた〈明治百年〉の近代化論に対抗して論議の日程にのぼってきた年でもある。日本の近代化のありようや到達点の評価と、密接にかかわる論争だったのはいうまでもない。明治百年論が、百年をついやして成った現体制の肯定のうえに立論されるのに対して、戦後論は戦後民主主義の意義を強調しながら、その二十年を戦前の近代化過程の批判として対置するところに成りたつ。安保以後の保守体制の固定化に対するつよい危惧と批判が論の基底にあったわけだが、それが〈戦後二十年〉の統括という形でもちだされたところに、なしくずしに進行してきた〈戦後〉の終焉がもはや誰の眼にも明瞭になったという事情が暗示される。語を変えていえば、終焉の過程そのものがすでに終ったこと、そして、戦後をひとつの歴史的時間として捉える距離がすでに用意されたことが示されるのである。前年の八月に、かつて戦後派の中核であった雑誌「近代文学」が、通巻百八十五の誌齢をみずから閉じたのも象徴的なできごとであった。

さて、昭和四十年七月三十日の諸新聞は当然のように、少年ライフル魔の逮捕の詳報や事件の経過などに大幅な紙面を割いている。いつものことながら、社会部記者の興奮がまざまざと見てとれる紙面構成だったが、しかし、同日づけの夕刊は社会面のトップを、もうひとつの別の記事で埋めねばならなかった。谷崎潤一郎の死がそれである。「朝日」「毎日」など各紙は第一面に訃報を載せ、社会面および第二社会面に関連記事を掲載するという形で、パルナスの絶巓をきわめた文豪の死を報じている。谷崎の死を悼む記事と、ライフル魔事件の事後の報道とが併載されたこの日の紙面は、戦後と明治百年との皮肉な対照と見られなくもない。

谷崎潤一郎は昭和四十年七月三十日の早朝、腎不全から心不全を併発して湯河原吉浜の自宅で逝去した。晩年高血圧に悩み、ことに三十五年に狭心症の発作で東大の上田内科に入院して以後は、ながい闘病を強いられていた。そのかたわら、「瘋癲老人日記」をはじめ「台所太平記」「雪後庵夜話」など、絶筆の「七十九歳の春」にいたる諸作を書きついできたが、それらの絶妙な芸術世界に肉体のおとろえがほとんど影を落していないのはさすがである。「瘋癲老人日記」について〈フランス十八世紀文学のみがこれに比肩しうる、官能を錬磨することによってのみ得られる残酷無類の抽象主義であり、氏の文学のリアリズムの本質をあからさまに露呈したもの〉（三島由紀夫「谷崎潤一郎氏を悼む」）という批評もある。

終焉の前後については、松子夫人の「湘碧山房夏あらし」や「終焉のあとさき」（いずれも「倚松庵の夢」所収）などの痛切な回想にくわしいが、死後に次作の構想をのこし、最後まで小説への情熱を捨てなかった作家のおもかげがつぶさに伝えられている。「毎日新聞」の記事によれば、死の直前まで、意識のもどるごとに小説の執筆を思う瞬間があったらしい。

松子夫人の回想はまた、谷崎の晩年がいかに多くの心酔者にとりまかれていたか、かれの生をまもるためにいかに多くの努力が尽くされたかを語っている。芥川龍之介の「枯野抄」の修辞を借りていえば〈美しい蒲団の上で、往生の素懐を遂げ〉たその死は、〈人生の枯野の中で、野ざらしになつたと云つて差支へない〉荷風のあの孤独な死とはまことに対照的であった。あれもこれも、おのがじしの個性をあげて辿ったみごとな死である。

谷崎潤一郎の訃報は不世出の天才作家の死として文壇に多くの反響を呼んだ。さまざまな人がさまざまな形でその死を哀悼し、その生を回想し、その文学の意味を論じたのだが、なかでも、谷崎の死に一時代の終りを見た三島由紀夫の批評は、同時代の実感をもっとも的確にとらえたことばであった。

《氏の死によって、日本文学は確実に一時代を終った。氏の二十歳から今日までの六十年間は、後世、「谷崎朝文学」として概括されても、ふしぎはないと思われる。》(「谷崎朝時代の終焉」)。谷崎の死によって近代文学史のながい一時代が終ったのは確かである。

試みに、昭和三十四年の荷風の死から谷崎の死にいたるまでの物故作家を拾いだしてみよう。昭和三十四年―高浜虚子・永井荷風・阿部次郎、三十五年―吉井勇・和辻哲郎、三十六年―小川未明・宇野浩二・長与善郎、三十七年―室生犀星・柳田国男・正宗白鳥、三十八年―久保田万太郎・佐佐木信綱、三十九年―佐藤春夫・三木露風。

あれこれの説明は不要であろう。明治と大正の光彩を身をもってになった作家たちのあいつぐ訃報が、たとえば〈明治百年〉の語にもこめられた遠い距離感をいやおうない実感としていた時期である。この点鬼簿に谷崎潤一郎の名が記録されたとき、それはいっそう動かぬものとなった。

町人の美学

ほぼ十年をへだてて書かれた対照的な文章がある。

《世人動モスレハ輒チ曰フ稗史小説モ亦タ世道ニ補ヒアリト。蓋シ過言ノミ。……稗史小説ノ世ニオケルハ音楽画図ノ諸美術ト一般、尋常遊戯ノ具ニ過キサルノミ。是書ヲ読ム者亦タ之ヲ

遊戯ヲモテ視ル可キナリ》（矢野龍渓「経国美談」序、明治十六年）

《素ヨリ戯作ハ識者ニ示スニ非ス、不識者ヲ導クモノニ候。……就テハ下劣賤業ノ私輩ニ御座候得共、歌舞伎作者トハ自然有レ別儀ニ御座候間、右可レ然御含被二成下一度云々》（仮名垣魯文他「著作道書上げ」明治五年）

矢野龍渓が明治初期政治小説の代表作家であり、仮名垣魯文が江戸生きのこりの戯作の第一人者であったことはことわるまでもあるまい。政治思想の宣伝に小説をもっとも有効に利用できた龍渓は、小説を無用の玩具としてしりぞけ、現実にはいかほどの啓蒙も果しえなかった戯作者は、にもかかわらず、戯作の有効性を主張する。〈不識者ヲ導ク〉＝婦女童蒙の啓蒙という最後の一線で、龍渓流にいえば、〈稗史小説ヲ亦タ世道ニ補ヒアリ〉と信じたがっているのである。

「経国美談」の序が士族知識人一般の文芸観を代弁するとしたら、魯文らの書面は、新時代に動揺する戯作者の心情を告げている。みずからの作品を遊戯と呼んではばからぬ龍渓の倨傲は、いうまでもなく、政治家矢野文雄の〈実行〉にかかわる自負で支えられている。武士たちは折にふれて漢詩を作り和歌を詠んだ。しかし、かれらはそれを有用の文字と信じていたわけではない。あれもこれも、ひとしく無用なのである。だとしたら、魯文たちがぎりぎりの一点で戯作の存立を主張せねばならぬ心情の底にあるのは、みずから〈下劣賤業〉と呼ぶ戯作を職業に選んだ人間の裏返しの自負である。戯作者とは戯作を唯一の〈実行〉とする人間の謂であった。

改進党系の政治小説作家であり、生得の戯作精神の体現者であった春のやおぼろ（坪内逍遙）によって「小説神髄」が書かれたとき、日本の近代文学は政治小説と戯作との、つまり、武士の文学と町人の文学との接点に成立した。「小説神髄」の理論が戯作の改良をめざして体系化されるためには、東京大学の学生逍遙が政治熱に浮かされてゆく友人たちと訣別し、白足袋党の孤塁をまもった孤独な精神のドラマが必要だったのである。白足袋とは、いうまでもなく遊冶郎の風俗である。

これはひとつの例である。日本の近代文化が武士階層出身の知識人の手によって、西欧文明の積極的な摂取とともに推進されたのは周知のとおりである。文学もまた例外ではなかったのだが、さりとて、それは近世文化とのまったき断絶のもとにはじまったのでは決してない。むしろ逆に、近世文化の本質的な担い手だった町人の厖大なエネルギーは近代文化成立の欠くべからざる母胎として必要だった。近代文学の場合でいえば、戯作を唯一の実行とした職業作家のエネルギーがなければ、文学を述志のすさびとする武士の文学観の打破は不可能だった。すくなくとも、はるかにおくれたとはいえる。

逍遙のつぎの時期に、逍遙の衣鉢を継いだのは尾崎紅葉である。紅葉もまたまぎれもない町人の作家である。落ちぶれて身を売る士族の娘が父親の商売を問われて、〈商売なんぞはいたしませぬ〉と昂然と答える——紅葉の小説「おぼろ舟」にこういう一節があるが、その小癪な娘を〈片腹痛し〉と笑ってのける作家の眼には、幇間としても有名な父谷斎の血をひく町人魂の裏付けがある。

町人は虚構の文学としての小説の創造者である。粋や俠などと呼ばれる優雅な美意識の発明者でもある。南北の妖しい頽唐美にも、草双紙のおどろな伝奇趣味にも、牢固な町人の美学がある。紅葉の文学はそれらの正統な継承者として、明治四十年代の自然主義によってその系譜が不当に抹殺されるまで、わが国の近代文学のありうる可能性を指向しつづけていた。

日本の近代作家のなかで、紅葉をもっともたかく評価したのは谷崎潤一郎である。芥川龍之介との論争で有名な「饒舌録」につぎの一節がある。

《明治になつてからの此の方面での最大の作品は恐らく紅葉の「三人妻」であらう。あれだけ立派に組み立てられた、完成された小説は日本古来の文学中にもその類が少い。》

「三人妻」は紅葉初期の、良かれ悪しかれいかにも紅葉的なロマンの代表作である。皮相な風俗リアリズムにすぎぬとの評がいっぽうにあるこの長篇小説を、谷崎は「源氏物語」とともに、いうところの「構造的美観」をそなえた小説＝筋立ての入りくんだ客観小説の代表作に数えたのである。評価自体は谷崎の文学観のすなおな帰結として納得できるが、同時にそれは、谷崎文学と紅葉文学との意外にちかい血縁をものがたるものでもあろう。

谷崎潤一郎は明治十九年に日本橋の蠣殼町で、江戸時代の旧家の血をうけて生まれた。〈江戸代代の素町人〉とみずから称したように、谷崎の個性をはぐくんできた土壌が町人のそれであったのはいうまでもない。谷崎の文学は確かに、西洋のきらびやかな衣裳を身にまとった時期もある。しかし、仮装がどれほどエキゾチックに見えたところで、内部の豊麗な肉体はいつも町人の美学を糧として肥えふとってきた。その意味で、あの有名な処女作が江戸の爛熟した文化の落し子に題材をあおいでいたのは、まことに象徴的である。いうまでもあるまいが、観念よりも肉体を、思想よりも感性をそぼくに信じて疑わぬことも、素町人の特権である。

文学史と谷崎潤一郎

後代の読者は、あるひとりの作家が同時代の情況のなかに見たものを、その作家とともに見ることができる。と同時に、かれはまた、その作家には――つまり同時代には――決して見えなかったものを、後代の遠近法によって見ることもできる。作家の見たものと見えなかったものとを二重写しする複眼であり、文学史とは結局、そうした複眼で過去と現在とを相対化した図式にほかならぬだろう。歴史的な相対化によって、あらゆる作家の生が〈私〉の視野にくみこまれ――その〈私〉の視野を原点とする座標系に統括された図式である。

その図式からはみだす部分の多い作家ほど、文学史にとって手に負えない作家になる。たとえば、わたしたちはまだ、幸田露伴の位置づけに成功していない。というより、手こずっている。谷崎潤一郎もやがてそうなるかもしれない。

だから、どうだというわけではないが、問題は文学史の評価基準にもかかわっている。〈近代〉が〈反近代〉をどう評価できるかということなのであって、情況から抜けだした谷崎の個性の影は、西洋を理念とする文学史の物差ではかれぬほど遠く伸びている。日本の近代文学の構造自体から、日本の近代文学史の評価基準を発見することが緊急の課題なのだが、その意味でも、谷崎潤一郎の存在は――かれがまぎれもなく、わたしたちの同時代の作家であるという重い事実の消えぬうちに、あらためて振りかえられてよいと思う。

＊

谷崎潤一郎の晩年の作品といえば、「鍵」や「瘋癲老人日記」などが文壇の視聴を集めた傑作として、すぐに思いうかぶ。事実、それにふさわしい異色作であることもまちがいない。しかし、そうした問題作のかげに隠れてとかく忘れられがちだが、わたしはむしろ「当世鹿もどき」「三つの場合」「台所太平記」「雪後庵夜話」などといった一連の作品を、もうすこし高く評価してみたいような気がする。「瘋癲老人日記」が三島由紀夫のいうように、〈老いによって、人間の普遍的条件に直面し、人間の原質へ降りて〉いった傑作だとしたら、「当世鹿もどき」以下は老いを円熟のための幸福な時間に化しえた才能が、実生活と仮構を自在に往復してきずいた融通無礙の芸術品であろう。随筆とも小説ともつかぬ自在な語りくちが、陰影にとむ典雅な日本語と、軽やかに飛翔する精神との微妙な交感をくりひろげている。

これらの作品は発表誌の「中央公論」では、確か創作欄に組まれていたように記憶する(もっとも、「台所太平記」だけは『サンデー毎日』に発表された)。最近の全集でも〈作品〉として、随筆とあきらかに区別されているようだが、こうした作品の成立と、その受けとりかたとが、いわゆる私小説の文学伝統を前提として、はじめて可能なことはいうまでもあるまい。

谷崎潤一郎と私小説との出会いがあったのは確実だが、かつて、自然主義の私小説性とするどく対立し、仮構の世界に美神の夢を封じつづけてきた谷崎文学の、ついに登りつめた高峰のひとつが〈私〉の司祭する無私の世界であったという事実にも、日本の近代文学史に横たわる大きな問題が露頭している。

辰野隆は「旧友谷崎(細雪、蘆刈、春琴抄)」という文章で、〈荷風も傑れた作家であらう。直哉も卓れた作家であらう。然し谷崎に至つては、真に千年に一人出る作家である〉といった意味の正宗白鳥の評語を紹介している。これも、だからどうだというわけではないが、すくなくとも歴史的な相対主義を抜けでた、谷崎文学の独創性の明証ではある。小林秀雄の川端康成論にならっていえば、谷崎潤一郎もまた、〈美の名の下に、生みの母たる歴史から救はれ〉た人間のひとりである。

日本の近代化と文学

ひろく知られているように、夏目漱石は明治四十四年におこなった講演で、日本の近代化のプログラムを〈外発的〉という言葉で痛烈に批判している（「現代日本の開化」）。西洋を師表とし、それにひたすら追随した文明開化の偽物性を、〈自己本位の能力を失つて外から無理押しに押されて否応なしに〉近代化していった過程として批判したのである。漱石がこうした考えかたを明確に把握するのは、皮肉にも英語・英文学研究の名目でロンドンに留学当時のことであった。当時の日記に、つぎのような記事が見える。

《日本ハ三十年前ニ覚メタリト云フ然レドモ半鐘ノ声デ急ニ飛ビ起キタルナリ其覚メタルハ本当ノ覚メタルニアラズ狼狽シツヽアルナリ只西洋カラ吸収スルニ急ニシテ消化スルニ暇ナキナリ、文学モ政治モ商業モ皆然ラン日本ハ真ニ目ガ醒ネバダメダ》（明治三十四年三月十六日）

この短い感想のなかに、日本の近代化の過程に内包した矛盾の根源がほぼ正確にいいあてられている。小説「三四郎」で、広田先生の口を借りて、日露戦争の勝利に酔い痴れた日本人に、〈日本は亡びるね〉という冷水を浴びせたとおなじ文明批評である。漱石とおなじ頃、永井荷風や森鷗外らもそれぞれの形で、日本文明の偽物性に醒めた認識に辿りついている。鷗外についてはのちに触れる予定だが、荷風は「冷笑」その他で、皮相で形骸的な日本文明への呪咀を語って江戸趣味の世界へ隠れた。これは決して偶然ではない。日本の近代化がそれなりに進展し、ある帰結をとげた明治四十年代になって、その起点においてすでにはらまれていたひずみがようやく顕在化してきたのである。

幕藩体制の内部矛盾の激化をはやめ、江戸幕府の崩壊をうながした黒船の脅威、ヨーロッパ列強の強圧による植民地化の危機は、江戸幕府の衰亡後も、いぜんとして大きな問題として残されていた。王政復活をめざしたはずの維新が、結果として古代から近代への転換を強いられたのはいわば必然の事態でもあった。半世紀にちかい彼我の落差を埋め、日本を近代国家として急速に成長させることが、維新政府の当面する最大の急務となったからである。天皇は〈知識ヲ世界ニ求メ大ニ皇基ヲ振起スベシ〉と誓言し、その親政をうたう新政権は、旧秩序の徹底的な改革と統一国家による民族の独立をめざして、富国強兵・殖産興業をあいことばとする啓蒙的開明政策を採用した。西欧文明の摂取と吸収がいそがれ、資本主義体制の保護・育成がはかられ、世はあげて、いわゆる文明開化の風潮につつまれることになったのである。

絶対主義政権によって強行された近代化のプログラム、いわば〈上からの近代化〉ともいうべき開化の方式が、結局は近代化の不徹底による封建遺制の温存をもたらし、あるいは、時代の要求が物質文明の摂取に急で、精神文化の開発がいちじるしくたちおくれるという事態も生じた。漱石の批判は、むろん、そうした事態への批判にも拡大しうるわけだが、文明開化の滔々たる時潮の渦中で、当代の知識人に漱石とおなじ認識を期待するのは無理である。強いていえば、旧幕臣の成島柳北がいた。新政権の招請をこばんで野に隠れたこの狷介な文人は、『柳橋新誌』第二篇で、花柳狭斜の地の変貌に托して時代への呪詛を語った。日本における反近代の端緒という評価は可能だが、それはなお武士の倫理に生きる前朝の遺臣の気質的な反抗であって、思想の劇ではない。

事情はむしろ逆である。明六社に集った有数のエンシクロペディストをはじめ、当時の時勢をうごかした多くの知識人たちは、日本と西洋との距離をまだ空間の差としては認識してはいない。それはあくまでも時間の問題でしかない。だから、西洋はつねに追跡可能な、そして何時の日か確実に到達できる目標として、かれらのまえにあった。

同時に、これらの啓蒙思想家たちは文明開化の可能性をいちども疑わなかっただけでなく、つまり、文明開化の未来像への懐疑が欠如していただけではなく、開化を推進する自己の位置と開化の方向とのまったき一致をも確信していた。時代の動向と、それをうながす主体との蜜月である。西周・加藤弘之・森有礼らの明六社同人についての遠山茂樹の有名な批判、かれらの説く自由や文明や開化の概念が〈純粋な封建思想、尊皇攘夷的名分論に対しては、かなり徹底的な批判を行い、その限りで近代思想の素地を作り出す役割を果したが、その批判は、政府の絶対主義的針路を指示し、それへの国民的協力を啓蒙する域、いわば漸進主義を出なかった〉(「明治維新」)という批判は、そうした事情の指摘でもあったわけである。明六社とは明らかに一線を画した福沢諭吉においてさえ、文明開化をうたがい、したがって、それの推進者である自己と現実との乖離をうたがう姿勢は、本質としてまだない。

文学の近代化が、そうした啓蒙思想家の仕事によってもうながされた事実は否定できない。明六社の時点でいえば、時代の要求である物質文明偏重の一次的な帰結として、そしてまた、おそらくは武士を出自とする啓蒙思想家の痼疾にちかい武士的な文学観、つまり総体としての文学無用観にわざわいされて、文学の近代化はかれらのプログラムには容易にのらなかった。たとえば、諭吉の説く〈実学〉は丸山真男によって論証されたように物理学を基軸とする世界観であって(「福沢に於ける『実学』の転回」)、〈解し難き古文を読み和歌を楽み詩を作るなど世上の実のなき文学〉(「学問のすゝめ」初篇)を排除する。アートとしての文学を否定して、文学創造の道を閉ざしたのである。また、明六社の機関誌「明六雑誌」はその全四十三号に、政治・経済・外交・社会・宗教・法律・歴史・教育・自然科学等のあらゆる分野にわたる百有余篇の論文を掲載しながら、文学についての本格的な論及はわずかに西周の「知説」一篇にとどまった。それも西洋と日本との単純な比喩、つまり、伝統的な日本文芸の様式を適用しながら、ヨーロッパ文学の類別を説いた体の形式論にすぎなかったのである。

にもかかわらず、〈近代思想の素地〉を用意した初期の啓蒙思潮は、当然、近代文学の〈素地〉をも準備することになる。たとえば明治十年前後から明確になる文学的啓蒙期に、時潮の有力な指導理念であった改良主義、つまり、社会進化論のいわば実践哲学的な現実への適応形式と、明六社同人のいわゆる〈保守的思考形式〉（松本三之介「加藤弘之における進化論の受容」）――現実の状況に即応しながら、より有効な方向を摸索する存在（ザイン）指向の思考形式とのアナロジイは充分になりたつのである。つまり、まだ比喩的ないいかたにすぎぬとしておいてもよいのだが、加藤弘之から外山正一への系譜を、初期啓蒙思潮から文学的啓蒙期への展開として捉えうるのである。外山正一が、加藤弘之を綜理とする東京帝国大学の一教授であったという事実も決して偶然ではない。その外山が同僚の矢田部良吉や井上哲次郎らと語らって、伝統的な詩歌の改良をめざした「新体詩抄」（明治十五年）を試み、ついで、外山の講義を受講した坪内逍遙が師の試みのあとをおそって、戯作の改良をこころざした「小説神髄」（明治十八年）を書いたとき、日本文学の近代化は確乎として、ひとつの方向を摑んだといえるのである。日本の近代化と文学の近代化を、過不足のない相似型として捉えうる時点である。

けれども、〈日本の近代化と文学〉という、それ自体が茫漠とした主題を追求する有効な視点として、文明開化の時潮に即して現われる文学近代化の方向を見とおすだけでは、問題の正しい解決はおそらく得られない。文学史の構想原理として、インターナショナルな世界史的同時性の観点を強調する史観はありうる。同時に、日本の近代文学が、世界文学とのアナロジイによっては決して解き得ぬ位相差を、その成立期においてすでに内包していたのも事実である。その事実を明治四十年代にあらためて確認する試みのひとつが、夏目漱石の「現代日本の開化」だったのである。ここでの主要な目的は、実はそうした点についての多少の考察にある。

＊

漱石が「現代日本の開化」において語ったと同質のモチーフを、おそらくもっとも早く、文学的に形象化しようとした作家は二葉亭四迷である。かれがなぜその認識に到達しえたかは、いまは問わない。しかし、明治二十年に二葉亭が処女作の「浮雲」を書いたとき、日本の近代文学史は同時代文明批判の最初の試みを持つことになったのである。この小説の題意が文明開化の風潮にただよう浮雲のような日本人への批判を寓していたことは、友人の矢崎嵯峨の舎が(註)二葉亭の意図として伝えて以来、今日ではほぼ一般に認められた定説となっている。

(註)《長谷川君の傑作として、有名な『浮雲』を創作するに就て長谷川君が如何に苦心したかといふ事と、あの作に現はれた中心思想とをお話しやうと思ひます。……あれは園田せい子といふ女が主人公でありました。このせい子のやうな極く無邪気な人は、相手の人次第で何うにでも動く、といふのが、日本人の性

質である。つまり自働的でなくて他働的であるといふのです。その他働的だから、いゝものが導けばいゝが、悪いものに誘はれると悪くなる。これが日本人で、このせい子が日本人を代表したものだとしたのが『浮雲』の思想であつた》（矢崎嵯峨の舎「『浮雲』の苦心と思想」〔「新小説」明治四十二年六月〕）。

「浮雲」の主人公内海文三は某省の判任御用掛をつとめる下級官吏である。いや、厳密には下級官吏であった。小説は、文三が役所を馘首された日からはじまる。この〈背はスラリとしてゐる〉男は内攻的で非行動的な、どちらかといえばハムレット型の人間だが、狷介で不屈な自我を持った男でもある。封建的な人間関係によって組みたてられ、いわば縦の倫理をなお温存する原初的な官僚機構の内部で、屈服や妥協を肯んじないかたくなな性格のために上司から忌避され、あたかも滑らかに嚙みあう歯車にまぎれこんだ小さな石のように、組織の外へ非情にはじきだされる。

文三のかたくなな性格、というより実は潔癖な倫理感は、たとえば立身出世型の才子である同僚の本田昇が復職のための運動をすすめに現われたとき、課長への口利きをひきうけてもよいという親切ごかしの申出を憤然としてしりぞけるあたりにも、如実に示されている。課長に頭を下げることはまだ許せる、しかし、〈不具戴天の讎敵《あだ》〉とも思い、〈生《いき》ながら其肉を啖はなければ此熱腸が冷されぬ〉とさえ思っている本田昇に、〈今更手を杖《つ》いて一着を輸する事は、文三には死しても出来ぬ〉と、かれは考える。文三のこのはげしい反撥の底には、上司に汲々として保身をはかる本田の生きかたへの強い批判がある。〈俗務をおツつくねて、課長の顔色を承けて、強て笑ツたり諛言を呈したり、四ン這に這廻はツたり、乞食にも劣る真似をして漸くの事で三十五円の慈恵金に有附いた……それが何処が栄誉になる。頼まれても文三には其様《そん》な卑屈な真似は出来ぬ〉のである。

思想と実行の完全な一致を要求する、文三固有の〈正直〉というモラルを、あくまでもつらぬいて生きようとするのである。それはまた二葉亭四迷自身の倫理でもあったわけだが、自我の権威と尊厳にめざめた知識人の姿がここにあったといえよう。だから、かれは自我の権威をおかすものにはげしく反噬する。しかし、人間の本質的な平等と連帯を要求する横の倫理に固執すればするほど、文三はかれをもそのなかに組みこもうとする縦の倫理と相剋し、敗れざるをえない。文三はしだいに孤立し、絶望してゆく。

文三の孤立は、かれの止宿する園田の家で、叔母のお政、娘のお勢、そして、かれらに巧みにとりいってゆく本田昇らの織りなす人間関係のなかで、きわめて象徴的に描かれる。お政は文三の馘首を聞いて失望し、文三の無能をののしり、復職の運動を拒む矜恃を理解しない。お政のこの憤激は、官吏の文三にゆくゆくはお勢を嫁がせてという、ひそかな計画の挫折した落胆をかくさない。〈貸間あり賄付きに娘付き〉という川柳の詠まれた時代である。お政の計算はふかく咎めるにあたるまい。お政は文三を見捨て、てのひらをかえすように冷淡になる。彼女はあからさまに、文三とお勢の仲を裂こうとする。

お勢は時代の生んだ新しい女である。漢学と英語をまなび、〈折節は日本婦人の有様、束髪の利害、さては男女交際の得失など〉聞きかじりの議論をくちばしり、母のお政を教育の無い古い女だと批判する。文三とともに新しい世代を代表する人間にはちがいない。

文三は恋人のお勢を信じている。お勢もはじめは文三の良き理解者のように振舞う。免官になった文三をかばって、お政と大喧嘩を演じたりもする。しかし、彼女は所詮〈浮雲〉に似た人間でしかなかった。

当世流の才子、本田昇は文三とあまりにも対照的である。官僚組織の精巧な歯車のひとつとしてみごとに嵌めこまれている。〈能《よ》く課長殿に事《つか》へる〉〈物など言懸けられた時は、まづ忙はしく席を離れ、仔細らしく小首を傾けて謹で承り、承り終ツてさて莞爾《にっこり》微笑して恭しく御返答申上る〉〈日曜日には、御機嫌伺ひと号して課長殿の私邸へ伺候し、囲碁のお相手をもすれば御私用をも達す〉という、保身のためには阿諛や追従も意に介さないのである。この弁舌がさわやかで、〈また頗る愛嬌に富でゐて、極て世辞がよい〉青年は、文三に失望したお政の目にはいかにも頼もしげに見え、お勢との未来を夢想するようにさえなる。お勢も文三の願いをうらぎって昇に魅惑され、心を傾けてゆく。文三の憤怒と懊悩はふかまり、ついにある日、文三とお勢は決定的に衝突する。

こうして、官吏の世界で敗退した文三は、園田の家のなかでも、孤立をふかめてゆく。茶の間ではお政とお勢と昇が賑やかに笑い声をたて、文三はそれに耳をそばだてながら、二階の自室で憮然としてうずくまっている。小説にしばしば現われるこの構図は、文三の孤立にとってまことに象徴的である。文三の辿る悲劇はよく比較されるように、ロシア文学のいわゆる〈余計者〉的な知識人の苦悩に似ている。これはロシア文学に現われる典型的人間像のひとつであって、高い教養と強い個性のために、かえって現実への適応性をうしない、社会から疎外されて孤立する人間たちである。ふたつの文明の落差にかかわって、ヨーロッパに留学して帰国した知識人の悲劇として現われる場合が多い。プーシュキンの「オネーギン」、レエルモントフの「現代の英雄」などの主人公がそれであるが、二葉亭の文学的教養が、主としてロシア文学を土台にして築かれた事実は、決して偶然ではなかったのである。

ところで、グリボエーロフの「智恵の悲しみ」は、余計者の系譜のもっとも早い作品のひとつとされるが、その主人公チャーツキイは幕切れで、〈運命は僕をどんな所へ投げこんだでしょう。馬車を引け。全世界をかけめぐって傷付けられた感情の置き場を見付けに行きます。これでモスクワともさよならです〉と観客にむかって叫ぶ。しかし、文三には、そうした脱出への試みもない。お政や昇にいわせれば、〈づう〳〵しく、のべんくらりと、大飯を食らツて〉園田の家へいすわっている。〈傷付けられた感情の置き場を見付けに行〉こうとは決してしないのである。

お勢への未練でもあり、傷ついた感情の避難所を信じることの不可能な、日本の孤独な知識人の悲劇でもある。と同時に、文三が園田の家へとどまらねばならぬ必然は、小説のモチーフにすでにふくまれていた。なぜなら、文三はお勢の批判的存在としての意味を、他方で担っている。お勢によって当時の日本人を代表させ、その浮雲のような様態を批判するという意図を実現するとしたら、作者は小説のなかで、文三を通じてそれを行なうより仕方がない。結果として、二葉亭はその試みを放棄した。(註) 小説の中絶によって、意図はまだ実現していない。しかし、慎重な読者ならば、軽佻な文明開化への批判が、この小説の低音部の主題として、ひそかに流れている事実にすぐ気づくはずである。たとえば、就職の依頼に旧師を訪れた文三は、いつもながらの長談義を聞かされる。〈授業の模様、旧生徒の噂、留学、龍動《ろんどん》、「たいむす」、はッぱァと、すぺんさあ――相変らぬ噺《はなし》で、おもしろくも何ともない〉という文三の感想には、時潮へのするどい諷刺がある。

(註) 二葉亭が「浮雲」をなぜ中絶したか。それには、さまざまな理由が考えられる。二葉亭自身の、文学に対する姿勢の問題もあり、世評による作家的自信の喪失、とくに尾崎紅葉の出現によって、自己の文学的才能を懐疑したことなども理由に挙げられよう。それと同時に、小説の構造自体にふくまれた根本的な矛盾もある。つまり、文三の敗北と無力を描きながら――それはまた、作家自身の〈思想〉の敗北と無力にほかならぬが――、そのおなじ文三によってお勢を批判させるという構想は、文三に托された挫折体験の重さに比例して、構想自体の挫折を強いる危険がつねにある。作者の書き変えた最後の構想(ノート)が〈お勢本田に嫁する趣に落胆失望し　食料を払ひかねて叔母にいためられ　遂に狂気となり瘋癲病院に入りしは翌年三月頃なりけり〉と改められているのは興味ぶかい。

「浮雲」は現に書きあげられた形では、文三の悲劇に焦点があって、嵯峨の舎のいう小説の〈中心思想〉をまだ明確に辿るのは不可能である。しかし、作者自身の残したノート風な構想(「くち葉集ひとかごめ」）によれば、お勢にも悲劇的な結末が用意されていたらしい。現行の「浮雲」は第十九回で中絶したわけだが、ノートではこのあと第二十三回の〈大団円〉までが構想され、文三は最後に発狂する。同時に、お勢は昇と通じ、〈見捨てられる〉というありふれた悲劇の道を辿ることになる。〈お勢の身の終り〉という一行もある。これだけでは判断のつけようもないが、いずれにしても、お勢の身の成りゆきがさほど明るいものでなかったのは確実だろう。

形骸だけの新しい女が主体喪失の仮面劇を踊って、これも時代の生んだ軽薄な才子にもてあそばれ、あまりにも平凡な女の悲劇に落ちてゆく。この人間喜劇には、たしかに時潮への痛烈な批判がある。かりにこの構想が実現していたら、「浮雲」は現行の形よりも、はるかに奥行きのふかい傑作となったかもしれぬ。要約していえば、「浮雲」の構想は内攻的な知識人が封建的な環境のなかで苦悩し、状況を変革する方途を見出せぬまま、しだいに追いつめられてゆく自我のあえぎに光をあて、しかも、そうした前近代的な矛盾を残したままで近代化されてゆく明治社会のひずみ、つまり、皮相な欧化熱にうわすべりする同時代文明の性格をも、あわせて批判しようとしたところに成ったのである。そこに二葉亭の大きな独創があったわけで、この小説が、本格的な近代リアリズムの歴史的記念碑とされるゆえんである。

＊

た。「浮雲」が挫折した翌年、森鷗外の小説「舞姫」が「国民の友」（明治二十三年一月）に発表された。作者のドイツ留学の体験とふかくつながった小説で、主人公の太田豊太郎は、たとえば二葉亭が自己の思想を内海文三に托したよりももっと密接な関係で、鷗外の〈詩と真実〉であった。この小説がしばしば一種の私小説として読まれてきたゆえんである。しかし、ここでは作品のもっとも素朴な読みかたにしたがって、鷗外の私生活にまで還元した理解にはふみこまないことにする。(註)

(註) 鷗外は明治十七年から二十一年まで、足かけ五年間、軍医学研究の名目でドイツに留学したが、帰国後まもなく、エリスという女性が鷗外の後を追って来朝するという事件がおこっている。スキャンダルを恐れた森家のひとびと、とくに母親の峰子や義弟の小金井良精、および「舞姫」の相沢謙吉のモデルと目される親友の賀古鶴所らの奔走で、エリスはなにごともなく帰国の船に乗るが、その間の経緯は、鷗外をとりまく〈家〉の倫理を瞭然と語っている。だから、鷗外が「舞姫」のヒロインにエリスの名をあたえたとき、かれは明白に二様の読者を予想していたはずである。つまり、ヒロインの名前には無感動な一般の読者と、エリスの名にまつわる悪夢をなお忘れかねていたはずの森家のひとびとと、この両者には小説の受容のしかたに決定的な差があったのは当然で、それは鷗外の計算にはっきりふくまれていたにちがいない。したがって、ヒロインにエリスの名を与えた鷗外の心情にまでたちもどるとき、小説の理解には別な角度が可能になる。たとえば平野謙のように、この小説のモティーフを母峰子への静かな反抗にあるとするごとき理解も成り立つのである。ただし、わたし自身は、エリス事件に象徴される、日本の風土の論理に傷ついた鷗外が、実生活では不可能な流血を小説という仮構の世界で代償したところに、この小説の真のモチーフを見たいと思う。

太田豊太郎は早く父をうしない、母親の手で育てられる。きびしい庭訓にしたがって、孜孜として勉学にいそしみ、大学を首席で卒業する。ただちに某省に出仕し、〈官長の覚え〉もめでたく、選ばれてドイツに留学する。二葉亭の戯筆を借りていえば、〈天帝の愛子、運命の寵臣、人の中の人、男の中の男と世の人の尊重の的、健羨の府となる昔所謂《いわゆる》お役人様、今の所謂官員さま、後の世になれば社会の公僕とか何とか名告《なの》るべき方々〉（「浮雲」第二篇）のひとりとして、洋々たる未来を確実につかんだ少壮官吏である。

しかし、勇みたってベルリンにおもむいた豊太郎は、ヨーロッパの自由な空気に触れて、確実に変貌してくる。勤勉な学生、善良な官吏として、母や官長のいいなりに、封建的な環境に自己を殺していた過去の生きかたに懐疑を生じ、また、〈活きたる辞書〉〈活きたる法律〉として終始するはずの未来の像にも、耐えがたい嫌悪をおぼえる。他人の意志で動かされるのではない、自由な生をのぞむ〈私〉のめざめを体験する。官長の支配を脱して、法律よりも歴史文学に心を寄せる、〈人なみならぬ面もちしたる男〉に成長していったのである。このあたりの描写は、自己の切実な体験を背後においているだけに、自我覚醒の感動を生き生きと伝えてあざやかである。

豊太郎はおなじ頃、ふとした機縁で、エリスという貧しい踊り子と知りあったが、かれを疎んじる留学生仲間に讒訴されて、免官の憂き目にあう。エリスとの恋愛が自我のあかしであったかどうかはともかく、太田豊太郎もまた、みずからのなかに奇怪な〈生〉をめざめさせたひとりの人間であり、だから、自我をつらぬく代償として官僚組織の外側にはじきだされてゆくのである。かれは日本を捨て、官吏として約束された栄達を捨てて、エリスとの愛を選ぶ。彼女と同棲して、〈貧きが中にも楽しき〉生活がつづいた。

悲劇は、親友の相沢謙吉の出現とともにはじまる。政界の実力者である天方伯爵に随行して、相沢は機外神のようにベルリンをおとずれる。天方伯の庇護で、いまいちど栄光の道へ復帰せよとの好餌が投げられたのである。天方はエリスとの別離を条件に、豊太郎を日本にともなおうと申し出る。

豊太郎は二者択一を強いられ、ついに天方の差しのべる手を拒むことができなかった。エリスをおきざりにして、功名をえらんだのである。豊太郎の子をみごもっていたエリスは、背信を知って発狂し、豊太郎は狂女をその年老いた母に托して帰国の船に乗る。

小説はその船中での回想として綴られてゆくわけだが、豊太郎は、ベルリンでの自由が足に糸を結んで放たれた鳥の自由にすぎなかった、という痛切な自覚を語っている。糸はかつて故国の官長ににぎられ、いまは天方伯の手中にある。〈足の糸は解くに由なし〉という諦念と、しかし、〈相沢謙吉が如き良友は世にまた得がたかるべし。されど我脳裡に一点の彼を憎むこゝろ今日までも残れりけり〉という感慨を消すことができない。

こう見てくると、鷗外の「舞姫」が、「浮雲」、とくに現に書かれた形の「浮雲」と、きわめて酷似したテーマで書かれていることに気づく。すくなくとも、このふたつの小説にはいくつかの共通点がある。(註) まず第一に、下級官吏と上級官吏の差はあるが、ともに官吏の世界で傷つく知識人の心情を描いていること、ふたりの主人公は、いずれも〈私〉に固執する代償として、官吏としての栄進を断たれる。第二に、文三は体制への妥協を肯んぜずに、みずからの行きかたをつらぬき、豊太郎は屈服をえらんで体制にふたたび組みこまれてゆく。文三は糸を切り、豊太郎は切れなかったわけだが、いずれにしても、かれらは大きな代償を支払わねばならなかった。文三の末路には発狂が予定され、豊太郎は愛人を発狂させる。悲劇の構造はみごとな相似形を描いていたのである。

(註) むろん、表現的構造の面では、「浮雲」と「舞姫」には決定的な差がある。言文一致の口語文体を採用した前者は、外的視点で事件の進行を追う同時体をとり、流麗な文語文体によって表出される後者は、豊太郎を一人称主体とする内的視点で統一され、しかも、事件をすでに終ったものとして捉えることでのみ可能な回想形式を採用している。この異質はそれぞれのモチーフにかかわって重大であり、とくに鷗外論の重要なテーマもひきだせるはずだが、ここではその点についての論及も省略する。

「浮雲」と「舞姫」はそれぞれの仕方で、日本の近代化に内包する矛盾に迫った作品である。当時の知識人が自我形成の過程で対決を強いられた強大な壁の存在を、官吏の世界と自我というきわめて象徴的な対立関係でえがいた作品であった。ただ、二葉亭がどちらかといえば、自我の屈服を強いる対立的世界の矛盾に目をむけたのに対して、鷗外の視線はより多くの現実と対立し、敗退する自我自体の構造に注がれていたという差はある。

わたしはさきに、太田豊太郎がエリスを捨てて功名を選んだという意味のことを述べた。しかし、作者自身の意図からいえば、豊太郎はいかなる決定もくだしてはいないのである。かれは醒めた認識によって、あるいは意志の判断によって功名を選んだのではなく、鷗外の計算では、それはあくまでも偶然の事態にすぎなかった。

帰国の意志を天方に問われたとき、豊太郎の反応は、つぎのように描かれる。

《(天方伯の) 其気色辞むべくもあらず。あなやと思ひしが、……若しこの手にしも縋らずば、本国をも失ひ、名誉をも挽きかへさん道をも絶ち、身はこの広漠たる欧州大都の人の海に葬られんかと思ふ念、心頭を衝いて起れり。嗚呼、何等の特操なき心ぞ、「承はり侍り」と応へたるは。》

〈何等の特操なき心ぞ〉という嗟嘆は、形を変えて、豊太郎のつきつめた内省にしばしば現われる。相沢が最初にエリスとの訣別をすすめたとき、それをきっぱりと拒めなかったのも――このときの曖昧な承諾が天方に伝えられ、天方が豊太郎を用いはじめるという形をとって、悲劇の条件が形成されてゆくのであるが――それも友人の善意に抵抗できぬ性格の弱さゆえであり、さかのぼって讒訴の遠因を作った留学生仲間での孤立も、おのれに恃むところある強い個性からではなく、〈処女に似〉て、〈弱くふびんなる心〉のせいであった。ベルリンへの旅立ちの日に、〈舟の横浜を離るゝまでは、天晴豪傑と思ひし身も、せきあへぬ涙に手巾を濡らしつるを我れ乍ら怪しと思ひしが、これぞなか〳〵に我本性なりける。此心は生れながらにやありけん、又早く父を失ひて母の手に育てられしによりてや生じけん〉という自省もある。自我覚醒の劇を体験しながら、思想をもっては克服できなかった性格の弱さであり、自我内部の、無意識との境界にひそむ脆弱な部分である。小説の脈絡を辿ってゆけば、豊太郎の悔恨は〈弱くふびんなる心〉の自覚とつねに重層している。

豊太郎のこの〈弱さ〉は小説の主題と密接にかかわりながら、「舞姫」のえがく悲劇の真の誘因として、レゲッツにならっていえば、プロットの第二行動段階で、その方向を規定する重要な因子となる。功名と恋愛の両極を不安定にゆれうごく豊太郎の心情が、いずれかへの決断を迫られたとき、それを唐突に中断して、運命のおとし穴へかれをさそった。作者はあまり巧妙とはいえぬ作為を弄して、豊太郎の落ちる陥穽を用意してゆく。

天方に帰国を承諾した豊太郎は、一時の衝動から醒めてみれば、さすがにエリスへの慚愧の念に耐えがたく、憑かれたように酷寒の街をさまよい、深夜、疲れはてて自宅にたどりつく。豊太郎はそのまま発病し、人事不省におちいる。昏睡は数週間つづき、その間に相沢謙吉が病床をおとずれ、豊太郎が帰国を承諾した事実をエリスに告げる。彼女は憤激して発狂し、やがて昏睡から醒めた豊太郎の腕には、〈エリスが生ける屍〉だけが残される。どういうメロドラマにもまして、深刻なすれちがいである。

このすれちがいには、作者のはっきりした作意があった。のちに石橋忍月が功名に賭けた豊太郎を批判したとき、鷗外はただちに忍月を反駁し、豊太郎がエリスを捨てるべくして捨てたのではないゆえんを強調して、つぎのように書いた。

《太田は弱し。其大臣に諾したるは事実なれど、彼にして家に帰りし後に人事を省みざる病に罹ることなく、又エリスが狂を発することもあらで相語るをりもありしならば、太田は或は帰東の念を断ちしも亦知る可らず……其かくなりゆかざりしは僥倖のみ。》(「舞姫に就きて気取半之丞に与ふる書」)

「舞姫」の意図について、これほど明快な注解はほかにあるまい。太田豊太郎がエリスを捨てざるをえなかった事態は、エリスへの愛が、すくなくとも自我発見の感動の回帰であったかぎり、かれにとって決定的な挫折と見なければならぬ。しかし、それは理性をもっては制御しがたい唐突な衝動、〈弱くふびんな〉〈特操なき心〉の瞬間の選択であり、さらには、その性格的な弱さがひきおこした運命のはからいだったのである。作為、もしくは作為のなかにある計算への批判は自由だが、それにしても、鷗外の意図した太田豊太郎像は動かない。

こうして、きわめて図式的ないいかたをすれば、「浮雲」は知識人の挫折の劇を、挫折を強いる現実のひずみとともに描こうとし、「舞姫」はおなじ劇を、挫折する自我の内部のひずみとともに描いたのである。

このふたつの作品は、日本の近代化のはやい時期に、当時の知識人が遭遇した本質的な矛盾を、外と内との両様から明らかにした作品と見ることができる。

*

もうひとつ。「舞姫」と「浮雲」との共通点は、両者のテーマがいずれも立身とか出世とかの問題をめぐってあらわれているところにも示される。文三にしても豊太郎にしても、かれらの自我の挫折はほじめ立身出世の夢の挫折という形をとる。ここにも時代の明瞭な反映がある。

立身出世主義が手垢にまみれ、一種の倫理的批判の対象になるのはずっと後年の話である。維新による新時代の到来を信じ、新政府が理念として掲げた封建的身分制度の撤廃、職業選択の自由などを信じた時代の児にとって、立身出世主義はもっとも自然な、解放された情熱の対象だったのである。その野心的な情熱に性格をあたえ、成功を善とする価値観を決定したのは、人間の平等を説き、学問による立身の可能を示唆した福沢諭吉の「学問のすゝめ」であり、貧困や怠惰を露骨に侮蔑し、禁欲的な刻苦勤勉の思想を鼓舞した中村正直訳の「西国立志編」であった。

ひとつだけ例をひこう。当時の有力な投書雑誌だった「頴才新誌」の明治十二年七月五日号に、常陸国下妻学校の学生軽部某のつぎのような投書が掲載されている。

《嗚呼人誰カ富貫ヲ好マザランヤ誰カ貧賤ヲ悪マザランヤ而シテ世人往々貧賤ニ陥ル者アリ或

ヒハ富貴ヲ致ス者アリ其故何ゾヤ他ナシ幼ヨリ学ブト学バザルトニ由ル天ノ斯ノ民ヲ生ズル豈富貴貧賤ノ別アランヤ学ベバ則チ賢人ト為ル又之ニ反シテ学バザレバ愚人ト為ル愚人ト為レバ即チ貧賤ト為ル（中略）抑モ彼ノ太政大臣参議ノ賢聖ハ何者ゾヤ鬼カ神カ否人ナリ又田野ニ成長スル我レハ何者ゾヤ禽カ獣カ否同ジク人ナリ而シテ斯ク雲泥差違アル所以ノ者ハ何ゾヤ唯学ブト学バザルトニ由ルノミ故ニ人タル者学バズンバアルベカラズ螢雪ノ労ヲ為シ刺錐ノ苦ヲ忍ンデ孜々勉励セバ大人君子トナルモ亦難カラザルナリ。》

ここにある明快な論理が、〈天は人の上に人を造らず、人の下に人を造らず〉という有名な一句をはじめ、「学問のすゝめ」の巧妙な敷き写しであるのは明白である（前田愛「明治立身出世主義の系譜」）。指摘するまでもないが、〈大人君子〉と〈太政大臣参議ノ賢聖〉が微妙にかさなっている事実も象徴的である。

内海文三も太田豊太郎も、これらの青年たちとおなじ一時期を、その青春に確実にもっていた。文三も豊太郎も、作者がそうであったように、没落士族の子弟である。没落士族こそ立身出世主義の温床であった。封建的な階級制度における特権的身分から転落し、明治社会の支配的地位からも見放されたこれらの階層にとって、幕藩体制への郷愁が所詮かなわぬ夢であった以上、窮迫と無力からのもっともてばやい脱出が、現実社会での立身出世、とくに官吏として自己を上昇させる〈出世〉にあったのはむしろ当然であった。「浮雲」の本田昇、二葉亭のいわゆる〈現時の日本に立つて成功もし、勢もある昇一流の人物〉たちが歩こうとした道である。「学問のすゝめ」が没落士族たちにとくに愛読されたのは偶然ではない。没落し、無力な親は子どもにその夢を托した。鷗外は森家を再興すべき〈大事なお兄い様〉(註)として育てられ、内海文三の父親は〈腰弁当の境界〉にあくせくしながら、〈多《おおく》も無い資本を吝まずして一子文三に学問を仕込む〉。文三はその期待にこたえて、〈独りネビツチョ除け物と成ツて朝夕勉強三昧〉に専心した。

(註) 鷗外の実妹喜美子（小金井）の回想「二人の兄」。彼女は鷗外を「お兄い様」と呼び、次兄の三木竹二（篤次郎）を「お兄いさん」と呼んで、おなじ文章ではっきり使いわけている。家督を相続すべき鷗外を見る森家の人々の目、〈家〉のモラルがはっきり示された例である。

だから、かれらの立身出世の夢は個人の野心であると同時に、〈家〉の要請でもあった。家と、家につながる肉親のおもさを負うことで、いっそう強制的だったのである。文三ですらも、故郷で立身を夢みる老母の存在をつよく意識する。文三を責めるお政の口実に母親がいつも持ちだされ、母のために〈石に噛付ても出世をし〉ろという論法が展開される。太田豊太郎も洋行の官命を受けたとき〈我名を成さむも、我家を興さむも、今ぞとおもふ心の勇み立〉つのを感じている。

明治の立身出世主義にさした最初の暗い影は、それが個人の純粋な情熱から、ただちに〈家〉のモラルとの結合を強いられた点にあった。しかし、「浮雲」も「舞姫」もその点にはふかくたちいらない。豊太郎の免官と前後して母が死ぬという設定をあえてした鷗外は、その問題を意識して回避したとも思える。

しかし、このふたつの作品は結果としてはそのこともやはりふくめて、明治の青年をとらえた最初の情熱が、それをつらぬくためにいかなる代償を払わねばならぬかを描いた。詳しく述べる余裕をうしなっているが、「学問のすゝめ」や「西国立志編」が投射した立身出世的人間像を、文学作品として最初に具体化したのは菊亭香水の「惨風悲雨世路日記」（明治十七年）であり、坪内逍遙の「当世書生気質」（明治十八年）がそれにつづく。しかし、この二作には、「浮雲」や「舞姫」のような悲劇性はまったくない。ここに登場する人物たちは立身の野望に燃え、刻苦して勉学にいそしみ、自分の未来をいささかも疑わぬ楽天的表情を身につけている。「世路日記」の主人公久松菊雄は、教え子の愛人を捨てて遊学に旅立つ。これは「書生気質」の小町田粲爾が、功名のために芸者田の次への愛をみずから封鎖する生きかたのウル・タイプである。しかし、このふたつの別離は悲劇ではなく、逆に栄光への出発だった。

こう見てくると、きわめて近接した時期に書かれた四つの作品群には、立身出世主義的人間像の観点からしても明らかな断層がある。詳しい論証ぬきに性急にいっておけば、文学的啓蒙期の終りが、その断層に重なるのである。「世路日記」や「書生気質」は文学的啓蒙期を担当した思想家にその精神の系譜をつなぎ、「浮雲」と「舞姫」はそれに背をむけることで、文学の近代化の端緒となった。

「世路日記」や「書生気質」は、戯作を継いだ方法上の問題はともかく、書生をたんに風俗の好尚としてのみ点描した戯作者の作品にくらべて、すくなくとも時代のある動きを造型しえた点では、戯作からの確実な展開があったと見ることもできよう。しかし、いまはただひとつの現象としてのみ指摘しておくが、日本の近代文学はそこからは出発しなかった。「浮雲」や「舞姫」における悲劇的人間像が必要だったのである。日本の近代化の動いてゆく方向と、そこにくみこまれた自己の位置とのまったき一体感、立身出世主義の楽天性も実はそれであったわけだが、そうした蜜月の崩壊が、近代文学の真の端緒だったのである。近代文学の生れ育つべき母胎＝近代化されてゆく社会構造への反逆ないし違和から文学の近代化がはじまったという逆説に、日本の近代文学がその成立期において負わねばならなかった十字架があったのである。その反逆なり違和なりは、「浮雲」にすでにその片鱗が示されていたように、本質として、日本の近代化の動いてゆく方向そのものへの否定に転回する質のものであった。明治四十年代に、それを明確な個性の劇として演じたのが夏目漱石だったのである。

＊

最後に但し書きふうにつけ加えておく。

「舞姫」を書いたとき、〈足を縛して放たれし鳥〉の悲劇を描きながら、鷗外は日本の近代化の可能性ないしはその方向自体はまだ疑っていない。西洋と日本の距離を空間の差として捉える視点はまだ成立していないのである。〈自由と美との認識〉(註)を本質とする西欧は、いわば理想的近代の未来像として、かれの前にあった。だから、かれは積極的に、状況の変革へむかって動いてゆく。レッシングにみずから擬した戦闘的啓蒙活動の出発である。帰朝後の鷗外には、医学と文学のふたつの分野で、かれの眼に映じる後進性に徹底的な批判を加えつづけた一時期がある。むろん、敵の所在を明確に見抜いていた鷗外には、文学的啓蒙期におけるような楽天性、現実の動向とのまるごとの蜜月感はもはやない。かれの啓蒙は開明的啓蒙学者の仕事とは明確に一線を画している。たとえば、外山正一らの改良運動に対して、もっとも苛赦ない批判者は鷗外であった。

（註）鷗外は明治十九年（在独中）に、日本の後進性を論じたドイツの地質学者ナウマンを反駁して、"Die Wahrheit über Japan"（日本に関する真相）という独文の論文を書いた。その一節で、ナウマンが日本の文明開化について説き、ヨーロッパ文明を無批判に模倣する革新の皮相性を批難して、〈Die reine Annahme der europäischen Cultur würde die Japanesen schwächen statt stärken und den Untergang des Volkesher beiführen ?〉（ヨーロッパ文化をそのまま受け入れることは、日本人を弱体化し、民族の没落を結果するのではないか）と問うたのに対して、鷗外は〈Besteht die wahre europäische Cultur nicht in der Erkenntnis der Freiheit und Schönheit im reinsten Sinne des Wortes ?〉（真のヨーロッパ文化とは、言葉のもっとも純粋な意味で、自由と美との認識に存するのではないか）と反問しながら、そうしたヨーロッパ文化の受容は決して民族の没落と結びつかないことを力説した。

しかし、明治四十三年に「普請中」を書いたとき、鷗外はすでに変っている。この小説を「舞姫」の後身とする理解も一部にあるが、主人公の渡辺は、たしかに太田豊太郎の二十年後の姿と見れなくもない。

渡辺は某省の参事官である。いまは完全なフィリステルになりすましている。ある夜、日本を訪れた外国の女性歌手と一夜の晩餐をともにする。彼女は二十年前、渡辺がドイツに留学していたときの恋人である。女はさまざまな手管を用いて、恋の記憶を再現しようと試みるけれども、渡辺は冷たく彼女を拒否する。かつてのライバルで、現に女と同行している男のためにさえ、平然と乾杯の盃をあげるのである。かれはもはや過去の亡霊の出現に動かされない。女は失望して、夜の街を淋しく去っていった。強いて要約すれば、ただこれだけの短い短編である。

女を拒否した心情の底にひそむのは、〈ここは日本だ〉という醒めた認識である。鷗外のいわゆる resignation（諦念）である。渡辺のこの認識は、一方では〈日本はまだ普請中である〉、つまり、西洋を模倣した普請中であるとの判断をともなうことで、日本と西洋の差を時間の距離とする認識でもある。同時に、このときの鷗外はすでに自由と美についての認識を、〈是はみんな遠い、遠い西洋の事〉（「夜なかに思つた事」）とする諦念の人でもあった。この〈遠い〉という判断には、日本と西洋の差を空間の距離として捉える認識がある。渡辺参事官にとって、日本は西洋での恋の記憶が生きうる場所ではなかったのである。太田豊太郎の帰東の感慨と、この渡辺の醒めた認識までの距離はある意味でははるかに遠く、ある意味ではほんのひと跳びだったともいえる。

夏目漱石が「現代日本の開化」を講演するのは、「普請中」の書かれた翌年である。

反近代の系譜

島崎藤村の「夜明け前」第一部の最終章は、大政奉還の報を聞いて狂喜する主人公、青山半蔵の惻々たる感慨をうつして終る。半蔵は明治維新に王政復古の実現を信じ、〈神武の創造へ——遠い古代の出発点へ——その建て直しの日〉がついにやってきた、という感慨にふけるのである。

青山半蔵のモデルが藤村の父島崎正樹であったことはひろく知られている。半蔵は木曾街道馬籠宿の本陣、庄屋、問屋の三役を兼ねた旧家の十七代目の当主である。木曾の山間に身をおいて、村人のために心労の日々を過しながら、同時に、平田篤胤没後の門人として、尊王攘夷の倒幕運動に思いをかたむけてきた。その半蔵にとって、天皇親政をうたう明治維新は、まさに平田派国学の理想を実現する待望の改革と見えたのである。

青山半蔵だけではない。たとえば福沢諭吉も、明治の新政権が武家の政権交替にすぎず、〈古風一天張りの攘夷政府〉だと思いこんでいたという（「福翁自伝」）。事実、明治元年の十二月に出た「王政復古ノ大号令」には、〈神武創業ノ始ニ原ヅキ〉〈旧蔽御一洗〉をめざすという形で、平田派の理念はなお生きていた。問題は、その新政府の実質が、半蔵や諭吉の予想をまったく裏切って成立したところにある。維新政府は、実に欧化主義の為政者としてあらわれた。青山半蔵流にいえば、古代が来るかと思ったのに、近代がきてしまったのである。以後、日本の近代史にながく尾をひいてのこったさまざまな問題がそこから派生した。のちに近代ブルジョア革命とさえ見られるにいたる明治維新の実質上の担当者が、おなじく後世から勤王の志士と呼ばれたような下級武士階級の手に主としてゆだねられていたという変則な事情は、そうして成立した近代国家の性格をさまざまに規制せざるをえなかったのである。

そのひとつに士族知識人の問題がある。明治維新の革命を担当した下級武士群は、同時に当時におけるもっともすぐれた知識人であった。その教養と学問が儒教・国学・神道などの伝統文化の色につよく染めぬかれていたとしても、まさにそのゆえに、かれらはまぎれもない知識人だったのである。他方、かれらとは別なかたちで、洋学というほそぼそとひらかれた窓をとおして、ヨーロッパとのわずかな接触をたもちつづけた青年たちの多くもまた、武士であった。

武士が士族と名を変えた明治にはいっても、おなじ事情がそのままひきつがれている。政治・経済・文化のあらゆる分野にわたって、明治社会の発展を主導したひとびとは、尾崎紅葉のような少数の例外をのぞいて、ことごとく武士階級を出身とする士族であった。明治維新の変則性が、かれら以外の場所から知識人の成長をたやすく許さなかったのである。まして、厖大な没落士族の群れが維新によって発生したとき、事情はいっそう決定的となった。かれらは旧幕藩時代の武士という特権的地位からふり落されただけでなく、明治新政府の栄光と権力の座からも見はなされていた。かつての栄光の恢復をめざすかれらのねがいが、職業の自由と人材の登庸をうたう新政府の政策とむすびついて、そこに、たとえば二葉亭四迷が「浮雲」でえがいたような、わが身は〈腰弁当の境界にあくせくしながら〈一子文三に学問を仕込む〉いじらしい父親の群れが誕生する。こうして、明治の知識階級は旧武士階級のなかば自動的転化というかたちをとって成立した。明治の知識人たちの多くは、知的エリートの自負にくわえて、士族の自恃と倨傲を身につけていたのである。樋口一葉のような女性でさえも、(成りあがりの)後家人の娘であるという記憶をながく忘れない。〈をさなきよりおもふこと人にことにて、いさゝかも世の中の道といふことふみ違へ〉じ(「しのぶぐさ」明治二十六年四月十五日)という一葉の自覚は、〈われは士族の娘なり〉という昂然たる自負をまってはじめて書きつけられたのである。

*

明治の知識人が士族知識人として自己を形成したという事実の意味するもの、ことばをかえていえば、かれらの内部に押されていたはずの士族の烙印は、はたしてただ影のようなものにすぎなかったであろうか。おそらくそうではあるまい。それはいわば一種の緋文字であった。明治維新が一見、前代との連続をまったくたちきってしまうほど唐突な近代革命であったとしても、そして、これらの知識人が時代の急転にいかほど巧妙に身を処しえたとしても、意識や精神の持続に切れ目はない。その烙印は、かれらの内部でなお生きる場所を見うしなっていなかったはずである。それをかりに気質と呼んでおく。気質という言葉には多少の誤解をともないそうだが、それは人間の精神構造の最深部に潜在して、かれの思想や行動を無意識に（あるいは意識的にさえも）統御するものである。そこでは通常の論理は無力である。おそらく宿命感覚だけが、それをわずかにくまどることができるだろう。

高村光太郎はなぜ〈真珠湾の日〉をうたわねばならなかったのか。昭和十六年十二月八日、ひとりの年老いた詩人をとらえた、あの不思議な感動はいったい何だったのか。

《この容易ならぬ瞬間に
私の頭脳はランビキにかけられ、
昨日は遠い昔となり、
遠い昔が今となつた。》（「暗愚小伝・真珠湾の日」）

〈子供の時のおぢいさんが、／父や母がそこに居た。／少年の日の家の雲霧が／部屋一ぱいに立ちこめた。〉詩人の〈耳は祖先の声でみたされ〉〈陛下が、陛下がと／あへぐ意識〉が猛々しくめざめてきた。かつて日本を〈根付の国〉と呼び、〈雨にうたるるカテドラル〉に歓喜したおなじ精神が、半世紀ちかい遍歴のあげくにたどりついたこの場所、わたしはそこに宿命の血のふかさをおもうのである。

また、徳富蘆花は聡明なヒューマニストであった。しかし、大逆事件に痛憤して「謀叛論」を講演したかれは、明治天皇の訃報に接して慟哭するおなじ人間でもあった。こういう事例をかぞえたてれば、いくらでも指摘できる。内村鑑三のキリスト教は最後まで武士道のリゴリズムと絶縁できなかったし、森鷗外の合理主義は封建武士道の可能性に感動する保守派との同居をさまたげなかった。おなじような意味で、光太郎のあの美しい〈近代〉の背後にあった精神の孤高と〈真珠湾の日〉にかれをおそったやみくもな衝動のどちらをも、わたしはうたがわない。人間は、たしかに、このように唐突に変貌する瞬間がある。そして、その変貌がかれの思想や意識の規制しえぬ精神構造の最深部にあったもの——むしろ、それは血のなかにあったものというべきかもしれない——につながれているとしたら、士族を出身とする知識人の緋文字、わたしがかりに気質と呼ぶ精神のおなじ不作為部分の意味もまた、きわめて重大であったといわねばならない。

近代の黎明期に士族の果した大きな役割は、文学の歴史でもまた例外ではなかった。近代文学樹立の役割は士族知識人の手にゆだねられたのである。坪内逍遙がそうであり、二葉亭四迷がそうであり、また森鷗外・北村透谷がそうだった。幸田露伴や正岡子規も武士の家を出自とする。かれらと、たとえば尾崎紅葉の文学との本質的なちがいは、紅葉が牙彫りの名人であり幇間であった父谷斎のまぎれもない町人の血をうけているという事実に、すくなくともその一半を帰することができよう。この事実が、ヨーロッパ文学の急速な移植と模倣によって成立した近代文学全体の眺望にかかわってどのような意味をもったか、このことは、あらためて検討されてよい問題である。

＊

青山半蔵や福沢諭吉の予想を完全にうらぎって、明治新政府は西欧文明の急速な摂取と吸収を最大の政策とする欧化主義の為政者としてあらわれた。半蔵は絶望して狂気へいそぎ、諭吉は当代のもっとも代表的な啓蒙思想家として、旺盛な言論活動を開始した。世はあげて、文明開化の風潮につつまれようとしていた。

しかし、そのような社会上、政治上の大きな改革が、近代文学創出の道にそのままつながったわけでないのは、いまさらいうまでもない。

文明開化の性格自体にみられる物質尊重の偏向、鷗外のいわゆるプラトンの政策をまなんで詩人を逐う時代のなりゆきが、まず文芸の著しい衰微、後退の現象を結果したし、それにつづく時期の、新聞ジャーナリズムの形成にともなう多少の復活も、その主流はいぜんとして、江戸末流文芸の系譜をつぐ戯作によって占められていた。ややおくれてからあらわれる政治小説や翻訳小説にしても、それ自体として、文学の近代性を保証できる、どれほどのモメントも内包していなかった。

しかし、そうはいっても、政治小説が、戯作者の手にのみ独占されていた小説様式に、知識人があえて参加した最初の例であり、翻訳小説が、西欧文学の型と香気をまがりなりにもわが国の風土に移しうえた画期的な試みであったという、これらの功利的な文芸様式が現に完成しえた実質とは別なところで、いわば派生的な、しかしきわめて暗示的な意義を評価しておくことも必要である。ことに、翻訳小説の一半をもそのなかにふくむ政治小説の誕生は、ことの功利的な意図を別にして、近代文学創出の必須の前提であったということもできる。なぜなら、それは漢学や国学の世界にしか自己表現の方法をもたなかった士族知識人が、あらたに小説の方法を発見したことを意味する。そして、そのことなしに近代文学の実現は期待できなかったからである。

矢野龍渓は「経国美談」の有名な序で、つぎのようにいう。

《世人動モスレハ輙チ曰フ稗史小説モ亦タ世道ニ補ヒアリト。蓋シ過言ノミ。……稗史小説ノ世ニオケルハ音楽画図ノ諸美術ト一般、尋常遊戯ノ具ニ過キサルノミ。是書ヲ読ム者亦タ之ヲ遊戯具ヲモテ視ル可キナリ》

政治思想の宣伝に小説をもっとも有効に役立てた作家である龍渓は、しかし小説をまったく無用の遊戯だと断言する。もちろん、ここで語られているのは龍渓ひとりの特別な意見ではなく、当時の士族一般が文芸をどのようなものとして見ていたかの最大公約数であった。かれらは時にふれ折にふれて漢詩をつくり和歌を詠んだ。〈述志〉の文学である。けれども、作者たちはそれを有用と信じていたわけではない。あれもこれも、ひとしく無用なのである。

ここで有用と無用を断ずるのは、かれらの生が外に、状況にむかってはたらきかける行為の場、つまり〈実行〉の世界にかかわってである。述べるべき〈志〉の真に生きる世界である。ことばの意味を拡大していおう。漢詩や和歌に托された自己表現は、その製作者である武士や士族にとってあくまでも自己の余剰の部分であった。作品がいかほど洗練された修辞を完成できたとしても、漢詩や和歌などの趣味的な文芸様式は、その創造主体の全重量をせおうこともできないし、また、かれらの〈実行〉にとってかわることも不可能だった。しかし、小説はあえて作者の全生涯をそこに封じこむことが可能である。かれの〈実行〉とするどく対立しつつ、作家の唯一の〈実行〉の場となりうることもあった。そのような小説の可能性に知識人が気づくまで、近代文学の真の成立がとうていありえないことも自明である。そして、政治的士族が政治小説を書きはじめたとき、かれらは漢詩や和歌の方法と、小説の方法とを区別する最初の端緒をつかんだのである。

ところで、明治五年に当時第一流の戯作者であった仮名垣魯文は山々亭有人をかたらって教部省に書面を提出し、従来の荒唐無稽な作風を一変することを誓った。教部省の公布した教則三条に則って著作しようというのである。そして、書面はつぎのようにつづいている。

《就テハ下劣賤業ノ私輩ニ御座候得共、歌舞伎作者トハ自然有レ別儀ニ御座候間、右可レ然御含被二成下一度云々》

歌舞伎作者とは別だとする自負は、戯作によって〈不識者ヲ導ク〉という夢想を信じることで支えられていたのだが、これはむろん滑稽である。しかし、龍渓の序が士族一般の文芸観を代弁していたように、魯文の書面も、新時代に追いつめられた戯作者群のいつわらぬ心情を表明したものであった。龍渓流にいえば、かれらは〈稗史小説モ亦タ世道ニ補ヒアリ〉と信じたがっているのである。

ふたつの文章の対照は皮肉である。小説による政治的啓蒙に成功した政治小説家は、小説を無用の玩具としてしりぞけ、現実にはいかほどの啓蒙をもはたしえなかった戯作者は、にもかかわらず戯作の効用をぎりぎりのかたちで主張しようとしていた。そして、みずからの小説を遊戯と呼んではばからぬ龍渓の倨傲は、もちろん、政治家矢野文雄の〈実行〉にかかわる自負が裏にある。だとしたら、魯文が〈不識者ヲ導ク〉最後の一線で、戯作の存立をたもとうとした後退のなかにあったのは、みずから〈下劣賤業〉とみとめねばならぬ戯作を〈職業〉にえらんだ人間の悲劇であった。近代小説の誕生のために必要だったのは、政治小説作家の〈実行〉と、戯作作家の〈職業〉とがかさなることであった。

政治小説と戯作のいずれにせよ、近代文学の本質についての致命的な不感症がある。それを共通項としてくれれば、両者のあいだに存在する距離は遠いようで、実はちかい。しかし、その溝をひとまたぎすることも容易ではなかった。溝をこえるために、十年の時間が必要だったのである。日本の近代文学は、政治小説しか書かなかった知識人が戯作に手をつけたとき、近代への方向にはじめて一歩を踏みだしていた。ことの意味は、政治小説の翻訳者であり、戯作の門徒でもあった坪内逍遙と、かれが〈戯作の改良〉を直接の目標として書いた「小説神髄」とに象徴される。わが国の近代文学は、いわば政治小説と戯作のおちあう場所に胎生したのである。

＊

戯作から政治小説を経て「小説神髄」にいたる一連の動向は、とにかく、この国の近代文学が成立する過程のもっとも主導的な系譜であった。それぞれの文学現象をつなぐ直接の継承関係はなおあいまいだとしても、すくなくとも、そのあわただしい継起を一貫し、やがて近代文学の成立へと集約された文学的エネルギイの存在は否定できない。と同時に、そのエネルギイのめざすべき近代は当時の近代化のプログラムどおりに、西洋を基準として測定されていたはずで、文明開化の担当者たちが信じていたように、西洋と日本の落差は、そこではまだ〈時間〉の問題でしかない。

近代文学の成立期に、西洋と日本の位相差を〈空間〉の距離としてとらえた文学者はほとんどいない。明治四十年代に〈ここは日本だ〉(「普請中」)という覚めた認識を強いられる鷗外も、ドイツ留学から帰朝した明治二十一年には、日本の近代化のプログラムにまだいささかの疑念もさしはさんでいない。多くの日本人にとって、新しい西洋は、たやすく身にまとうことのできる衣装として、そこにあった。しかし、当時の知識人のあまりにも楽天的な願望、あるいは自負にもかかわらず、隠し切れぬ肉体の重さは、すでに気質の劇として、衣装のあわせ目に隠見していたのである。

たとえば、明治七年に「柳橋新誌」（初篇四月、第二篇二月）を公刊した成島柳北がいる。かれは啓蒙期のいかなる文学現象とも交叉しない、異端の文学者だった。異端であったがゆえに、近代文学の成立史が、成立の過程でとりおとした別な問題をになうことになった。わたしは、多くの文学史が、明治四年に執筆された「柳橋新誌」第二篇（初篇は安政六年から万延元年にかけて書かれた。以下「柳橋新誌」と呼ぶのは第二篇をさす）を、漢文体の戯著という形式だけで、戯作と一括してあつかうことに疑問がある。

「柳橋新誌」は、柳橋という花柳の巷を舞台に、そこにくりひろげられる時々のエピソードを語りながら、遊里の風俗や人情をうつしたもので、なかばは随想集にちかく、いちめんではコント集としての性格もつよい。初篇が評判記ないし案内記ふうな叙述に終始したのに対し、第二篇では、〈世移《リ》物換《ハリ》 柳橋《ノ》遊趣一変《シテ》〉という、時潮の動向に寄せる痛憤をいちじるしくつよめた。たとえば、つぎのような話が収められている。

――たまたま芸者の話をぬすみ聞きして……。彼女たちは、しきりに旦那の経済力を話題にしている。奏任官第一等に出世して月俸が三百円を越えたのをうらやんだり、男をまるめこんで借金を返済した腕利きをねたんだりする。とにかく旦那にするのは勅任官以上、さもなければ知事か華族

くれ。〉

するど芸者は、あわただしく箱やを呼んでいいつけた。〈栄さん、あの官員月給表を買ってきてお

ということに話がおちついたとき、戸外で、ひときわ高く〈三劇俳優給金表〉と叫ぶ声がきこえた。

また、つぎのような話もある。

――ひとりの書生が料亭にあらわれて……。すこぶる英語が得意な男で、芸者との会話にも英語を使ってみせたりする。そこで芸者から、〈私にも英語を教えておくれ〉と頼まれて、〈英語なら知らないことはない。いったい何を教わりたいのか〉と得意満面である。まず自分たちの名前から、ということになり、お竹はバンブー、お梅はプロム、お鳥はバルドと、打てばひびくような応答で、よどみがない。ところが、しだいに奇妙な名前がでてくる。美佐吉。答えることができない。つづいてお茶羅。困り果てた書生は、額の汗を拭いながらいった。〈近いうちに辞書をもってやってくるから、その時に何でも答えよう。〉

作者の寓意は明白である。月給表の話が、文明開化の悪しき時潮のために風俗と人情の醇美をうしない、物質万能の世相におかされてゆく遊里の退廃を嗟嘆したものだとすれば、英語通の書生の失敗談は、柳橋のふるく良き情緒をむしばむ欧風心酔の時勢が、しかし、いかに浮薄で生かじりの文明人を育てているかを語り、形骸だけの文明開化の皮相性をみごとに諷している。

これらの小話に盛られた笑いは、にがく、深刻である。「柳橋新誌」第二篇を、その初篇から、そして他の戯作から区別するのは、そうしたにがい笑い、いわば文明開化への尽きぬ冷笑と痛罵である。それは、ほとんど一個の文明批評として、同時代の戯作者には見られぬ批評精神につらぬかれていた。

批評精神の覚醒は近代文学の重要な条件のひとつである。その意味で、「柳橋新誌」は確かに近代への可能性を潜在させていたかもしれない。しかし、にもかかわらず、柳北は近代文学創出の母胎たることは不可能であった。そこに成島柳北の最大の意味がある。文学の近代性によりちかく歩みよりながら、近代文学への転化をとざされた「柳橋新誌」は、近代性により遠い場所にいてその母胎となった戯作や政治小説とは、まさにうらはらの関係におかれている。

柳北は、のちに言論界に投じ、反政府運動を展開した。しかし、政治小説の作者としては再生しなかった。小説を啓蒙の具とするひそみにならわなかったのである。その文学観の潔癖さを「小説神髄」につなぐのも自由だろうが、ことの意味はやはり古風な文人意識とともにある。

それらのすべてをふくめて、「柳橋新誌」は、近代文学の直接の前提となりえなかったかわりに、日本の近代における〈反近代〉のもっとも原初的な形態となった。わたし流のいいかたをすれば、気質的な反近代主義の端緒となったのである。

もうひとつ、「柳橋新誌」には、つぎのようなエピソードも紹介されている。

――あるとき、政府の高官が一夕の宴を張った。座に侍した芸者のなかに、ひどくおしゃべりで軽はずみな女がいて、その高官に、むかし京都のお公卿さんは花札を作って生計をたてたということだが、あなたも作ったことがありますか、と無遠慮な質問をした。お客は、憮然として、むかしは暇だったから、位階の低い人のなかには、あるいは花札を作ったものがいたかも知れない。しかし、いまはみな国事に多忙で、そんな暇などないはずだ、と答える。すると芸者は、はたとひざをうっていった。〈それでわかった。ちかごろ、花札が品不足で、ひどく値上がりしたのはそのせいなんですね。〉

なんともみごとな諷刺である。文明開化政策を推進する当局者への痛罵がここにある。しかし、月給表の話と英語ずきの青年の話とを、文明開化の世相を嗟嘆する感慨のうらおもてとして理解はできても、この花札の話をそれとひとすじにつなぐのは不可能だろう。なぜなら、ここでの政府高官への痛罵は、文明開化を軸とする批判ではなく、あきらかに、時を得顔に闊歩する成りあがり者への憎悪に発している。かつて旧幕時代に冷飯をくっていた公卿や下級武士が、錦の御旗を笠にきて柳橋を横行する、時勢の動きはそうした異変をふくむものとしても、作者の憎しみをそそったのである。文明開化への冷笑をいっぽうの極におく「柳橋新誌」は、他の極に新時代の成りあがり者への痛罵をおいていた。

成島柳北は旧幕臣である。幕末に幕府有数の外交家、進歩的な政治家として要職を歴任し、維新後は政府の招請を断わって野に下った。〈天地間無用ノ人タリ〉の決意とともに、前朝の遺臣として隠棲の道をえらんだのである。この事実を、たとえば花札の話に見られるような心情にかさねてみれば、「柳橋新誌」の冷笑と痛罵がどのような質のものだったか、ほぼ明らかであろう。

*

大正の末から昭和のはじめにかけて、永井荷風によって書かれたいくつかの成島柳北論がある。昭和二年四月の「中央公論」に発表された「成島柳北の日記につきて」、おなじく五月の「柳北仙史の柳橋新誌につきて」などがそれである。そのころ、荷風は鷗外の「渋江抽斎」以下の史伝にひそかに擬して、幕末文人の伝記考証に没頭していた。鷲津毅堂・大沼枕山を軸とする下谷学派の考証学者を論じた「下谷叢話」、館柳湾や太田南畝の伝をたてた「葷斎漫筆」などがそれであり、柳北について論じる二、三の文章もまたその一連として書かれたものである。

当時の荷風は、創作の意欲をまったくうしないさったかのように見えた。大正期以後のながい沈黙の時期である。もちろん、厳密にいえば「ちゞれ髪」（大正十四年、のちに「ちゞらし髪」と改題）、「かし間の女」（昭和二年）など二、三の作がなかったわけではない。あるいは「カッフェー一夕話」（昭和三年）や「夜の車」（昭和六年）などのように、のちに発表されるいくつかの小説がこのころ書きためられていたことも事実である。しかし、明治末年代や昭和十年代の荷風が見せた旺盛な創作活動にくらべると、この時期のそれがいちじるしく低調なのはいなめないし、作品自体の出来ばえも内面のはりをうしなってみすぼらしい。

おなじ時期が時代のはげしい転形期であり、過渡期であったことは説くまでもない。日本の歴史そのものが大きな曲り角にさしかかっていた。文学のうえでいえば、プロレタリア文学と新感覚派を二本の柱とする昭和文学が既成のリアリズム文学をはげしく否定する大きな流れにかわろうとしていた。かれらの急速な擡頭と成長に押されて、明治期、大正期に個性の形成を完了した多くの作家たちはあるいは動揺し、あるいは沈黙を強いられねばならなかった。有島武郎と芥川龍之介はみずから死をえらび、徳田秋声・田山花袋・武者小路実篤・志賀直哉らは沈黙した。荷風もそのひとりである。

だから、荷風の沈黙もまた、そういう既成作家いっぱんの不振と類をひとしくするものと見れぬこともない。時代は老大家をすでに不用としたのである。この時期に、かれが見捨てられた作家のひとりであったことはうたがいない。しかし、荷風のばあい、ことはただそれだけではない、かれの沈黙は外からの強制というよりも、むしろ作家自身の内面のドラマだった。時代がかれをすてるよりも早く、荷風が時代を見すてたのである。かれはみずからその筆を折ることで、時勢の急転に抗議した。

たとえば昭和三年を送ろうとする日の「断腸亭日乗」につぎの一節がある。

《世の中のことも今は全くわが身には縁なきやうなる心地していかなる事を耳にするも公憤を催さず。文壇斗筲の輩のとや角言ふが如きことは宛らに蚊の鳴くに異らず。人の噂聞くさへ唯只うるさき心地して此方より耳を掩ふばかりなり。わが友人等はいづれも余が身の上ほど多幸なるはなしと言へり、こは予自らもかくのごとく思ひゐるなり。》

このような感慨は、なにもここだけではない。相前後する時期に書かれた随筆、小品のはしばしに多く見られるところであった。荷風ごのみの一流の韜晦といってしまえばそれまでだが、同時にそれらの行間に、わたしたちはいつわらぬ心境の表白を読んでおいてもよいだろう。

また、相前後する時期に、荷風の書いた「かたおもひ」という小説がある。昭和四年に発表されたものだが、たとえば〈銀座通をとほり過ぎて、とある商店の硝子戸にラヂオ放送の芸人の写真あまたつらね出したるを、道行く人に打交りて何心もなく立留りて眺めやれば、こはめづらしや思ひもかけぬかの柳橋の増次が姿〉などという書きだしではじまるこの小説を、昭和四年という時点ですなおに理解することはむつかしい。横光利一や川端康成などのあたらしい作家たちが、きらびやかな文体と奇想天外な発想とを誇示していたかたわらで、あえてかたくなに古風な文語文体をこころみようとする荷風の心情にたちいってみれば、そこにも〈わけなく故きを棄てて新しきを追ふにいそがし〉い時流へのひそかな挑戦が托されていたはずである。

そのような荷風にとって、あの滔々たる文明開化の時期に、時代の風潮を白眼視して野にかくれた柳北の生きかたが、いまあらためて共感と関心の対象になったのは自然である。なるほど、荷風の柳北論は論としてなにごともかたっていない。それはただ、関心の所在をしめしているにすぎない。しかし、この片々たる文章の書かれた心情にたちいっていえば、「柳橋新誌」第二篇のなかにながれる時勢への痛憤と冷笑とに、荷風が酔っていなかったはずはない。半世紀をこえる時代をへだてて、ふたりの狷介な文学者は、そのあまりにも保守的な姿勢のなかにあった共通の心情によってむすびついた。別ないいかたをすれば、当時ほとんど忘れさられていたひとりの作家の可能性を、荷風はみずからの生き方と美意識を賭けて確認したのである。

＊

荷風の反俗は、いうまでもなく、明治四十年代に〈自分の芸術の品位を江戸戯作者のなした程度まで引下げるに如くはないと思案した〉ときにはじまり、その戯作への決意が必然にたどりついた場所である。文学は国家にとって有害の雑草であり、詩人は無用無頼の徒にすぎぬという激越な認識も、幕末の文人や学者が時流のおもむく方向に背をむけて陋巷に生きたことへの共感にそのままつながるものであったはずだ。

〈芸術の品位云々〉の引用はいうまでもなく、「花火」（大正八年）の有名な一節である。荷風はこの私小説ふうな回想で大逆事件への、というよりも大逆事件を沈黙して見すごした自己と同時代への絶望をあらわにしながら、戯作への韜晦が作家の意識的な姿勢として選ばれたゆえんを語っている。むろん、これは大正八年の自覚であって、記憶の再構成や心情の誇張がともなっていることは想像にかたくない。荷風内部の〈戯作者〉と大逆事件の衝撃とがどれほどふかくつながれていたかについても、疑問をさしはさめば、それも可能である。

しかし、すくなくともこの時期の荷風が大逆事件に、ということはそういうかたちであらわにされた時代の矛盾に傷ついたかもしれぬ伏線は、当時、なお鮮明だった同時代文明への批評的関心のなかに読みとることができる。荷風は「深川の唄」や「すみだ川」の作者であると同時に、「冷笑」の作家でもあった。新帰朝者として身につけた西洋の記憶と、〈東洋の野蛮国〉とみずからいう日本の現実との、もともと調和しがたい矛盾にいらだつ文学者だったのである。

「冷笑」は明治四十二年から四十三年にかけて書かれた。八笑人ふうな構想の小説で、職業のちがう五人の人間が登場するが、かれらはいずれも荷風の思想と感情をわけもたされた分身とみておいてよい。作者自身の説くところによれば、これら五人の人物にたくして〈乱雑没趣味なる明治四十二年の東京生活の外形に向つて沈重なる批評を試み、其の時代の空気の中に安住する事の困難なるを嘆息し、併せてわが純良なる日本的特色の那辺にあるかを考究摸索せんとした〉(「冷笑につきて」)長篇小説である。「監獄署の裏」や「新帰朝者日記」などでしばしばくりかえされた現代日本文明へのはげしい呪詛が、ここでも主題の明確な力線を形成している。〈西洋を模して到底西洋に及ばざる〉日本文化の形式主義、〈明治の文明全体が虚栄心の上に体裁よく建設された〉（「新帰朝者日記」）にすぎない薄っぺらな西洋づくり、そうした形骸のひとつひとつが、西欧文明の息吹きを生身で呼吸してきた荷風によってするどく批判される。

しかし、荷風はこの小説のなかで、偽装文明の醜悪だけを指弾するのではない。近代化されつつある日本の内部にある、もっとうすぐらい部分をもみのがしていない。たとえば作中人物のひとりである徳井勝之助は、〈極めて思想が粗雑で、理性の反省に乏し〉い父親の言行不一致の儒教主義を痛烈に批判する。ここには、日本のより古い世代に対立する近代知識人としての荷風の像がある。父親との相剋は外遊期における荷風の最大の主題であったが、父を批判することで前近代を容赦しない荷風は、あきらかに〈近代〉の論理に拠っている。西洋の記憶にそのままつながる理想的近代の実現を、かれは日本の風土に期待したのである。そしてその荷風が、西洋模倣の仮装文明を批判するとき、〈薄っぺらな西洋づくり〉が、にもかかわらず、所詮は日本近代のいつわらぬ到達であったかぎり、かれはことの必然として〈反近代〉の立場にたつ。理想的近代の幻想に眼をそそぎながら、かれはやはり〈吾々の精神と肉体とは東洋の地上に発育した以上東洋の土壌の底から発散する空気を呼吸しない訳には行かない〉という自覚をも消せない。微妙な背反と矛盾である。おそらくその矛盾を解決する場所としてえらばれたのが、純粋な美意識にだけ還元された〈日本的伝統〉の世界であり、〈一番己れに近い徳川時代〉の〈豊富な色彩と渾然たる秩序〉への憧憬だった。享楽と唯美は、「冷笑」では明らかに批評の形式であった。

「冷笑」の作者はまだ批評の愛憎を断念してはいない。同時代文明へのはげしい批判は、批評という行為をとおして現実へかかわろうとする愛の表現であった。気質と性癖にうながされて享楽の世界にちがづきながら、なお酔いきれぬ眼のかがやきがのこされていたゆえんである。

かりに荷風の証言にしたがっていえば、大逆事件の衝撃がかれに強いたものこそ、新帰朝者のその酔いきれぬ眼をみずから閉じる断念と遁走であった。それは現実への愛を突如としてたちきり、「冷笑」の享楽主義がいっぽうの極に仮装文明の批判をおき、他の極に封建主義の批判をおいていたような作品内部のバランスを崩壊させた。「腕くらべ」以下の享楽と耽美が、あきらかに異質な世界として現われる。批評から韜晦への転身であり、批判者から傍観者への変貌である。明治四十年代に演じられたこの内面のドラマが、以後の荷風文学のありかたを決定することになった。時代の渦から身をひるがえして生きる逸民の姿勢である。

＊

荷風の柳北論は、それが逸民であると同時に、文明開化の峻烈な批判者であった柳北への関心をしめす文章であったことによって、いわば荷風の享楽主義の出自をおのずから明らかにした。事実、柳北と荷風は、その反近代の姿勢においておどろくほど似ている。

しかし、にもかかわらず、両者はある一点ではるかに隔てられている。(註) 荷風の反近代は、すでに見たように、その背後に理想的近代の幻想をたえずおいていた。同時代文明に対する荷風の執拗な呪咀は、みずから実感した西欧的近代の理念に照らして、その成立を不可能とする風土の認識に発していたのはいうまでもない。しかし、柳北には、それとひとしい程度で理想的近代の幻像はまだ確立されていなかった。

柳北の文明開化批判はたしかにするどい。ほとんど罵倒にもちかいのだが、だからといって、かれが〈あるべき近代〉の理想をどれほど堅固に所有しえていたかどうか、そして、その理想的近代に照らして、どれほど深く同時代文明の性格を洞察しえていたかは疑問である。はるか後年に、文明開化の〈外発性〉を正確に指摘した夏目漱石と比較するまでもあるまい。

柳北があれほど徹底して明治新政府の方策を批判しつづけた事実は、その方策がほかならぬ明治新政府の、つまり、かれが譜代の臣として恩顧をうけた徳川慶喜のにくむべき敵の至上政策であったという事情を考慮しないわけにはゆかぬ。二君に相見えるを恥としたのは武士道の倫理である。明治政府の招請を固辞して「柳橋新誌」を書きついだ柳北の反近代のなかに、幕臣成島惟弘の、かれが武士であったゆえの必然の抵抗を見ておいてさして不当ではない。柳北は理想的近代の幻像をまだ所有していなかった。そのかわりに、武士を出自とする知識人のぬきがたい士族気質をもっていたのである。だから、柳北の抵抗は、時間に即して近代を追跡する軸からいえば、近代文学の成立にとってつねに負の方向に放射される不毛のエネルギイであった。しかし同時に、不毛であったがゆえに、西洋と日本の落差の空間性を気質の劇として象徴したのである。

ここで結論をいそぐのはまだ早すぎる。しかし、柳北をひとつの例証として、士族意識のある種の発現が、作家を気質的な反近代の方向にみちびく可能性を予想しておくのは許されよう。士族知識人が近代知識階級にまで転化してゆく過程で、かれらの精神構造の内部にひそむ微妙な幽暗が、時として反近代主義への傾斜をうながすことになった例もいくつか残されている。日本近代文学史の本流に見えかくれする、気質的な反近代の系譜である。それは二葉亭四迷・北村透谷・森鷗外・夏目漱石らをピークとする。そして、そのおなじ流れにそって、問題はたんに気質的な文明開化批判をはなれ、理想的近代像の成立とともに、西洋と日本の分裂と調和というもっと大きな主題にまで発展してゆく。明治四十年代にこの問題は、鷗外、漱石、荷風らをつらねる重要な主調低音となった。

(註)　この点について、現在のわたしは若干ちがった考えかたをしている。十年前の旧稿にその意見をうまく織りこむのは不可能なので、最近、それに関連して書いた文章の一節を以下に引用しておく。

*

森鷗外と宮崎三昧の応酬した自評論争に触れて、斎藤緑雨が鷗外の批評方法を揶揄した短文がある。レッシング曰く何々、シラー曰く云々の語りくちを咎めて、ことごとに西洋を規範とする論のたてかたに、一種の異議申立てを試みている。緑雨の批判はいささか八つ当りじみた気分的な反撥にすぎないが、ことの意味を不当に拡大していえば、鷗外の批評原理――というより、鷗外を指導者のひとりとする当代文学主流の、西洋を理念（イデー）とする近代化のプログラム自体に対する同時代文壇内部からの反応、もしくは批判と見れなくもない。

むろん、緑雨の先蹤にあたる成島柳北がそうであったように、近代化即西洋化のプログラムを批判する緑雨の眼も、日本の近代文学の母胎たることは不可能であった。そこに、緑雨の古さ・限界があったのはいうまでもないが、それにもかかわらず、柳北や緑雨の〈前近代〉がながく生きのびたこと、いや、それは単に日本の近代の底辺に生きのびただけでなく、日本の近代の成立を支える要件にやがて化していったところに、大きな問題がある。

柳北はのちに永井荷風によって再発見される。そのとき、柳北の〈前近代〉は〈反近代〉に転じたというのがわたしの理解なのだが、それをさらに敷衍していえば、文明開化を嫌厭した柳北が旧幕臣としての〈忠厚の倫理〉（越智治雄）につよく動かされていたのは否定できないにしても、そしてまた、東京の形骸文明を呪咀する荷風の内奥に、青春を賭けて抱きとった西欧の〈理想的近代〉の幻像を隠していたのは確かだとしても――だから、両者の〈反近代〉の質的な距離は決定的に遠い、といえばいえるのだが、にもかかわらず、柳橋の情緒を奪う物質文明の〈悪〉を嗅ぎつけた柳北の感性もしくは美意識と、東京の雑駁な都会文明にさかなでされた荷風の感性もしくは美意識とは、実はぴったりと重なる部分が多かったのではないか。その符合なしに、荷風による柳北の再評価自体が不可能だったかもしれない。いうまでもないが、荷風が西洋に見た〈理想的近代〉のイメージは、美的に円環を閉じた調和世界の幻にすぎぬ。(美意識における日本的なるものは反近代——すくなくとも、反西洋へと動く。第十四回国際ペンクラブに出席した島崎藤村が、アルゼンチンの日本公使邸のレセプションで行なった講演「日本について」や、川端康成のノーベル文学賞受賞講演「美しい日本の私——その序説」などを引きあいにだすまでもあるまい。日本の〈反近代〉はそれらの美意識にからみつくことでも生きのびたのである。)

明治四十年代に、荷風のみならず、森鷗外・夏目漱石らのすぐれた知識人＝思想家が、いっせいに文明開化批判に転じたことはよく知られている。

このことは、当時ようやく、日本の近代の型態が瞭然としてきた時期にさしかかったことを示している。近代化の推進に参画した知識人たちが、みずからの作りだした現実に愕然として醒めた時期でもある。そのとき、かれらの信じていたのは、思想であったか、美意識であったか。すくなくとも、漱石や鷗外の批判が、〈あるべき近代〉の理念に照らして、いわば日本の〈近代〉のかなたにある西洋との対照においてなされているかに見えて、実は、かれらの拠ってたつ思想や美意識の基盤は、かれらの内部にある〈古さ〉に支えられていたのではなかったか。比喩としていえば、二十世紀の現実に闇を抱いて聳える〈英国の歴史を煎じ詰めた〉倫敦塔である。

緑雨や柳北の系を〈反近代〉と見ようと、猪野謙二の露伴論のように〈もうひとつの近代〉と見ようと、問題は、その〈反近代〉なり〈もうひとつの近代〉なりが、日本の〈近代〉と単純な併立の関係におかれるのではなくて、両者が一体不可分な形に癒着して、――つまり、〈近代〉が〈反近代〉＝日本を内包して成立しているところにある。そうした癒着の現象化は、おそらく個々の作家に応じてさまざまな形をとったはずで、そのことは作家個々の内部へ測鉛を垂れることによってしか明らかにされない。

漱石の反近代

まず反近代という概念について。自明のようでいて、概念の振幅が大きく、あいまいである。すくなくとも、前近代でも超近代でもないという限定をはじめに認めておきたい。いま問われている反近代は同時代文明の否定とつねにシノニムであり、近代の内部で近代の矛盾に醒めた認識の謂である。たとえば神の死を告げたニーチェや「西欧の没落」を書いたシュペングラーなどをひとつの典型とするような形で。

しかし、漱石の反近代は、そうした単純な視点でたやすくは見とおせない。漱石は日本の近代と西欧の近代を天秤にかけてみたひとりである。「現代日本の開化」というあの有名な講演は、内発的なヨーロッパ文明に比して、日本の開化がいかに外発的であったかを洞察し、そのゆえに日本の近代が負わねばならぬ宿命を明確に語っている。漱石はたしかにもっとも早い時期に、日本近代の矛盾に醒めた思想家のひとりである。けれども、〈内発〉を信じた西欧文明の内部において、漱石はなお反近代の思想家でありえたかという問題がのこる。

たとえば、福田恆存は、「現代日本思想大系」32の「反近代の思想」のための解説で、つぎのように書いている。

《……反近代主義の「反」は「近代」の否定を意味するのか、それとも「近代主義」の否定を意味するのかという問題がある。前者なら、近代精神そのものへの懐疑という本質的な意味があるし、後者なら、主として日本のいわゆる「近代主義」に対する反対という意味に限定されて用いられる。》

語の正当な意義における反近代は、氏のいう前者、つまり〈ヨーロッパの近代精神そのものがその成り立ちのとき以来内部にはらんでいる弱点や危機を正当に直視しようとする態度〉にほかならぬ。ヨーロッパの近代精神という言葉にこだわる必要はない。ヨーロッパの近代精神がその内部に弱点や危機をはらんでいたとしたら、西欧との接触によってはじまった日本の近代精神もまた同種の弱点や危機をはらんだはずである。外発的であろうとなかろうと、毒は毒である。むろん外発的であったゆえに、毒がいちじるしく薄められたという事情はいっぽうにある。ひとびとは毒の存在にながく気づかなかったし、それに気づいたときでさえ、撃つべき敵は日本の近代精神ではなく、近代の外発性という抽象的な概念に、さもなければ、外発をうながした西欧そのものの内部に発見されるという奇妙な事態が生じた。〈西欧の没落〉を受容することが、ただちに日本近代の没落の代償と目されたのである（太平洋戦争下の〈近代の超克〉論を見よ）。近代が外発的だっただけでなく、反近代においても、われわれは外発的であった。

ヨーロッパはその没落においてさえ、日本の理想的近代の幻像だったのである。西欧はつねに接触を強いられる事実としての近代であったと同時に、いわばイデーとして、あらゆる事象に屹立する理想的近代の幻影をたえずその背後に浮遊させていた。日本の近代は出発と同時に、いやおうない比較の対象となる〈本物〉の存在をおもくるしい義務として意識せねばならなかった。〈本物〉との落差が時間の差として、いわばいつの日か到達し、追い越すことも可能な落差として意識されるかぎり、理想的近代の幻影は扮装の手本であり、かがやく未来の青写真ではあっても、実質のひずみを問う問責者では決してなかった。

だから、日本の反近代はすくなくともその可能性として、おそらくは西欧流の近代の危機の自覚以前に、ふたつの端緒をはらむことになったはずである。第一は西欧と日本の落差を時間の差から空間の差にとらえなおしたとき、第二は時間の追跡に疲れ、あるいは追跡のしかたに懐疑が生じたとき。前者は西欧と日本の精神構造の決定的な断絶の認識、ないしはその認識を心情の底に沈める諦念や虚無にまで動き、後者は福田恆存のいわゆる〈「文明開化」の贋物性〉の自覚という形をとる。〈日本における近代主義のきわめて軽薄な風潮にたいする批判〉の発生である。〈きわめて軽薄〉という形容詞が、軽薄でない重厚な〈本物〉との比較においてのみ成り立つのは自明である。だとしたら、別な視点がただちにあらわれる。相対的認識の揚棄である。その観点からすれば、反

〈近代主義〉と反〈近代〉とは、いずれも西洋を認識の鏡とすることで実はひとしい。

考えてみれば、イデーとしての近代、したがって、それによる贋物性の自覚は西欧の近代自体でも演じられた劇ではなかったか。西欧の近代精神にも自己をみずから理想的近代の幻像としながら、幻像と実像との一致を信じた幸福な蜜月期があったし、近代の危機の自覚は幻影を否定する認識の発生とともにはじまったはずだ。西洋の受容による日本の近代がその内部で反〈近代主義〉の動向をうながす必然は、西欧の内部でみずからの危機や弱点が自覚される過程のステレオタイプと見ることもできよう。それにたいして、時間差から空間差への移行が、西欧の内部にいかなる鏡も見出さぬのは自明である。

いかにももってまわったいいかたに聞えるかもしれぬが、日本における反近代は、反〈近代〉といわば反〈近代主義〉との二義性を宿命的に内包するとともに、両者を統一する別な視点からの反近代、反〈西欧的近代〉を他の軸としてもつ可能性を否定できないのである。もちろん、後者が近代の内部で思想として成立する契機は乏しいし、前者に対して截然と自己を区別することも不可能であった。日本の近代が西欧的近代と同義語であった歴史的事実のまえで、近代における反〈西欧的近代〉はあきらかに自家撞着にすぎぬ。反〈西欧的近代〉の志向から日本的近代への展開は夢想でしかない。にもかかわらず、日本と西欧の落差が時間と同時に空間の差でもあった以上、それは思想や認識の成型としてではなくいわば原液質として、日本の近代と反近代とを連ねる坐標系の原点の位置を占めたかもしれないのである。反〈近代〉にも反〈近代主義〉にも、そのいずれにも自己を集約できるような形での反近代の存在である。げんみつにいえば、明治の反近代はつねに反〈近代主義〉と反〈西欧的近代〉との重層という、二重の構造を持っていたようである。思想と気質、認識と直観の二重構造といいなおしてもよい。明治四十年代の鷗外は日本をまだ〈普請中〉とする醒めた認識によって、まぎれもなく反近代主義者であった。同時に、かれは反近代主義者であるゆえに理想的近代の幻像を直視し、だから、もっとも有能な近代化の推進者であり、啓蒙家でもありえた。しかも、〈ここは日本だ〉という渡辺参事官の断言の底に沈むのは、日本と西洋を空間の落差として捉えた絶望でもあったはずだ。〈是はみんな遠い、遠い西洋の事〉(「夜なかに思つた事」)という鷗外の感慨は、時間的な距離への吐息ではなく、まさしく空間的な距離への嗟嘆であった。この複雑にからみあう精神のおくゆきを測定することなしに、わたしたちは鷗外の近代についても、反近代についても正確に語るのは不可能である。そして、漱石もまたおなじ型の思想家であった。

＊

福田恆存によれば、夏目漱石は〈日本の近代化＝西洋化の、つまり「文明開化」の贋物性にいちはやく気づいていた〉思想家であり、〈しかし、近代そのものの危機という自覚はさほどつよくない。事実、そういう言葉も使っていない〉。「現代日本の開化」で、漱石はたしかに西欧の近代がみずから内包する危機についてなど、ひとことも語っていない。のみならず、文明開化の外発性、つまり開化の方式をきびしく批判してはいるが、文明開化自体、つまり西洋の近代化を理念とする日本の近代化を批判してはいないようである。〈急に自己本位の能力を失つて外から無理押しに押されて否応なしに其云ふ通りにしなければ立ち行かないといふ有様〉を漱石は否定しているのであって、かりに日本の開化が〈自己本位の能力〉によって、かれのいう〈西洋の開化（即ち一般の開化）〉を内発的に推移してゆく可能性がのこされていたとしたら、そのこと自体を決して否定するわけではない。むろん、漱石はその可能性を信じてはいない。〈滑るまいと思つて踏張〉れば、〈一敗また起つ能はざるの神経衰弱に罹つて、気息奄々として今や路傍に呻吟しつゝあるは必然の結果として正に起るべき現象〉という認識がいっぽうにあるからである。だとしても、この論理が〈西洋の開化（即ち一般の開化）〉の日本への適応そのものをまだ完全に否定しないのは見やすい。漱石が縷々として説いたのは、〈悲酸な国民〉であるべく宿命づけられた日本人への深刻な絶望である。宿命の認識であって、宿命の拒否では決してない。だから、「現代日本の開化」の文脈にしたがうかぎり、漱石はその内発をみとめたヨーロッパの内部では、反近代の認識を閉ざされていたことになる。

しかし、果してそうであろうか。漱石の反近代を「現代日本の開化」によってのみ理解するのは危険である。たとえば「私の個人主義」という別な講演で、漱石の説いた〈自己本位〉とはなんであったか。英国留学の体験として語った自己本位の立場の発見は、比喩的にいえば、まさしく西欧近代の内部で醒めた反近代の、つまり反〈西欧的近代〉の端緒でもあった。

《私は此自己本位といふ言葉を自分の手に握つてから大変強くなりました。彼等何者ぞやと気慨が出ました。……

自白すれば私は其四字から新たに出立したのであります。さうして今の様にたゞ人の尻馬にばかり乗つて空騒ぎをしてゐるやうでは甚だ心元ない事だから、さう西洋人振らないでも好いといふ動かすべからざる理由を立派に彼等の前に投げ出して見たら、自分も嘸愉快だらう、人も嘸喜ぶだらうと思つて、著書其他の手段によつて、それを成就するのを私の生涯の事業としやうと考へたのです。》

〈人真似〉にたいする〈自己本位〉の素朴な論理は、〈西洋人のいふ事だと云へば何でも蚊でも盲従して〉いる時潮を拒否しながら、〈私が独立した一個の日本人であつて、決して英国人の奴婢でない〉という自覚でもあったかぎり、英国と日本、ひいては西欧と日本の対立という構図を、すくなくとも端緒のかたちで発想の内部にはぐくんでいたはずである。「私の個人主義」と「現代日本の開化」とはモティーフのうえで、確実に交叉する一点を内在させていたようである。むろん、漱石は交叉の実質をまだ明確に提示してはいない。ひとつには〈自己本位〉の自立を〈私〉の問題に限定することで、ふたつには逆にその漱石固有の〈自己本位〉を〈個人主義〉の一般的概念に解消することで、西欧対日本の論点は個人主義的徳義人格、個人主義対国家主義の問題へ移行した。結果的に、反近代の領域から近代の領域への回帰であった。

にもかかわらず、「私の個人主義」は「現代日本の開化」――つまり、漱石の反近代についての有効な索引であるのを否定できない。

第一に、〈私〉における自己本位の自覚と、〈開化〉における〈日本本位ではどうしても旨く行かぬ認識との関係。「現代日本の開化」は明治四十四年八月の講演であり、「私の個人主義」は大正三年十一月の講演である。足かけ四年の時間の意味をここに導入すれば、漱石の思想にある種の転換を認めねばならぬ。英国留学の時期とかりに大正三年との二様の時点で、漱石の自己本位は微妙な屈折をとげていたことになる。大正三年にあったのは〈開化〉から〈私〉への後退を代償とする自己本位の再定立であり、それに伴う〈徳義〉の再発見である。また、時間の意味をあえて無視すると、自己本位の一元的視点をもっては蔽いえない、前者の近代化論と後者の人格論との位相差、つまり〈私〉の自己本位から〈開化〉の自己本位へという発想の転移をさまたげたものの実質に帰することになる。いずれの場合にも、〈自己本位〉の構造が問題なわけで、近代化論と人格論の位相差とは、実は〈自己本位〉自体の二重構造とパラレルな関係にある。西欧にたいする〈自己本位〉の定立と、その自己本位を〈個人主義〉の西欧的概念にまで普遍化したとき、対極に〈徳義〉をおいてバランスをたもたねばならなかった論理構造の意味するものは、〈自己本位〉そのものに内包された反近代と近代の微妙な二重志向の反映にほかならぬ。自己本位をみずからの思想の根底にすえたとき、漱石はまた鷗外とおなじく、西欧にむかって日本を指さす反〈西欧的近代〉と、日本にたいして西欧へゆれもどる反〈近代主義〉との重層に身をゆだねる思想家であった。

漱石はたしかに西欧流の〈近代の危機〉を認識した思想家ではない。しかし、個人主義の主張にあえて〈徳義〉の錘鉛をつけねばならなかったとき、それとは別なかたちで、〈近代の危機〉に迫ろうとしていた思想家であった。

《我は我の行くべき道を勝手に行く丈で、さうして是と同時に、他人の行くべき道を妨げないのだから、ある時ある場合には人間がばら〳〵にならなければなりません。》

漱石のいう個人主義が、人間的連帯のモティーフを本質としてふくまないのは注意されてよい。漱石のたえずくりかえした主題である。同時に個人主義が連帯への方向をみずから閉ざしたゆえに、金力や権力の恣意に托して、〈徳義〉が説かれねばならなかった事情も見やすいだろう。漱石の志向にいわば利他的個人主義の方向があったのは事実である。しかし語の正しい意味で、利他的な個人主義など、漱石はいちども信じなかったにちがいない。

漱石の反近代は反〈近代主義〉においてよりもむしろ反〈西欧的近代〉の介在によって、さらに検討にあたいする問題を多く残しているように思う。たとえば〈徳義〉の質にかかわっていえば、「こころ」のKが、精神の高貴を肉体の侮蔑によって支える型の人間であった意味について、つまり、このまぎれもない東洋的な人格主義が先生の像と併置された意味についてなど、あらためて問うべき問題が多く残されるのである。しかし、それらについて詳説する余裕はすでにないが、最後にひとつだけつけくわえておけば、漱石は「私の個人主義」でつぎのような比喩を語っている。

《単に政府に気に入らないからと云つて、警視総監が巡査に私の家を取り巻かせたら何んなものでせう。警視総監に夫丈の権力はあるかも知れないが、徳義はさういふ権力の使用を彼に許さないのであります。》

やや詭弁と聞えるかも知れぬが、ここには明らかに人格主義への傾斜がある。警視総監に権力の濫用を許さぬのは〈徳義〉ではなくて〈法〉である。法概念を脱落させることで、漱石は論理の飛躍をおかしている。いうまでもなく、人格主義への傾斜をともなうとき、いわゆる〈徳義〉はその内包によってたえず変容する。そうした無限定な飛躍と変容もまた、反〈西欧的近代〉型の反近代——私流のいいかたでは気質的な反近代——の特性でもある。

詩的近代の成立
――光太郎と茂吉――

――東洋は押石《おもし》のやうに重く、
東洋は鉄鍋のやうに暗い。
（高村光太郎）

明治四十二年六月に、高村光太郎が欧米留学の旅を終えて帰朝した。〈自身でも取返しのつかぬ〉ほどに変り果てた内面の、痛苦の感覚だけを確かな実感としながら……。

明治三十九年二月に日本を発ってからわずか三年の旅であったが、ロダンの国を去って父光雲の待つ日本へ帰る光太郎の心情は、怖れに似た不安な予感と、鬱屈したはけ場のない苦渋に満たされていたはずである。すくなくとも高村光太郎自身は、それをわたしたちに信じさせようとしている。

帰国して一年後に、「出さずにしまつた手紙の一束」が「スバル」誌上に発表された。吉本隆明の再評価以来とみに有名なこの書簡体の感想が、真実パリで書かれ、文字どおり出さずにしまった一束の手紙であったか、どうかの穿鑿は無用である。相前後する頃に書かれた「珈琲店より」(明治四十三年)などの感想類とひとしく、陰湿な風土に閉ざされた新帰朝者の日記として読むべきであろう。

光太郎はそれらの激越な文章にたくして、西欧社会でエトランゼエの悲哀の盃を仰いだ孤独な魂が、帰国して投げだされた祖国の風土でも、連帯の期待をみずからとざす異邦人としてたちすくまねばならぬ悲痛な宿命を語っている。ヨーロッパ近代のけんらんたる文化に身をひたすことで辿りついた不幸な自己認識と、そのいたましくも亀裂した二律背反とを語ったのである。

〈僕は天下の宿無しだね〉――高村光太郎は「手紙の一束」でこう書いている。

《僕は故郷へ帰りたいと共に又故郷へ帰つた時の寂しさをも窃に心配してゐる。あの腟の出る着物を着て、黴の生えた畳に坐り、SPARTA の生活から芸術を引き抜いてしまつた様な乾燥無味な社会の中へ飛び込むのかと思ふと此も情なくなる。》

故郷の暗湿を象徴するのは、家長の権威で君臨する父光雲の存在であった。天覧彫刻家にして東京美術学校の教授、当時、日本最高の彫刻家と目された光雲を父とする出自が、ロダンを〈最も崇拝する芸術家〉としてえらんだ光太郎の最大の不幸であった。日本のもっともすぐれた芸術的血統は、同時に彼の夢想する近代芸術を所有するために、もっとも強大な閉鎖だったからである。近代芸術家としての蘇生が光雲への反逆以外にありえぬ不幸な宿命を、光太郎はおどろくほど正確に見とおしている。

《親と子は実際講和の出来ない戦闘を続けなければならない。親が強ければ子を堕落させて所謂孝子に為てしまふ。子が強ければ鈴虫の様に親を喰ひ殺してしまふのだ。》

〈若し僕が RODIN の子であつたら〉、ロダンをも喰い殺すであろう親と子の宿命的な葛藤について光太郎は語っている。〈身体を大切に、規律を守りて勉強せられよ〉――パリの客舎にとどけられた書簡のありふれた一行から、詩人の想念はぬきさしならぬ否定の論理を組みたててゆく。ほんの二、三年前では、この苛烈な感想は光太郎のものではなかった。

《小生此までは故郷といふものを有たざりし身、今度此地に来りてはじめて故国のなつかしさを知り申し候。母をおもひ、父をおもひ候時は、実に涙のあふれ出づるをとどめあへぬ事に候。親といふもののほどありがたきものは無之きかな。》（「紐育より」㈡「明星」明治三十九年八月）

ニューヨークの客舎で、こう書いた〈孝子〉は、パリにはもういない。だからこそ、〈取り返しのつかぬ人間に僕はなつてしまつたのだよ〉という嘆きが痛切なのである。

脛の出る着物や黴の生えた畳のうそざむい風景を見すかし、また、その風景のなかで、父との不幸な葛藤を予見した光太郎の眼はうたがいもなく、バーナード・リーチやオーギュスト・ロダンの記憶のまつわるヨーロッパの眼であった。父を否定し、日本の無味乾燥な精神風景を否定したのは、かれが足かけ四年の留学を通じていわば添寝してきた西欧市民社会の論理である。

しかし、ともすればヨーロッパを仮装する自分の肉眼が、印度洋の紺青の空や多島海の大理石の照り映える海の色、そして〈NOTRE DAME の寺院の色硝子の断片。MONET の夏の林の陰の色。濃い SAPHIR の晶玉を MOSQUÉE の宝蔵で見る神秘の色〉などを思わせる、あの〈あをい眼〉(「珈琲店より」)でないことを、光太郎は知りすぎるほど知っていた。それを知っていたから〈天下の宿無し〉と自分を呼ばねばならなかったのである。おなじ一束の手紙は動物と人間との〈冷やかな INDIFFÉRENCE〉のように、白人種と東洋人種とのはざまにおかれた、決定的な理解の断絶についても語っている。

《白人は常に東洋人を目して核を有する人種といつてゐる。僕には又白色人種が解き盡されない謎である。僕には彼等の手の指の微動をすら了解する事は出来ない。相抱き相擁しながらも僕は石を抱き死骸を擁してゐると思はずにはゐられない。……海の魚は河に入る可からず、河の魚は海に入る可からず。駄目だ。早く帰つて心と心とをしやりしやりと擦り合せたい。》

高村光太郎は西に旅して東を発見したひとりである。そのゆえに、巴里の歓楽に包まれて孤独であった。

人種的・民族的断絶の自覚からはじまる孤独の意味が、あるいはそもそも白色人種を〈解き盡されない謎〉と見る想念自体が、西洋についての正確な理解であったかどうかを、いま問うてみる必要はあるまい。重要なのは光太郎の〈私〉が、右のような想念をぬきさしならぬ実感につつんで形成されたという事実である。つまり、東洋と西洋の間にみずからおいた、ふかい裂け目を彷徨する孤独な中間者として、自己を把握した事実である。裂け目は、観念と肉体の亀裂でもあった。観念の世界で西洋と日本の文化的落差を見ぬき、西洋の生んだ近代芸術の精華を憧憬しながら、肉体は、それを創出した人間との超えがたい亀裂の前にたちすくまざるをえない。このとき、肉体は精神を蔽うものとして現われる。

肉体によって裏切られたとき、観念の崩落はもっとも無惨である。西洋と日本の人種的・民族的隔絶を信ずるかぎり、黄色い顔が西洋を真に所有し、同化することは不可能である。

《頬骨が出て、唇が厚くて、眼が三角で、名人三五郎の彫つた根付の様な顔をして
魂をぬかれた様にぽかんとして
自分を知らない、こせこせした
命のやすい
見栄坊な
小さく固まつて、納まり返つた
猿の様な、狐の様な、ももんがあの様な、だぼはぜの様な、麦魚《めだか》の様な、鬼瓦の様な、茶碗のかけらの様な日本人》（「根付の国」）

全集の付記によれば、明治四十三年十二月十六日に制作されている。作者の自嘲、もしくは自他

を切る嘲笑として解くべきである。最後の一行は〈……の様な日本人の一人で私もある〉という断言の省略形であった。

多くの批評があるように、「根付の国」は日本人の肉体・気質・性格など、つまり、日本人そのものをみごとに、また簡潔に把握している。この透徹した洞察を支えたのは、ほかならぬ高村光太郎の近代であった。帰国した最初の港神戸を〈狭くるしい檻のやう〉だと感じ（「暗愚小伝」）、黴臭い畳とつんつるてんの着物に日本の本質をまず感得した詩人のおなじ発想が、「根付の国」のゆえしらぬ怒りと焦燥にみちた断言をみちびいたのである。

しかし、たとえばこの詩の起句一行が、吉田精一の指摘するように〈日本人の顔のきは立つた特色をぐつとつかんでゐる〉としても、問題はそれですまない。詩人の顔もまた頬骨が出て、唇が厚くて、眼が三角だった。

「珈琲店より」には、一夜の歓楽をともに過した女のあおい眼に、印度洋の紺青の空やノオトルダム寺院の色硝子を見た光太郎が、鏡に映した自分の黄色い顔に〈非常な不愉快と不安と驚愕〉に襲われる経験が語られている。

《ああ、僕はやつぱり日本人だ。JAPONAIS だ。MONGOL だ。LE JAUNE. だ。》

無声の叫びが頭のなかで響き、〈夢の様な心は此の時、AVALANCHE となつて根から崩れた〉と光太郎は書いている。

光太郎の日本人である絶望と不安は、同時に光雲の子である絶望と不安にかさなる。日本人であるゆえに、西欧の所有と同化から決定的に閉ざされていることを信じたように、おなじ理由によって、光雲からの脱出がついに不可能であることを予感しなければならぬのである。

《父の顔を粘土《どろ》にてつくれば
かはたれ時の窓の下に
父の顔の悲しくさびしや

どこか似てゐるわが顔のおもかげは
うす気味わろきまでに理法のおそろしく
わが魂の老いさき、まざまざと
姿に出でし思ひもかけぬおどろき
わが心は怖いもの見たさに
その眼を見、その額の皺を見る
つくられし父の顔は
魚類のごとくふかく黙すれど
あはれ痛ましき過ぎし日を語る》（「父の顔」前半）

家長の権威をになう人間として、また、日本的芸術の第一人者としての光雲の影の部分は、環境社会の封建的構造の問題に帰する。父光雲の〈痛ましき過ぎし日〉はそのような社会のなかで光雲が過ごした日々にほかならぬ。光太郎は粘土《どろ》で作られ、いわばオブジェと化した父の顔に、蝕ばまれた父と父を蝕ばんだものとの痛ましい相剋の記念を発見し、同時にその痛ましい記念が、みずからの魂の老いさきにほかならぬのを発見する。日本人である父と、日本人である子との避けがたい血統の絆こそ、父の顔が語りかける理法のおそろしさであった。〈あやしき血すぢのささやく声〉を聞き、おなじ腐蝕につながれた宿命を、詩人は身にくいいる痛みとして感じた。

《そは鋼鉄の暗き叫びにして
又西の国にて見たる「ハムレット」の亡霊の声か
怨嗟なけれど身をきるひびきは
爪にしみ入りて瘭疽の如くうづく

父の顔を粘土《どろ》にて作れば
かはたれ時の窓の下に
あやしき血すぢのささやく声……》（「父の顔」後半）

家長としての光雲、日本的芸術家としての光雲を否定するのはたやすい。しかし父と子をつなぐ血脈はどう断絶できるか。おそるべき理法の発見をうたう光太郎は、もはや「根付の国」のように、たとえ自嘲を秘めたものとしてであれ、日本人の否定をあれほど晴明にくりかえすことはできない。「父の顔」が宿命の怨嗟と化したゆえんである。

西洋の光彩に上昇しようとする自我と、日本の宿命に下降を強いられる自我と――「根付の国」と「父の顔」を併列して書くよりしかたのない光太郎にとって、この二律背反は統一の方途をまだ見出しえない不幸な分裂であった。「スバル」の享楽と耽美にまきこまれ、おそまきの青春をすごして敗闕の歌を書き、またそのデカダンスのどん底から〈アングロサクソンの血族なる友〉リーチにむかって、自己が〈選ばれたる試みの世界〉すなわち芸術の世界でもっとも弱きものであることを訴え、〈故郷〉を喪失した彷徨者の嘆きを語らねばならなかったゆえんである（「廃頽者より」）。

＊

東洋と西洋のふたつの風土に対してともに断絶感を強いられたとき、高村光太郎は、近代詩のあたらしい可能性をほぼ正確につかんでいた。固疾と化した想念は「道程」一巻のあるべき様態を決定するとともに、この詩集がみずからの独自性を明らかにするための、詩法上の摸索を必然としたからである。

文明開化にはじまる近代化の過程は、結局は西洋を師表として追跡する性急で、直線的な軌跡を描いた。西洋と日本の落差は、そこではまだ充塡の可能な時間の距離にすぎなかった。

最初の反省は、夏目漱石や永井荷風によってあたえられる。漱石は明治四十四年に日本文明の外発性について説く有名な講演をおこない、荷風はパリから帰国して、日本を〈東洋の野蛮国〉だとする激越な認識を語った。明治十九年にはまだ、日本の近代化のプログラムに疑念をさしはさまなかった鷗外も、明治四十年代には〈ここは日本だ〉（「普請中」）というさめきった認識にたどりついている。

偶然の現象では決してない。ジグザグな過程を経てそれなりに定着しつつあった日本近代の到達が、過程の内包するさまざまな要因ゆえに避けがたい病患をあらわにしていった時期、そしてよかれあしかれ、日本近代の独自性があざやかな焦点をむすびつつあった時期、それが自然主義の風土化を文学的反映のひとつとする時代の意味であった。

日本の近代散文は明治四十年代に、自然主義と反自然主義を重層させながら本格的に確立された。大正文学の実質は、その円熟した継承者である。一九一〇年代の視野で自然主義から「新思潮」（第四次）にいたる作家群を一括すれば――その特質を市民文学の共通項で括りうる以上――主権者の死による時代区分の必然性は発見できない。いずれにしろ、いわば文学的近代の成立期に、すぐれた知性が、日本近代の実質にするどい洞察をむけたのは怪しむにあたらぬ。

おなじ時期に、この国の詩的近代も最初の開花をむかえる。木下杢太郎・北原白秋・三木露風

（蒲原有明と薄田泣菫をここに加えてもよい）・吉井勇・若山牧水・石川啄木・伊藤左千夫・斎藤茂吉などの諸個性が、明治四十年代を迎えて、いかにみごとで豊穣な実りを実現したことか。

かれらもまた西洋の子である。しかし、かれらの多くは華麗な扮装を映して見せる鏡としてのみ西洋を理解した。少数の例外はある。また有明や白秋のように扮装を本気で信じたか、杢太郎のように信じる振りをしたかの違いもあった。しかし概して、日本における西欧的近代の意味が、痛烈な実感として追尋されたことはいちどもなかった。

おなじ問題は、確かに自然主義にものこっている。かれらもまた、近代化の本質についての洞察を回避した。しかし、自然主義の文学は、生活的現実からの遊離をこばむ方法と文体の必然にしたがって、風土の秩序と感覚を組みこんだ独自な型態へ結晶してゆく。そのかたわらで藤村以下晩翠・泣菫・有明・露風・白秋とつづく近代詩の正系は、おなじ過程を、東と西の文化的落差の時間性を疑わぬ晴明なオプティミズムを息杖として歩んできた。西欧の近代はいつかは辿りつける終着点として、つねに、かれらの前にあった。散文と韻文の本質的な機能の差がここにある。

現実もしくは実生活のある種の抽象化を本質とする韻文の機能が、風土の秩序を拒否し、ヨーロッパの光彩をノスタルジアの対象として指呼する詩法の存立をゆるしたのである。多くの詩人たちにとって、西洋はついにエキゾチシズムの対象でしかなかった。〈押石のやうに重い〉東洋の意味を実感しない詩人たちは、とうぜん理想的・西欧的近代の実質と違和を感じない。

自己の所有する〈新しさ〉はついにうたがわれず、西洋の仮装を意匠あるいは装飾としてちりばめた詩的世界も、西欧近代詩との同質を信じられた。かれらの発想が形式との真の格闘を経験することなく、漢語系、もしくは文語系の韻律でたやすく処理された理由である。

「道程」の近代がほとんど軽業ふうな平衡をたもって確立するために、韻文のおなじ機能が巧妙に操作されたのも確かである。しかし、高村光太郎はすくなくとも、他の詩人たちとまったく別な地点から出発する。パリの歓楽に身をおいて体得した論理は、かれらの楽天的表情への痛烈な反省であった。光太郎は西洋と日本の落差を、時間的にではなく、空間的に捉えたのである。

西洋との素朴な同質感が崩壊すれば、藤村以下白秋にいたる詩法も崩れざるをえない。高村光太郎にあって、西洋は純然たるノスタルジイやエキゾチシズムの対象であることをやめた。西洋の〈新しさ〉は自己の肉質によってたえず検証され、作品はその可能を懐疑しながら、近代を摸索し、定着し、確立するための困難な営為となる。光太郎の詩が、彫刻という、よりコスモポリタンな芸術様式の自立のために、もっと風土的な、日本語による芸術の試みとして必要とされたゆえんであり、彫刻の純粋性を防衛するための詩の〈文学性〉と光太郎の呼んだものこそ、そうしたドラマティックな自我擁立の心象風景にほかならない。

そうした詩人にとって、発想と表現の乖離がもはや許されないのは自明である。詩人にとって、発想はつねに自己の存立を賭けたぬきさしならぬものとしてあらわれ、手なれた形式的な処理を拒否する。発想と形式の相乗的な緊張のもたらす方法的認識（註）が、光太郎によってはじめて実現した。風土の陰湿な生の意識と呼応する韻律は潔癖に拒絶される。伝統的韻律と訣別するためのさまざまな摸索が、「道程」一巻に多様な追跡の痕をとどめたゆえんである。

念のためにいえば、詩壇における自然主義の領略が口語自由詩を生んだとき、漢語系・文語系の韻律はこの派によっても否定された。しかし、かれらの口語詩（大正中期の民衆派の口語自由詩もここにふくめてよい）は、無謀にいそがれた現実への還元にともなって、詩形も散文への無限の拡散をつづけ、リズム感の緊迫を喪失した形式の弛緩が、逆に現実の無焦点化をまねいたにすぎない。

高村光太郎の伝統的韻律との決闘は、かれらとまったく別な形で試みられた。光太郎をヒューマニズムの詩人とする俗説は、たしかに否定される必要がある。かれは〈万人の論理〉を拒絶し、〈日本の現実〉からの飛翔によって近代を定立した。かれの発想は生活への下降によって、韻律を拡散させてはならなかったのである。

（註）萩原朔太郎の近代もほとんどおなじ図式で理解することができる。朔太郎は神経の異常な顫動を自覚したゆえに、詩を書くことで異常者としての自己定立を試みた。環境社会との断絶をつらぬいて、連帯の回復を夢想した。詩的な連帯の所有である。光太郎の試行とある点でかさなり、方法の追求を必至としたのはたやすく理解できよう。高村光太郎とともに、萩原朔太郎が日本の詩的近代の定立者たりえたゆえんである。

＊

高村光太郎の帰国した明治四十二年は、観潮楼歌会のはじまった年でもある。斎藤茂吉もアララギの俊秀としてまねかれ、出席した。

〈国風新興〉を夢想した森鷗外の意図が、高村光太郎の全存在をあげて切りむすんだ問題のまえで、いかにアナクロニズムであったかは問うまでもない。しかし、鷗外によって用意された歌壇的交流の場が、斎藤茂吉を、北原白秋や木下杢太郎や石川啄木らとつながる道につれだしたのは成功だった。

観潮楼歌会で、茂吉と白秋はもっとも尖鋭な対立者であったと伝えられる。茂吉は白秋と論戦をくりかえして飽きなかった。

「赤光」のするどく繊細な感覚の乱舞が、茂吉によっていつかは実現されるものだったとしても、かれが白秋との交流を通じて、世界を感覚的に処理してひらくイメージの豊穣な実りに気づくことは、「赤光」の世界をよりはやく構築するために必要なひとつの条件であった。

「赤光」の成立に、杢太郎や白秋の影響が有効だったことは茂吉自身も語っている。阿部次郎の思索にまなぶところもあったし、西欧近代美術への傾倒から吸収したものも大きい。それらの摂取がなければ、万葉集や子規・左千夫の伝統のみを母胎として、「赤光」の壮大な近代は決して出現しなかったはずである。

「赤光」の抒情が、それ以前のどの詩集にもまして西欧的であり近代的であったことについては、芥川竜之介や宇野浩二のほとんど過大なまでの讃辞がある。しかし、「赤光」のすぐれた近代性は、茂吉が短歌形式のなかに可能なかぎり盛ろうとした、西欧的な近代の詩情を測定することだけでは理解しえない。「赤光」一巻に最高の詩的近代を実現したこの詩人が、同時に、「赤光」所収の絶唱をうたいながら、日本人の血について断乎として語るひとであったのは、あらためて想起されていい。

《吾等の短歌の詞語は必ずしも現代の口語ではない。それが吾等には真実にして直截である。吾等が血脈の中には祖先の血がリズムを打つて流れてゐる。祖先が想に堪へずして吐露した詞語が、祖先の分身たる吾等に親しくないとは吾等にとつて虚偽である。おもふに汝にとつても虚偽であるに相違ない。》（「歌ことば」明治四十五年）

茂吉の断言は、父の顔にあやしき理法を発見した光太郎の畏怖と無縁である。

《僕等の血管中に、祖先二千余年の歴史が脈搏してゐるといふほど、疑ひのない事実はない》（「日本への回帰」昭和十三年）

たとえば萩原朔太郎がこう書いたとき、それは朔太郎にとって、近代の挫折であった。しかし、茂吉のおなじ自覚は近代の端緒となる。日本人の自覚は、日本のふるく伝統的な韻律への不敗の信頼を確認するためにだけ必要だった。光太郎や朔太郎が、生涯を賭けて演じた〈東洋と西洋〉のドラマを、茂吉はまったく無感動に通りすぎた。この詩人の健康は、そうした精神の強靱さをもふくむものとしてある。

「赤光」讃歌として知られる「斎藤茂吉」（「僻見」のうち、大正十三年）を書いた芥川龍之介は、死を前にした錯乱のなかで、ふたたび「赤光」にたちあった。

《三番目に封を切つた手紙は僕の甥から来たものだつた。僕はやつと一息つき、家事上の問題などを読んで行つた。けれどもそれさへ最後へ来ると、いきなり僕を打ちのめした。

「歌集『赤光』の再版を送りますから……」

赤光！　僕は何ものかの冷笑を感じ、僕の部屋の外へ避難することにした。》（「歯車」）

「歯車」にはまた、「暗夜行路」を読む芥川の自画像もえがかれている。「赤光」のまえで脅えるのも、「暗夜行路」のまえで涙を流すのも、おなじく衰弱した精神の自嘲の劇である。

小林秀雄が志賀直哉を評した有名なことばを借りていえば、斎藤茂吉は古典的、小林が〈朦朧とした言葉であるが〉と但し書きをつけていう古典的な詩人である。にもかかわらず、近代の繊細な感受性にもめぐまれていた。古代的な精神と近代的な感受性の統一者として茂吉を理解しておくことは、「赤光」の世界を過不足なく捉えるためにも必要である。

茂吉の古代性は東と西の亀裂に傷つかぬ健康な古代である。〈横に西洋を模倣しながら、竪《たて》には日本の土に根ざした独自性の表現〉を〈最高度に具へた歌人〉という芥川の批評は、茂吉のそうした健康の指摘として読むこともできよう。高村光太郎のついに無縁だった強健な精神である。しかし、茂吉の不幸はその健康な古代性がひたすら直截に、短歌という伝統的な抒情形式に挑み、閉鎖されたところにある。

*

斎藤茂吉はもっとも古代的であることで、もっとも近代的であった詩人である。かれは古典的韻律によって近代をうたった。大胆にいえば、短歌形式が近代の抒情形式としてついに破れざるをえぬ限界を聡明に見とおしながら、韻律の機能をさか手にとってみごとな詩的世界を形象したのである。

短歌は近代の複雑な生活や情念をうつすべく、あまりにも矮小であるし、またあった。たとえば自然主義の影響が土岐哀果や前田夕暮らの生活派短歌を出現させたとき、短歌の限界はほぼ完全に暴露された。詩壇におけるおなじ事情が口語自由詩を生んだように、土岐哀果のローマ字短歌や、哀果の意図を継承した石川啄木の三行書きなどで形式の破壊が試みられ、にもかかわらず、短歌の強固な伝統形式は性急な破壊を不可能とした。定型の制約が描写の主体たる生活の情緒化、さもなくば矮小化をもたらしたにすぎない。時代の苦悶にもっともふかく動かされ、そのゆえに〈歌といふものに就いての既成の概念を破壊〉しようとした啄木の試みさえ、ついに〈悲しき玩具〉でしかなかったのである。啄木は短歌的抒情のあやうさを知悉し、にもかかわらず、短歌によってのみ自己を実現した不幸な詩人である。

啄木の悲しき玩具は悲痛な呻吟である。しかし茂吉が〈歌つくり〉の悲しき Wonne についていうとき、それは逆説であった。かれの悲しき Wonne を、ひとはたやすく信用する。ただ、啄木の場合とちがって、ことばをことばとして信じたのではなく、言葉をうたぐることで、背後にいる茂吉を信頼したのだ。なぜなら、茂吉が「赤光」の作者だからである。

茂吉は生活派短歌の無惨な失敗のかたわらで、生活のディテェールを排除した〈いのちのあらはれ〉に短歌を賭けた。

《短歌は直ちに「生《いき》のあらはれ」でなければならぬ。従つてまことの短歌は自己さながらのものでなければならぬ。一首を詠ずればすなはち自己が一首の短歌として生れたのである。》

（「いのちのあらはれ」明治四十四年）

短歌の宿命は、七音と五音を組みあわせた定型を外在律とするところにある。短歌的発想は創作主体の感動に触発されると同時に、定型によって外部から規制される。

短歌形式は、自己の情念をうたおうとする古代的精神が、かれのまえにある無限の可能性からえらびとった抒情形式のひとつである。これを理解するのに、短歌形式の成立史を知っておく必要はない。古代人が彼らの情感をうたに託して表現することを覚えたとき、かれらの前には確定されない無数のうたの形式が存在した。最初の抒情精神は、形式をつねに自由に選択する。

しかし、そうして選ばれた形式の古典的完成が、その完成がみごとであればあるほど、形式の固定化をうながすのも必然である。伝統によって洗錬された固有の美意識は、その美意識による抒情的斫断以外のどのような歌いかたもひとに許さない。短歌の定型が形式というより、むしろ韻律であった事情は、これに拍車をかけた。

近代社会の複雑な精神は、古代の抒情に死を命ずる。にもかかわらず、短歌定型が生きのびれば、定型の機能は逆に、無限の表出が可能な近代の抒情精神を短歌的美意識の法則によって規制する。形式が発想を選択するのである。定型はロゴスの韻律であるとともに、パトスの韻律と化した。だから、定型の機能にしたがってうたう近代の歌人は、みずからの発想を短歌的発想にくみかえざるをえない。近代的主体にとって、それはつねに自己を自己の手で限定する方向にはたらく。抒情の微分化、情緒化ないしは矮小化がつねに必至だった。近代の成熟が、啄木の場合に見られたように、形式の破壊に動いたゆえんである。

茂吉はこうした短歌の近代的機能を、〈詠嘆の形式〉ということばで呼んだ。

《短歌の形式は詠嘆の形式である。この境を切に体験する予は正にこの事実の発明者である。この結論のもとに、いはゆる『詞書』の効用を論じた。従つて、新詩社及び歌壇一般の、事実

上の『詞書廃止論』を否定する。》(「短歌の形式」明治四十四年)

詠嘆の形式であるゆゑに詞書が必要だという自覚は、いうところの詠嘆が、抒情の全円を、抒情を触発した対象の質をふくんで表現しえないとする、いわば微分化の自覚である。茂吉の青春は、青春をうたう形式の本質に気づいていた。

もちろん、詞書の効用を論じ、また、連作の必要を説く論理は一首の独立性を破る危険がある。にもかかわらず、茂吉がそれを主張し、実践しえたのは、一首に籠めた〈生のあらはれ〉を信じていたからにほかならぬ。

《ひた走るわが道暗ししんしんと怺《こら》へかねたるわが道くらし
すべなきか螢をころす手のひらに光つぶれてせんすべはなし
ほのぼのとおのれ光りてながれたる螢《ほたる》を殺すわが道くらし》

「赤光」大正二年度の「悲報来」の冒頭である。以下の一連にただよう異様な激情は、

《七月三十日夜、信濃国上諏訪に居りて、伊藤左千夫先生逝去の悲報に接す。すなはち予は高木村なる島木赤彦宅へ走る。時すでに夜半を過ぎゐたり。》

という詞書を前におくことで、場面と人間の位置を確定したひとつの事件、ひとつのドラマとなる。しかし、詞書による場面の指定を欠いたとしても、一首の独立性はいささかも褪色しない。

《ひた走るわが道暗ししんしんと怺へかねたるわが道くらし》

ここにはほとんど生存の裸形が象徴されている。この短い一行は〈走らねばならぬ人間〉の悲傷を伝えて、じゅうぶんに感動的である。事件の細密描写を排除して、火花を散らす強烈でひたむきな感動、茂吉が生《いき》と呼んだのは生命のそうした原型であった。

「赤光」の方法は、ある事件、状況、ものなどによって触発された感動を晶化し、凝縮して、もはや感傷とか情緒とか抒情とかの概念で律しえない主観の燃焼として表出する。短歌定型の機能としてあらわれる抒情の微分は、韻律の主知的な分析と構成によって、感動の凝縮に代償される。定型の枠は、事象の触発した激情から夾雑物を淘汰して、生命の原形を一点で捉えるために存在した。「赤光」はある事象に発する複雑な抒情を、〈いのちのあらはれ〉にまで煮つめるために、短歌的韻律のフィルターを巧妙に操作したのである。

《心せまり来て、歌をなさむことを欲しても、それは未だ混沌の衝迫で結象整頓の境でない。それゆゑいかにしてこれを歌になさむとするかを知らない。はりつめて心に把持することしばらくにして結象おのづからにしてなつてくる。この心力の集注、性命の温醸、群肝の清澄はうれしいとおもふ。両眼に涙を湛へ真実を歌ひあげんとして心張るとき散乱の心一所に凝つてあまねく環境の動揺さへ忘れるにいたる。》(「怨敵」大正二年)

比喩としていえば、〈混沌の衝迫〉から〈結象おのづからにしてなつてくる〉までの過程で、短歌形式の非情なリゴリズムが必要であった。というより、必要とする詩法を、茂吉は祖先の血脈を信じながら編みだしたのである。

＊

短歌の不幸は、短歌の近代が実現したおなじ瞬間に、斎藤茂吉というすぐれた天才によって、形式の所有する可能性があますところなく試され、極限まで実現されつくしたところにある。以後の歴史は、つねに下降の歴史として現われざるをえない。短歌史は「赤光」と「あらたま」を超える、どういう歌集をも生まなかった。

茂吉自身の、以後の全歌集をふくめてそういえるのは、より不幸なことであった。不幸というより、形式自体の宿命である。

すでに明らかなように、「赤光」のうたいあげた生《いき》、もしくはいのちは、われわれが自我と呼ぶような構造を所有していない。現実と交錯する自我の緊張を韻律化したうたであり、しかも、自我のよこぎる現実は現実としての実質をうしない、つねに、自我の受けた刺衝の形をとって表現される。茂吉の信じた生は主観の恣意として、歴史的・現実的なすべての規定から自由である。「赤光」の方法に理論的体系化をあたえた写生説が、〈実相に観入して自然・自己一元の生を写す〉方法論をくりかえし主張しながら、いうところの生の本質について、ついになんらの概念規定をも与えなかったゆえんである。

こうした詩法が青春とともに存在し、青春の終焉とともに終るのは自明である。現実のあらゆる様態に抗して、自己の論理と方法をつらぬけるのは、青春の特権である。茂吉の老年は自意識の硬化とともに、生のむざんな腐蝕をまぬがれなかった。歴史的・現実的な規定から自由な〈いのち〉は、主体の老衰とともに、かつての緊張をほとんど喪失する。

斎藤茂吉の詩は、急速な褪色を不可避とした、敗戦の危機による生の緊張が、「白き山」の孤独な抒情を可能とするまで。しかも、それを防衛する方法的展開を、短歌定型は機能として許さなかった。宋美齢の演説を閨房の声にたとえたあの有名な歌が、茂吉にとってやはり真実の〈生のあらはれ〉であった、とわたしたちはやはり信じねばならぬ。

まもなく、高村光太郎が〈東方に朝は来る〉とうたい、〈東方の倫理が美を致す音〉を讃美しはじめる。聖戦を謳歌し、シンガポールの陥落にもろ手をあげて歓喜した。相前後して、萩原朔太郎も、北原白秋も、自己の近代を崩落させる。日本の詩的近代の決定的な敗北である。

光太郎と茂吉はもっとも壮大な挫折であった。だからといって、かれらの戦争責任を問責しようとは思わぬ。かれらはかれらの実感をこめて、祖国の危機に対処したのだ。手を汚さぬものより、汚したもののほうがもっと美しいことがある。しかし、かれらの戦争讃歌が、すくなくとも自己の定立しえた世界の全否定として出現したこと、この事実だけは、日本の詩的近代の形成を追尋する側面の主題として抹殺すべきでない。そのかぎりで、かれらの近代もついに仮装でしかなかった。

高村光太郎は昭和二十年以後に、なぜ自己の半生を〈暗愚〉と呼ばねばならなかったのか。かれは〈真珠湾の日〉に唐突によみがえる日本人の血をうたった。天子の行列に土下座した少年の日をうたい（「土下座」）、天覧彫刻に命を賭けた父光雲の記憶をうたった（「御前彫刻」）。「道程」の後期が回避した重い主題である。

たとえば、こういう問題もある。「出さずにしまつた手紙の一束」が、真実、パリで書かれたかどうかの穿鑿はむろん無用なのだが、だとしても、それがついに出さずにしまった一束の手紙でしかない事実はまことに象徴的である。パリの客舎での暗い予感は、異国の明るい日射しのなかではいちども陽の目を見ることなく、予感の実現した灰色の故国では逆に「出さずにしまつた手紙の一束」として、いまなお推量形でしか語られていない。出さずにしまったという巧妙な仮設によって、一束の手紙はそれが書かれた時点と、発表された時点とで同時に、〈現在〉の時間が消されている。光太郎の自己認識は認識の名にまだあたいしない不安定な流動にすぎなかったし、光太郎はその認識をつきつめることをついに避けたのである。「道程」はいわば出さずにしまったもっと多くのものの内部へ下降するという形では、自己の世界を構築していない。逆に、詩人は智恵子伝説をみずから編みながら〈万人の道〉と訣別し、現実社会への退路を断った孤独な場所に、「道程」の世界を築いてゆく。

宿命から脱出するためにひとは別な宿命を用意する。比喩的にいえば、光太郎の日本語が風土の韻律を排除したとき、詩人の主体もまた、自己の日本的風土につながれた部分を切り落して、〈生けるもの〉としての生命感覚だけにみずからを賭けたのである。

《しかし、私の喜は私の生《いのち》を意識する時たちまち強大な力となつてあらはれるに違ひない

ああ、友よ、わが敬愛する異邦の友よ

私のために祈りたまへ

彼処なる生《いのち》に祝福あれ、伸びよ、育てよ、と》（「よろこびを告ぐ——To B. LEACH」大正二年）

光太郎は〈故郷〉を捨てることで〈生《いのち》〉を発見した。生という、歴史性、現実性を捨象した無規定な概念を、主観の恣意として見出すことで脱出路をひらいたのである。「道程」一巻にわたしたちが読むのは、そうした軽業ふうな自己擁立のドラマである。(註)

日本人である自覚を恐れなかった茂吉は、そのゆえに短歌の抒情様式としての可能性をうたがわず、もっとも風土的な韻律に〈生のあらはれ〉を籠める詩法を完成した。光太郎は日本人であることの絶望から発して、日本的風土から無限に脱出する生《いのち》の可能を信じた。

高村光太郎と斎藤茂吉はいわば対極の場所から歩みはじめて、歴史的・現実的な規定からまったく自由な生の概念に辿りついたのである。かれらが確立した詩的近代の内部に、挫折の危機がすでに予兆としてはらまれていた。抽象化された生の実質が、それを支えるべき主体によって裏ぎられ

たとき、かれらの近代は急速に崩壊する。〈仮装の近代〉がやぶれたのである。

（註）「道程」の近代の形成については、「文学史」同人の共同研究がある（文学史の会編「近代詩集の探究」所収）。本稿も、それに多くを負うている。

白樺派の青春

alten guten Zeiten ということばがある。

岩波書店版の「志賀直哉全集」の第十二巻、明治四十年一月から大正元年十二月までの日記を収めた新書版のちいさな本をいま読みかえしてみて、わたしはやはり、〈古き良き時代〉という、このことばをたえず思いださずにはいられなかった。十代の終りに、太平洋戦争の敗戦と遭遇したわたし自身とひきくらべて、複雑な感慨である。

武者小路実篤・志賀直哉・木下利玄・里見弴・柳宗悦といったふうにあげてゆけば、かれらの存在にまつわる羨望に似た想をたつことができないのである。栄光の座にすわった幸福な老年を思いあわしているせいではなく、かれらの青春にも、いや、青春にこそ、それを感じる。(有島武郎をわたしは忘れたわけではない。ことさらに省いておいたのである。かれらと同質の青春を共有しえなかったところに、有島という作家の悲劇が胚胎し、また、白樺派の内部にあって、かれが結局は内的批判者に終始したゆえんがある。)

＊

「白樺」は明治四十三年四月に創刊された。胎動はもっと早く、明治四十一年前後にはじまっている。有島武郎を例外とすれば、二十五歳前後の青年たちがあつまっていた。主として学習院出身の青年たちである。当時の学習院は、日本におけるもっとも貴族的で、特権的な学校だった。

明治四十三年という時間をかたわらにおいて見れば、「白樺」にあつまったわかい世代の幸運は、かれらがただ alten guten Zeiten に生れあわせたという偶然だけでは説明がつかなくなる。明治四十三年は、いまとなってはたしかに古い時代かもしれない。が、果して〈良き時代〉だったか、どうか。石川啄木の「時代閉塞の現状」が書かれたのも、おなじ年である。故郷を追われ、さいはての国にさまよった啄木の悲劇もまた、おなじ時代の青春だったのである。

念のために書いておこう。石川啄木は、明治十九年の二月に生まれた。武者小路の誕生は、前年の五月である。志賀直哉は啄木より三歳年長だった。

白樺派のひとびとは、もとより、啄木の青春がかかえこむ世界とははじめから無縁だった。かれらは啄木と同世代を生きながら、啄木がそのゆえに絶望へ誘われねばならなかったものを避けて、自分の青春を生きることが可能なひとつの条件、いわば青春の場をあたえられていたのである。

――志賀直哉の日記は、そういう青春がみずからを記録するモノローグだった。わたしたちがそこに見るのは、自身をあざやかに生きた青春の記録であり、挫折を知らぬ人間の明晰な足跡である。

むろん、無頼や放蕩の記録が無いわけではない。鬱屈した青年の激情が、無方向にねじまがってゆく跡もたどることができる。しかし、一見無頼や放蕩と見える生活の背後に、もっとあざやかなひとつの意志、青春の祈りが流れている。意志というより倫理への内的衝動、倫理的なものへたかまろうとする精神であり、そういう精神を裏におくことで、かれの青春は比類なく健康だった。

明治四十四年一月二十六日の記事に、つぎの一節がある。

《健康が欲しい。健康なからだは強い性慾を持つ事が出来るから。ミダラでない強い性慾を持ちたい。……

いい子孫はそれでなければ出来はしない。》

直哉の青春を支配した熱っぽい祈りのひとつである。〈健康な性慾〉という一語にこめられているのは、充足した生命力の讃美と信頼をかたはしにおいて、全円を生きるいのちの感覚に素手で触れようとする願いであった。ここに鋭い光を放ちながら流れているものが作品の内部に照りかえされて、たとえば「暗夜行路」前篇の最終章——娼婦の部屋をえがくあの印象ぶかい場面などをいきいきと輝やかすことになった事情を、ひとは容易に納得するだろう。女の〈ふつくらと重味のある乳房〉をゆすりながら〈豊年だ！　豊年だ！〉とつぶやく謙作の独白は、健康な性慾を願う精神をもってはじめて可能だったのである。

直哉の青春に、みずから呆れるほど単調な生活がなかったわけではない。怠惰な日々がくりかえされたこともある。しかし、そういう生活に沈湎しながら、なお、生命感の充足にむかって旋回しようとする精神があり、かれがその精神の緊張を忘れてしまわないかぎり、放蕩や無頼の日々にも、陰惨な荒廃の影をとどめる必要はなかったのである。かれの青春を健康と呼ばないで、他にどういう健康な青春を発見できるだろうか。

生命の充足に直截に迫ろうとする精神の飛躍は、〈自己〉への強い信頼と肯定によって裏打ちされていた。かれにとって、性慾とはつねに〈自己の内部に湧く力〉であり、ほとんど自我《エゴ》の顕現にさえちかかったのである。健康な性慾を持ちたいという願いが、倫理への内的衝動と矛盾しなかったゆえんである。いやそういうよりも、直哉にあっては、性慾が自分自身のものであったように、倫理もまた自分自身のものであった。

《道徳といふ名をつける以上は、純個人的のものではあるまい。他人にもあてはまる、自分は自分に唯一の道徳といふ意味以外は道徳といふものを信ずる事は出来ない。》（日記、明治四十三年四月二十二日）

こう書くことのできる直哉の青春は、だからまた、

《悪いと知つて居てやることなら、少くとも自分だけにはそれはもう悪いことではないんだ》

（里見弴「君と私と」）

と断言することもできたのである。こういう自覚なしには、直哉の青春は性慾＝生命＝自我という図式のバランスをたもつことは、おそらく不可能であった。

＊

《自分は、財産のあるといふ事が自分を下らぬ事で束縛しない――その自由を与へてくれる事をありがたく思ふた。……自分は自分の自由を得てゐる、自分の家庭を祝福するやうになるだらう。》

おなじ日記の一節で、青年直哉はこう書いている（明治四十五年四月七日）。父との不和がようやく頂点に達しようとしていた頃である。前日にも〈父に京都に行きたい五十円貰ひたい〉と申したことから〈生活問題〉について話しあっている。おなじ年の十月末には、父との不和がゆきつく結論として、家を出る。その直前の時期に、父との争いをくりかえすいっぽうでは、父を家長とする〈自分の家庭〉について、また〈財産〉について、こういう自覚に達していたのである。

《金がなくなると、神田の知つてゐる古本屋で一番高く買ひ取る書名を聴いては丸善とか中西

屋でその新しい本を買ひ、俥で運んで金に換へた。丸善や中西屋は自家《うち》へ払ひを取りに行くから幾らでも本を渡して呉れた。》

「廿代一面」という小説によれば、〈自分の家庭〉はこういう自由も許してくれたのである。飢餓からの自由である。そして、飢餓からの自由が、同時に、自我や個性の〈自由〉を守るものだったことも見やすい道理だろう。かれにあって〈生きる〉ということは形而下の意味をもっていない。はじめから純粋に精神の軌跡だけを意味していた。自我の確立や個性の自由は、自明の前提だったのである。

直哉のいう財産は、維新の動乱期からながい時間をかけて、ブルジョアジイが獲得したものである。白樺派の文学がその〈二代目〉として、つまり、それを社会的母胎とすることで、上昇期の市民社会の思想や感情を正確に反映させることになった事情は、ひとの知るところである。同時に、市民社会の上層を形成しようとしていた商業ブルジョアジイの〈財産〉と、〈財産〉の意味するものは、直哉の青春がそだった明治末年代の社会にあっては、なお例外的な意味が大きかった事実は記憶されてよい。かれの青春が豊かな稔りを告げようとする外側で、〈財産〉の保証をもたぬいかに多くの青春があえなく挫折し、敗北していったことか。白樺派の文学が市民文学の輝やかしい旗手として時代の主流を形成するのも、第一次大戦以後の時期にまでもちこされねばならなかったのは決して偶然ではあるまい。

ということは、直哉の青春がみずからの軌道を歩んでいった外側には、冷たい嵐の吹き荒れる〈社会〉が現存していたのである。直哉のいう〈自分の家庭〉は、かれを外からしばろうとする自我の桎梏であると同時に、直哉自身が正当に見抜いていたごとく、青春の〈自由〉を保証する特権でもあった。直哉の自我は家長としての父親の権威にはげしく抵抗しながら、父と家庭の存在が保証するものを〈自由〉の要件としていたのである。さきに見たような健康な青春や強烈な自我意識を支えたものが、そこにあった。

そして、直哉が〈自分の家庭を祝福する〉というとき、かれは運命が自分にあたえたものを承認したのである。自己をそういう条件のなかでのみ生かそうと決意しているのである。特権を生きる決意といってもよい。

誤解しないでほしい。こういういいかたで、わたしは志賀直哉の青春を批判しているつもりは毛頭ない。人間は所詮、自己の条件を最高に生きるより仕方がないものであり、しかもそれがいかに困難であることか。直哉は特権を誠実に生きることで、青春の可能性を完璧に実現できた。作家の誠実とはそういうものであろう。――しかし、そのことによって、かれの青春が閉じた場を生きる自我の劇と化したことも、また、認めておかねばならぬ。

＊

大正二年の六月二十二日に、直哉は桃奴という芸妓の経歴を聞く機会があった（日記）。この事実が「暗夜行路」前篇第二の十一で使われている。

――話を聞いた直後の謙作は〈雑談の種にはいいが、これだけで直ぐ小説になると思ふことには不服だつた。〉しかし、帰宅してから、その話に対するお栄の反応が、かれを苛立たせる。〈彼は変に苛々して来た。そして不図其後、「ああ、これは書く事が出来る」と思つた。〉

この場面の謙作は、そのまま志賀直哉におきかえることができる。不快、苦痛、苛立ちなどの心理的抵抗に創作の契機をもとめるのは直哉の通例で、自我の撓みとそれがひきおこす心理のゆらぎがそのまま、創作意欲の発揚にまで波だちたかぶってゆく、ここにもそのちいさな例があった。

快、不快の感情はきわめて個人的、生理的なカテゴリイだろうが、とくに不快、苦痛の感覚が直哉の青春をつらぬく重要なモチーフだった。〈善悪が好悪の感情で来る〉倫理的特性については、しばしば説かれているが、倫理的判断にかぎらず、芸術的判断もまた、快感もしくは不快感という形をとって現われる。ある芝居はかれにとって不快であり、ある美術はかれにとって愉快だったのである。自然の風景でさえも時として、快、不快の感情のカテゴリイに腑分けされる。

やや大胆な推論かもしれないが、たとえば不快感が自我の撓みによってひきおこされるものだとしたら、直哉は倫理的判断や芸術的判断を、対象が自我に突きあたる刺衝の形で表現したことになる。快、不快の感情はある原因によってひきおこされた（心理的）結果であって、直哉は判断の真実を結果に賭けたわけである。自我のまえにあらわれるものは、それが自我にかかわる形でしか意味をもたない。自我を刺衝するものの質は、問われる必要がなかったのである。つまり、対象の質や打撃の種類が問題なのでなくて、刺激に反応する自我の撓み、その振幅が重要だったのである。だからこそ、自我の撓みのひき起す不快が、創作の撥条となることもできた。撓みをゆれもどす自我の振動が、創作意欲をかりたてることになったのだ。また、おなじ理由によって、ヨーロッパ文化圏に生いそだった芸術のあたえる興奮と同時に、娘義太夫、落語、芝居などの伝統文化への耽溺もありえた。それが自我への快感を保証するかぎり、東西文化の異質を断絶して併存することができる。かれの強烈な自我意識がここにも指摘されるわけだが、同時に、それは外へむかって拡散しない――拡散する必要のない、閉じられた世界の論理である。

発奮が創作の源泉だという武者小路実篤の場合も、同様である（「或る男」）。芸術が〈自己〉をもっとも良く生かす表現形式として選ばれるのは、ほとんど自明の理であった。

＊

「白樺」の創刊以後、明治がおわるまでの時期に、ふたつの大事件がひとびとの耳目をおどろかした。ひとつは雑誌の創刊にひと月ほどおくれて発覚したいわゆる大逆事件——一群のアナーキストによる明治天皇暗殺の計画であり、他のひとつは明治四十五年の明治天皇の崩御と、大葬の日におこった乃木大将の殉死である。このふたつの質を異にする事件が、それぞれに時代の本質に根ざす歴史的事件だったのはいうまでもない。前者には徳富蘆花や啄木、そして木下杢太郎らが個性的な反応をしめし、永井荷風も敏感だったひとりである。後者には夏目漱石と森鷗外がもっとも深く感動した。

この事件にどう反応したかという針のゆれ具合が、当代知識人の精神構造をはかるバロメーターでもあったわけだが、白樺派の——すくなくとも雑誌に反映しているかぎりでは、針はほとんど動かなかった。大逆と殉死、正反両様の事件はともに、かれらの外を素通りしていったようである。事件の衝撃は青春の内部にまで達しなかった。かれらと事件とのあわいには、目に見えぬ大きな隔壁がそびえていたかのようである。しかし、もちろん零も一箇の数なのである。無感動という感動のしかたもあるわけで、ふたつの事件に対応する白樺派の姿勢にも、その青春の様態をあきらかに見てとることができる。

大逆事件の被告が死刑の判決を受けた二日後に、志賀直哉はつぎのような日記を書いた。

《日本に起つた出来事として歴史的に非常に珍《（ママ）》らしい出来事である、自分は或る意味で無政府主義者である、（今の社会主義をいゝとは思はぬが）その自分が今度のやうな事件に対して、その記事をすつかり読む気力さえない、その好奇心もない。「其時」といふものは歴史では想像出来ない。》

好奇心をうしなっていたのは志賀直哉ひとりではない。「白樺」の同人がひとしくそうだったのである。かれらの関心はひたすら「ロダン号」の編輯や、有島生馬・南薫造の滞欧記念画展の準備などにむけられていた。

日本の風土的な事件に対する無感動は「白樺」の青春期を一貫する特性で、乃木大将の殉死についてもことはおなじである。〈「馬鹿な奴だ」といふ気が、丁度下女かなにかゞ無考へに何かした時感ずる心持と同じやうな感じ〉がしたといい、〈乃木さんの死は一つのテンプテエーションに負けたのである〉と断定する直哉の冷静な視線がすべてを象徴している。かれらの青春は日本の〈テンプテエーション〉、日本の風土と気質にみずからを遠ざけた世界で、はげしく、求心的な旋回運動をつづけていた。

もちろん、大逆事件についていえば、『「白樺」派の文学』の著者が指摘しているように、武者小路実篤が「桃色の室」（「白樺」明治四十四年二月）を書いている。

この戯曲が本多秋五のいうように、大逆事件を直接の主題として成立したかどうかは疑問の余地ものこるが、すくなくとも、大逆事件の背景である無政府主義運動への意識的な拘泥のうえに成立したことは否定できない。

けれども、作者の自覚は、拘泥をたちきる方向にすでに踏みきっていた。作者の思想的分身である〈桃色の女〉は、彼女の夫（若い男）を誘惑しようとする灰色の青年たち（社会主義者）にむかって、運命のゆるすかぎり自己を幸福にせよ、自然はそう命令しています、という。〈自己を大きくすることを罪悪に思つてゐるやうな方には人生はわかりません。なんでも平等になればいゝと思ふ人には人生はわかりません〉ともいいきっている。〈先づ御自分を大事に遊ばさなければ……自分の内の人生を守護しなければいけません〉と、〈桃色の室〉に住むわかい男に語りかけるのである。

本多秋五も指摘するように、〈ここに「白樺」派の性格を限定してゐる礎石の一角が仄見える〉と同時に、武者小路が〈桃色の女〉に自分の内の人生を守護せよといわせ、また、〈運命が自分に与へてくれた道徳を各自の人が固守するのは当然なこと〉と書くとき、かれの意識に動いていたものは明らかに、〈自分の家庭を祝福する〉という直哉の自覚と類をひとしくしていた。エリート意識といってしまえばそれまでだが、それが自覚と判断の上に成立する一種の決意であったことは注意しておく必要がある。決意であることによって、かれが〈自己〉をいうとき、その自我は必然に、自我の自由を保証する条件を自分のうちにふくむことになった。自我の城をきずくことは、同時に、自我の自由をささえる世界を確立することだったのである。

「桃色の室」については、有島武郎も「お目出度き人」を批評した文章のなかで懐疑的に触れている。武者小路文学の同時代批評として、おそらく、もっとも卓抜なもののひとつであろうが、巧妙な比喩によって、武者小路の自我の城郭を指摘している。灰色の男が流す血について書き、芸術家は多数者とおなじ方法によって活計をたてるために、額から汗を流すであろう、というトルストイの言葉を引くこの批評にも、白樺派と青春を共有しなかった有島武郎の本質が透けて見える。

志賀直哉も四十四年一月十二日の日記で「桃色の室」を批評したが、技法上の若干の感想を書きとめただけで、根本の主題を懐疑してはいない。(註) 志賀・武者小路と有島武郎の異質は、このちいさな例に照らしても明白だった。そして、白樺派一般の青春は、志賀・武者小路をつらねる線上に、はなやかな姿を現わしたのである。

(註)　志賀の批評の全文を引く。

《武者の新作「桃色の家」(ママ)を読むだがい丶物と思ふ。然し武者と違つて自分には此ドラマに取扱はれた問題は痛切な問題ではない、――左う感じてゐない、だから、余り感服もしなかつた。然し作者なる武者が問題にして、苦しみぬいた、或はコダワリ抜いた所が見えて、中に書ツパナシのやうなゾンザイな所が出なくないにもかゝわらず、軽い物、不忠実な作といふ感じは少しも与へない。而して此ナゲヤリに面白味さへあると思つた。自分は若い男が淋しさを感じて灰色になりたく思ふ事をもう少し強く多く書いて欲しかつた。而して桃色の女は女だから理窟で総て説明はしきれないが、かうして吾々二人が一緒に灰色になつたら桃色といふ色がなくなるではないかといふ風な感じで、人を首肯させるやうにして貰ひたかつた。》

＊

さて、問題を白樺派一般にまで拡大しても、志賀直哉についての指摘がそのまま通用するようである。

かれらの青春がめざしたものは、人間個性のあらゆる可能性を完璧に生きることであり、かれらはそれを実現した。しかし、わたしがここで指摘しておきたいのは、個性の可能性に対する保証が、直哉のいう〈自分の家庭〉とか〈財産〉とかいう形ですでにあたえられていたという事実である。あるいは、かれらが、その事実を——直哉や実篤の場合で見たように——自明の特権として自覚しながら、自我の自由が保証された世界でのみ自分の青春を生きようとした、という事実である。白樺派のひとびとには、さまざまな異質をつつむ青春の共有圏として、個性の自由を保証するひとつの場が確立されていた。その共有圏の内部から逸脱しないかぎり、かれらは最初から、自我をとりまく条件の調和に心をつかいやす必要はなかったのである。

上流階級を出自とする運命があたえた青春の条件は、当時の日本の風土の陰湿な部分からみごとに隔離されていた。そのかぎりにおいて、それはひとつの閉じた世界であり、隔絶した自我の場である。が、その自我の場が市民社会の思想構造と周縁をかさねあわしていたことによって、かれらの青春は日本における最初の、もっともティピカルな市民文学をそだてる母胎となったし、また、日本の風土に根ざしていないというおなじ事情が、かれらの生きる場所をより汎世界的なものにつなぐことも可能にしたのである。武者小路実篤のいう〈世界の子〉の自負がそれなりに正当だったゆえんである。かれらの〈自己〉はつねに特定の社会や国家や民族を超越して、人類の概念と直截につながるものとして捉えられていた。

「君と私と」の一節に、アメリカの飛行機がはじめて日本の空を飛んだ日の直哉の感動が描かれている。〈愉快だネ。人間は矢ッ張りエラいナ〉——こんなことを口走りながら、しきりに興奮している直哉の姿は興味ぶかい。かれの心をかりたてているのは、飛行機を生んだアメリカ文明への驚異でもなければ、それを発明し、また操縦する特定の個人への讃嘆でもない。直哉をとらえているのは〈人間としての喜悦〉である。〈人間の可能性〉が、かれを興奮させていたのである。

アメリカの飛行機からただちに純粋な本質としての人間を抽出する思考の方式は、直哉の——いや、直哉にかぎらず白樺派一般にも多少は共通な——独特の思考のパターンであり、このことは、かれらがいっさいの属性を捨象して、本質を抽出する能力に恵まれていたことをものがたるものだが、それも白樺派の文学が育った共有の青春圏と無関係でなかった。あるいは、かれらの思考や直観は、属性をとびこえて本質へ迫るという形でしか機能することができなかったのだ、といいかえてもよい。

すでに見たように、白樺派の青春は、社会という概念を自己のうちにふくむ必然をもたなかった。自我のまえに現われるすべての事象は、それが生いそだった社会的位相を抜きにして、もの自体の純粋な本質の姿で吸収される。さもなければ、閉じた場を生きる自我と激突して、青春の共有圏そのものを崩壊させる危険があったからである。「白樺」の青春が西洋文化のもっとも純粋な理解者・吸収者となることができたのも、おなじ理由からである。「現代日本の開化」について講演しなければならなかった漱石と、かれらとの断絶がそこにあった。

＊

最後に――「白樺」の青春は、そのある時期に、みずからの条件をうたがう危機をもっていた。すくなくとも、「白樺」の中核にいた志賀直哉や武者小路実篤はそうだった。

大逆事件についての直哉の感想は、自分を〈或る意味で無政府主義者〉だ、と書いていた。直哉の無政府主義といえば、すぐ思いだされるひとつの事件がある。例の渡良瀬川鉱毒事件の際に、直哉が資本家の搾取を批判して、父親と激論したという事実である。

武者小路もかつて、トルストイ流のいわゆる〈社会主義〉に傾倒していた。木下尚江や徳富蘆花の愛読者であり、トルストイの影響下に、〈寄生的生活〉〈食客的生活〉を否定しようとさえしていた。すくなくとも、かれの青春はそこからの展望による別な風景を内包していた時期もあったのである。直哉が「桃色の室」に指摘した〈作者のコダワリ〉というのも、おそらくそれと無縁ではあるまい。自分には痛切な問題ではない、という直哉自身も、おなじ批評のなかで、灰色になりたいと思うわかい男の淋しさに注目している。その淋しさが、日本の風土に根をもたぬ自我の淋しさと果して無関係でありえただろうか。桃色の女が自己を生きぬくことの苦痛と淋しさをいうとき、〈運命が自分に与へてくれた道徳〉を固守するために、武者小路のくぐりぬけねばならなかった青春の思索が遠望できるようだ。

もっと卑近な例をひこう。父とあらそう直哉の最大の泣きどころは〈生活問題〉であったし、武者小路も半生の自伝である「或る男」の一節で、母とあらそって激しく自分を主張しながら、〈自分はかう云つた時、自分が自分の力で食つてゆけないことが頭にぴしつと来た〉と書かねばならない。

かれらの自覚がこの方向に発展してゆけば、エリート意識は当然解体する。かれらは自分の青春のありかたを懐疑し、青春が内包したさまざまの可能性を自分の手で抹殺する危機に直面するはずだった。

しかし、かれらは危機をみずから回避した。直哉は自分の家庭、自家の財産によって保証される自我の自由をうたがわないことで、大逆事件の悲劇をすりぬけることができた。実篤も自活していない自分に気づこうとして、ヒヤリとしただけで、その曲り角を通りぬける。運命のあたえてくれた特権を、みずからの倫理として生きる方向をえらんだのである。「荒野」(明治四十一年)を酷評した蘆花が、〈食ふことに困つたことのないものには文学の仕事は出来ない〉という、おそらく実篤にとってもっとも痛切な批評を投げかけたとき、かれはその批評に屈伏するかわりに、逆に蘆花をきりすてることをえらんだ。「或る男」の〈彼〉、すなわち武者小路は、つぎのように考える。

《もし餓ゑなければ人間が駄目になるなら、悲惨な境遇にすべての人をおとす社会が一番いゝ社会になる。単純頭! 彼はさう致命傷を自分に与へようとするものに腹を立てた。……彼は蘆花生とは絶交することに一人できめた。》

ブルジョアジイの〈二代目〉という条件を特権と化すことで、自己の道を誠実に歩くことを決意したのである。

社会から〈私〉へ、開かれた世界から閉じた世界へのみごとな転身である。そのひそかに遂げられた内的転向に、かれらの青春が通過せねばならなかった最大のドラマがあったはずである。そして、そのドラマを可能にしたのは、決して否定に傾くことをしらない自己肯定の強靱な生命力であった。たとえば、武者小路の転向を図式風にいえば、トルストイからメーテルリンク（武者小路流にいえば、マーテルランク）へという形をとる。しかし、かりにメーテルリンクに出会わなかったとしても、トルストイがいつか捨てられたであろう必然を疑うわけにはゆかないのである。

しかも、そういう自己の強い肯定をかれらにゆるしたものも、まさしく、自覚以前の世界で与えられていた〈ブルジョアジイの二代目〉という条件だった。つまり、白樺派の青春は、ひとつの条件が保証するものによって、その条件を容認したのである。かれらの青春が独創的だったゆえんがそこにあるのであって、それは無限に連鎖する論理的悪循環でも、また自明の論理でも決してない。人間が自分に与えられた条件を、その条件にふさわしく生きることがいかに困難であるか、かれらはまさに稀有の文学者というべきである。

白樺派の青春は出自の偶然を必然の前提に転化した。自覚以前の条件を自覚された条件にまで高めることで、あたえられた条件を全的に生きぬいた個性の記録を、いま、わたしたちの前に提示している。そして、かれらの内的転向が雑誌の創刊以前にすでに完了していた事実が、「白樺」の文学運動に現にあるような形と成果をもたらしたのである。

芥川龍之介の死とその時代

大正の末から昭和のはじめにかけて、ふたりの文学者があいついで自裁した。大正十二年に有島武郎が、昭和二年に芥川龍之介がみずから死をえらぶ。このふたつの事件に、うつりゆく時代の反映をみるのは文学史の定説である。たしかに、歴史の大きなながれのなかにおいてみると、かれらの死はともに、転形期を生きた作家個性の悲劇として理解できる。芥川の死にさいして、多くのひとびとがそれを有島の死とあわせて論じようとしたのも、決してゆえなしとしない。芥川の死を報じた「大阪朝日新聞」は、その評壇で、つぎのように書いた。

《大きく見れば、何事も時代の影である。山頂が曙光の第一線を先づ受けるやうに、文学者の尖鋭な神経は、いつも一番早く時代の苦悩を感ずる。北村氏の死、有島氏の死、芥川氏の死、吾等はやはりそこに大きな時代の影を感ずる。》

大新聞の論説が一文学者の死をとりあげるということも異例だったが、また、芥川の死が当時の文壇の内外にあたえた衝撃も、異常といってよいほど大きかった。「文芸春秋」をはじめ「中央公論」「改造」「新潮」などが関係記事を特輯し、各新聞紙上にも芥川の死をいたむ文章がかかげられた。多くのひとびとがさまざまな意見を発表し、いろいろな角度から芥川の死を解釈しようとした。ことはあたかも重大な社会問題と化した感さえあった。自殺という尋常でない終焉がひとをおどろかせたということがあったとしても、とにかく一文学者の死がこれほど大きな反響を呼んだのはやはり空前のことだったといえよう。そこにも〈時代の影〉が落ちている。つまり、同時代が芥川龍之介の死をすどおりできなかったという事実に、転換期にさしかかった時代の苦悶がうかがわれ、また逆にいうと、いくえにも層をなしてひろがるその波紋の大きさも、芥川の死が時代の動向にかかわる意味を象徴していたわけである。

昭和七年に、井上良雄はつぎのように書いている。

《五年前、芥川龍之介氏の死が報ぜられた時の激しい衝動を、今日も尚われわれは忘れない。……死がいかに堪へ難くわれわれの身近に逼つてゐるかといふことを、明瞭に知つたのはこの時である。最早、問題は有島武郎氏の死の場合の様に「人ごと」ではなかつた。それはわれわれ自身の死の問題であつたのだ。》（「芥川龍之介と志賀直哉」）

芥川の自裁はかたちにあらわれぬ時代の深部をもふかくゆりうごかした。同世代の作家たちだけでなく、よりわかい文学世代にもはげしい衝撃をあたえたのである。この俊敏な批評家の告白がその間の事情をあきらかにしている。井上の例示するところによれば、片岡鉄兵は芥川龍之介論を講演して急速に左傾し、横光利一にとっても、芥川の死はほとんど生涯の一転期を画するほどの事件であった。

かれらは芥川の死に知性の敗北を見た。〈芥川氏が死を以て証明したものは、われわれの知性の無力以外のものではなかつた〉と井上は書いている。芥川の自裁を〈知性の敗北〉と見ること自体はすでにひとつの批評である。しかし、そういう批評の出現する背景には、知性への信頼を喪失した、あるいは喪失を強いられた井上自身の無力感があり、また、かれをふくめて当代知識階級一般の動揺する心情があった。

芥川の晩年の作品、とくに「歯車」や「或阿呆の一生」などの遺稿は、みずから死をえらぶ人間の孤独と絶望をのぞき見させる。虚無と絶望にかたむく、くらい心象風景である。狂気寸前にまで追いつめられた神経の戦慄は、そのまま当代インテリゲンチァの危機意識の表現と目され、すくなくともその誇張された心象風景としてひとびとの目に映じた。芥川が自決の理由としてあげた〈将来に対する唯ぼんやりした不安〉は、それがぼんやりした不安といういあいまいな言葉でしか表現されなかったことによって、ほとんど、同時代を生きる知識階級の不安や無力感の象徴と化した。

《芥川のあの自殺、自由主義が次のものに転換しなければならない、その転換を前にしてのこのチャンピオンの自殺は、結局、過去の文化の重荷に動きの取れない、それ故に神経のすりへつて行く、或《ある》一団の作家達の苦悶の最も顕著の現はれだつた。「点鬼簿」から「歯車」に至る、

彼の最後の諸作は過去の文化の地獄篇である。》

昭和四年にこう書いたのは広津和郎である。「わが心を語る」の一節である。この文章は抱月やチエホフの〈魅力の幽霊〉にとらえられてゆきづまった自分の心境をかたりながら、そういう心境からの脱出と〈過去を振切つて新たな一歩を踏み出さう〉とする決意とをためらいがちにかたっていた。広津の場合、その反省や決意がやがて、「昭和初年のインテリ作家」（昭和五年）から「風雨強かるべし」（昭和八年〜九年）へとつづく一連の作品を生むことになる。いずれも知識階級の命運におもいをひそめながら、マルキシズムの波にあらわれるインテリゲンチァの思想的動揺をえがいている。そういう広津の目から見ると、芥川の自決が〈過去の文化の重荷〉におしつぶされた作家の悲劇と映じたのも自然である。しかし、広津のこの批評のかたわらに、よりわかい井上の発言をおいてみると、むしろ芥川の死は〈過去の文化の重荷〉というよりも、〈過去の文化〉そのものの動揺の象徴だったというべきであろう。つまり、〈過去の文化〉を形成の母胎とし、またその担当者でもあった知識階級の動揺を象徴し、文学史的にいえば、明治から大正にかけて成立した日本近代市民文学のある曲り角を象徴していたのである。「わが心を語る」という文章にしても、いまとなっては、ゆきくれた既成作家の心情をまざまざと表白したものと見るよりしかたがない。

＊

有島武郎は死の前年に、「宣言一つ」(大正十一年一月)を発表した。〈政治と文学〉の課題をするどくうかびあがらせながら、第四階級の擡頭をまえにした近代インテリゲンチァの悲痛な運命について かたった文章である。文学にひきそえていえば、プロレタリア文学との対決を強いられる市民文学の、暗鬱な未来の予言でもあった。

《私は第四階級以外の階級に生れ、育ち、教育を受けた。だから私は第四階級に対しては無縁の衆生の一人である。》

有島は、その一節でこう書いた。そして、無縁だから、第四階級になにものをも寄与しえないとするかたくなな自覚と、第四階級の擡頭を歴史の必然とみる認識がかさなったことは不幸である。そのゆえに、個性の宣言がただちに敗北の宣言に転化したからだ。ブルジョア文学者としての出自の再確認が、そのまま無限の奈落に通じる深淵を掘りあてることにもなった。「宣言一つ」はすでに、知識階級の敗北という主題にのみひたすら焦点のあった文章である。翌大正十二年の有島の自決は、「宣言一つ」の動揺がゆきついた必至の結論と見ておいてよいだろう。

「宣言一つ」に踵を接して、翌二月に、竹内仁の「阿部次郎氏の人格主義を難ず」がでた。白樺派の理想主義に〈理論的根拠を提供した〉(吉田精一)と目される阿部次郎の〈哲学〉が、ここでは〈ブルジョアジーに現実維持の口実を与へ〉、知識階級の〈現実をあるがまゝに見る眼を曇らせる〉危険をはげしく批判されている。おなじ年の五月には、また、民衆芸術論の代表的な論客だった大杉栄が、武者小路実篤の「新らしき村」を揶揄して、有島武郎の財産放棄にもいいおよびながら、白樺派の貴族性を論難した。

これらの文章は、当時の澎湃としてまきおこりつつあった社会主義運動の大きなながれが、文学の世界に浸透してゆくすがたをしめしている。大逆事件とそれにひきつづく徹底的な弾圧のために、大正初期の社会主義運動はまったく屏息状態におちいっていた。いうところの〈冬の時代〉である。しかし、第一次世界大戦を契機とする資本主義の爛熟は必然に労資の対立を激化し、また、戦後その反動としておこったパニックによる経済不安、あるいはロシヤにおける共産主義革命の成功などに刺激されて、中期以降、無政府主義ないしは社会主義思想が、ふたたび擡頭してきた。この時代の基調をなすヒューマニズムやデモクラシイの思想も、しだいに社会主義ふうないろどりをくわえてくる。たとえば白樺派の人道主義哲学から派生し、いわばその鬼子ともいうべき民衆芸術論は、階級や革命の理念を急速に吸収して、「宣言一つ」の書かれた大正十一年前後には、階級芸術論への移行をすでに完了し、やがて生みの母からそむいてゆく。さきに引いた大杉栄の白樺批判にも、その間の事情をよみとることができよう。

さかのぼっていうと、大正九年に平林初之輔の「文学革命の意義」が書かれ、中野秀人の「第四階級の文学」がはじめてあらわれた。これらの文章を直接の指標として、人道主義の落し子は批判者への変貌を開始したのである。大正九年はまたわが国最初の大衆メーデーが組織され、日本社会主義同盟が創立された年でもある。翌十年には、平林初之輔を指導理論家とする「種蒔く人」が創刊された。プロレタリア文学が運動体としての最初のかたちをととのえたわけである。

*

有島武郎の自決したとおなじ年の九月に、関東大震災が首都文化の大半を烏有に帰した。文化の中央集権性の濃い当時では、東京の壊滅はほとんど日本文化の根底をゆるがすに足る事件と目され、社会不安の増大にいっそうの拍車がかけられることになる。震災の惨禍そのものが一種の虚脱状態に似た傷あとをひとびとの心にのこしたが（菊池寛のように、文芸の無力と衰退を予言した作家もいる）、同時に、震災後の復興にあたって大量のアメリカ工業資本が急速に移入されたことの影響もみのがせない。社会主義思想、ないしはプロレタリア文学運動出現の要因となった資本主義のあしばやな発展は、他方、機械文明の爛熟による人間性の解体という危機意識を、近代知識人の内部でしだいにそだてつつあった。近代インテリゲンチァの自己崩壊は、社会主義思想の圧迫ということだけでなしに、かれらみずからの内部に胚胎する〈精神の危機〉をめぐっても速度をはやめていた。震災後のアメリカ・モダニズムの氾濫はその傾向にもいっそうの拍車をかけることになる。第一次世界大戦後のヨーロッパを見舞ったとおなじような精神状況が、日本の風土にもうまれていたのである。

大戦後のヨーロッパ芸術、すなわち未来派、構成派、表現主義、ダダイズムなどは、大正中期にさかのぼってすでにわが国に紹介されていた。未来派の絵画ははやく大正五、六年ごろに東郷青児によって紹介されていたが、その後、大正十二年以降に村山知義による構成派の移入があり、また、ウイーネの映画「カリガリ博士」も大正十年に上映されている。相前後して、ダダイズムの詩も紹介され、カイザーやゲーリングらのドイツ表現派の戯曲も上演された。ポール・モーランの小説「夜ひらく」が翻訳出版されて、わかい文学世代に強烈な感銘をあたえたのは大正十三年である。それらの前衛芸術が、あたらしい世代に共感と同調の精神層を見いだして、文学史的にいうと、新感覚派文学の登場が準備される。かれらは個人主義の解体という時代の性格を背景に、解体した人間性や錯乱する自我の即自表現として、だいたんな感覚偏奇の衣裳をまとって出現した。

大正十三年に、「文芸戦線」と「文芸時代」があいついで創刊された。プロレタリア文学運動の再起と新感覚派の登場が時をおなじくして、〈昭和文学〉の実質がこうしてかたちをととのえたわけである。震災後の空白からの再建をこころざすプロレタリア文学の、〈市場奪還のための結合〉(山田清三郎)が急速に尖鋭化していったかたわらで、横光利一や片岡鉄兵らの文学は、既成作家のついに夢想するだにあたわぬ作意と文体を誇示していた。秋田雨雀・江口渙・藤森成吉らの既成作家が左傾していった思想転向と、横光・川端らのよりわかい世代が、人間性や自我の解体を解体したかたちのままに表現する形式主義文学にのがれていった事実とは、動揺する知識階級の転換してゆく〈ふたつの道〉であった。そして、そのまったく対照的な〈ふたつの道〉にはさまれた場所で、有島武郎や芥川龍之介の悲劇があいついだのである。

有島と芥川のふたつの死を首尾におく前後数年間が、大正から昭和へとうつりゆく時代の文字どおりの転形期、過渡期だった。ことを文学上の問題にかぎっても、おなじ時期に「宣言一つ」をめぐる論争、菊池寛と里見弴の文芸の内容的価値をめぐる論争、広津和郎の散文芸術論、およびのちにふれる予定の心境小説論、などのあいつぐ論議がたたかわされたのも決して偶然ではない。それら一連の論争は、平野謙の説くように、〈小説の運命に対する実作者の自己反省〉であり、〈自己の陣営を再整備せんとする既成文学の苦悶の表はれ〉(「現代日本文学論争史」上巻解説)だったと見ることができる。だから、大正末期の文学論争をたばねる最大の特質は、それが文学(もしくは作家)のありかたをめぐる本質論としてたたかわれたということである。小説の運命にたいする不吉な予感がたえず意識され、論議のあわいに、文学概念そのものを懐疑する作家の心情がすけてみえる。論争のおおよそは立脚地を見うしなって動揺する作家たちが、自分の個性にしたがって、それぞれに過渡期を生きようとする検証の手つづきだったといってよい。

そして、最後に、芥川龍之介の悲劇がくる。かれのいう〈ぼんやりした不安〉から狂気の予感や健康のおとろえなど芥川プロパーの要因をはぎとっていうと、おそらくその最大の不安はプロレタリア文学の圧迫感でもなければ、未知なあたらしい時代へのおそれでもなかっただろう。いや、それらをひとつにまとめて、ゆれうごく時代のなかに身をおいたこの聡明な作家は、だれよりもふかくみずからの文学を懐疑した。もっとも典型的な近代知識人である芥川は、そのゆえに芸術上の信念を動揺させてもろくも崩れていったのである。かれの不安は、自分の足もとに大きな穴をほりあててしまった人間が感じる、そういうたぐいの不安だったにちがいない。芥川の死が、かれとかれの文学のよってたつべき立脚地の亀裂を意味していたことによって、それははじめてわかい知識階級自身の〈死の問題〉となりえた。

*

芥川龍之介は生涯の最後の年に、谷崎潤一郎と〈小説の筋〉をめぐる有名な論争を展開した。身辺雑記の私小説をしりぞけ、小説における筋のおもしろさ、つまりいうところの〈構造的美観〉を強調する谷崎にたいして、芥川は小説のプロットを価値判断の基準として否定した。〈「話」らしい話のない小説〉の存在理由をみとめ、それを〈最上のものとは思つてゐない。が、若し「純粋な」と云ふ点から見れば、――通俗的興味のないと云ふ点から見れば、最も純粋な小説である〉と断定した。一種の純粋小説論である。

この論争は芥川の死によって永久に中断した。かれの死をきいて神戸から上京した谷崎は、その車中で、短篇集「羅生門」所収の作品が、芥川文学のもっともすぐれたものだとかたった。論争をしめくくるいわば最後の批評だったともいえよう。芥川のおそらくどうしても承服できがたい感想だったはずである。しかし、谷崎のこのさりげない言葉は、「羅生門」の作者がついにプロットの否定にまでおいこまれねばならなかったいたましい矛盾を、あらためてわたしたちに思いおこさせる。するどい角度で屈折した芥川龍之介の変容がそこにあった。芥川という作家こそ〈構造的美観〉を強調し、〈話のある小説〉の作者としてもっともふさわしいひとりではなかったか。かれはかつて芸術活動の意識性を説いたことがある。作品のすみずみにまでゆきとどいた芸術家の計算と配慮をおもんじたのである。その彼が〈話のない小説〉を主張するためには、かつての意識性の強調を十年前のことであったとして、みずから否定せねばならなかった。ここにもひとつの変容があるわけだが、芥川のそういう変容や矛盾を正当に理解するためには、たとえば久米正雄の「私小説と心境小説」（大正十四年）あたりにさかのぼる心境小説論を後景において、芥川コントラ谷崎の論争をもういちど吟味してみなければならない。

《私は第一に、芸術が真の意味で、別な人生の「創造」だとは、どうしても信じられない。》

「私小説と心境小説」の一節で、久米正雄はまずこう断定する。文学とはたかだか〈一人生の「再現」〉にすぎぬとする久米は、〈私〉をはなれたすべての虚構を〈読み物〉〈作り物〉としてしりぞける。かれによれば、トルストイの「戦争と平和」からフローベルの「ボヴァリイ夫人」にいたるあらゆる本格小説は、〈結局、偉大なる通俗小説に過ぎない〉のであって、散文芸術の本道、真髄は私小説、というよりも、正確には心境小説にあるとされる。久米のいう心境小説は、私小説のよりすすんだ段階にあるものとしてとらえられる。心境小説は〈私〉を〈心境〉によって表現する。久米の言葉をかりると、〈私〉を〈如実に〉表現するためには、〈其処には必ず一つの、あるコンデンサーを要する。「私」をコンデンスし、――融和し、濾過し、集中し、攪拌し、そして渾然と再生せしめて、しかも誤りなき心境を要する〉。そして、〈此の心境が加はる事に依つて、実に「私小説」は「告白」や「懺悔」と微妙な界線を劃して、芸術の花冠を受くるもので〉ある。

筋のおもしろさを重視し、だから、通俗小説の鼻祖とされる中里介山の「大菩薩峠」に好意的な評価をあたえる谷崎の意見が、右のような久米一流の心境小説論とまったく対照的なところにくみたてられていたことは自明である。そして、谷崎の対極にいた芥川の論理は、ことの必然として、久米正雄により接近したニュアンスをあきらかにする。

むろん、芥川は久米の心境小説論全般についてはかならずしも賛同しなかったし、批判的な意見を述べたこともある。また、いうところの〈話のない小説〉にしても、身辺雑記の私小説からはいちおう区別した。芥川のことばをかりると、それは〈最も詩に近い小説〉だったのである。谷崎のいう〈構造的美観〉にたいして、芥川は〈詩的精神〉を対置した。そう見ることもできる。しかし、芥川における〈話のない小説〉と私小説との距離は、久米における心境小説と私小説とのそれとほとんどひとしかった。芥川は〈話のない小説〉の例として〈志賀直哉氏の諸短篇を、――「焚火」

以下の諸短篇を数へ上げたい〉という。かれがこう説くのを聞くとき、いうところの〈詩的精神〉がなにをさしていたかは、わたしたちにはすでにあきらかである。それは当代の批評家たちが、島崎藤村のすぐれた心境小説である「嵐」にあたえた〈詩的〉という評語と、ほとんど同義だったにちがいない。芥川自身、別なところで〈もし自叙伝と云ふものから私小説を引離すとすれば、それは只、詩的精神の有無、或は多少に依つて決せらるべきものである〉(「文芸雑談」)と書いたこともある。自叙伝でない私小説、それは久米によって私小説から区別され、〈芸術の花冠〉をうけるとされた心境小説と、いくばくの逕庭もなかったはずである。

*

久米正雄の「私小説と心境小説」が書かれたのは大正十四年である。この年をはさむ前後二、三年のあいだに、たとえば島崎藤村の「伸び支度」や「嵐」、志賀直哉の「濠端の住まひ」や「山科の記憶」、徳田秋声の「元の枝へ」などが発表されている。これらの小説は、ながい作家道程のはてにかちえた澄明な心境の安定と、そのみごとな表現とによって、既成リアリズムのいたりついた極北をさししめしていた。仮構と通俗を拒否した、芥川のいう意味でもっとも〈純粋な〉小説である。久米はそういう心境小説に脱帽し〈小説のふるさと〉をそこにのぞみみたわけだが、伝統文学の系譜につながる作家たちは、多かれすくなかれ、おなじ感慨から自由ではなかった。心境小説をめぐるかずかずの論議のなかで、全否定のこえはほとんどきかれなかった事実もその事情を暗示する。日本の近代文学が自然主義と白樺派のおちあう地点で私小説、ないしは心境小説に収斂したということ、また、そこにいたるまでのプロセスにはさまざまな問題がのこされている。しかし、事実として、私小説（心境小説）は大正文学の主流を占め、中核をかたちづくっていた。そういう心境小説が、うつりゆく文学史のひとこまとして、〈小説のふるさと〉と目された時期があったのである。

心境小説の命名者を自負する久米が、心境小説を私小説から区別し、後者のよりすすんだ段階にあるものとしたことはさきに述べた。おなじころ、やはり心境小説について論じた宇野浩二（「『私小説』私見」大正十五年）も、心境小説は私小説の〈進歩した形である〉として、その淵源を自然主義の自己告白にもとめる史観をしりぞけて、むしろ白樺派作家のゆるがぬ自己肯定にさぐろうとした。このふたつの事実はことの表裏をなして、当時の心境小説論が意味したものをあきらかにする。

おおざっぱないいかたをすると、白樺派の作家たち、たとえば志賀直哉や武者小路実篤は自然主義の技法をうけついで、広義の私小説をいわゆる心境小説のかたちで完成した。有島武郎の二律背反を僚友の悲劇としてみすごしながらである。心境小説を私小説と区別する久米正雄の見解は、だから、私小説の淵源を白樺派文学にありとする宇野浩二の意見とほぼひとしい。つまり、かれらは私小説を論じるにあたって、自然主義以来の発生、変貌の歴史をほとんど捨象してしまったのである。私小説の、いわば完成された最高の理想形についてのみ説こうとしている。そうでなければ、この時期に、心境小説がこれほど熱っぽく仰望されることはなかったはずである。

かれらがいうところの〈心境〉は、ゆるがぬ安定と調和をわがものとした作家個性の円熟をまえおきにしていた。それはたわみと屈折を知らぬ地点にまでようやくたどりつこうとした作家の個性が、人生や社会のさまざまを、〈私〉の心象に投影した写像にほかならない。〈私〉への信頼をくずさぬ白樺派の作家たちはもとより、自然主義系の諸作家も、大正末年代にいたって確乎たる心境の定立に成功していた。作家個性にうらうちされた〈心境〉の安定は、本格小説の優位を説く中村武羅夫流の常識的な文学論などをちかづけぬ世界にすでにたっしていた。そこまでくれば、ひとはかげりとためらいから自由になる。かれらにとって〈政治と文学〉の課題などははじめから無縁だったし、文学概念の動揺や懐疑のおこるはずもなかった。

島崎藤村の「嵐」という小説がある。大正七年からの一時期、飯倉時代の生活をえがいた作品である。小説の時間は、ゆれうごく時代の転形期とかさなっている。しかし、作者の外の社会の激動は、小説の内部にまでは侵襲してこない。いや、そうではなくて、藤村のえらんだ〈嵐〉という表題は、多少とも当時の緊迫した社会情勢、かれのいう〈社会の空気の暗さ〉を反映していたかもしれぬ。しかし、そういう社会の暗さが小説「嵐」のなかでどう処理されているか、その処理のしかたに、このすぐれた心境小説のひとつの特色をみることができる。

表題の意味を解く有名な独白がある。子供たちの兄弟喧嘩に手をやく〈私〉は、〈家の内を見廻し〉ながら、世間の〈米騒動以来の不思議な沈黙〉や〈市内電車従業員の罷業の噂〉をおもいだし、そしてひとりごとをいうのである。――〈家の内も、外も、嵐だ。〉

米騒動やストライキに氷頭の一角をあらわす社会のはげしい矛盾も、この小説では兄弟喧嘩などという身辺の些事とひとしい質の嵐にすぎない。それは〈独りで手を揉みながら〉のモノローグに、こともなく解消してしまう。あとにのこるのは、〈眼前に見る事柄から起つて来る多くの失望と幻滅の感じとは、いつでも私の心を子供に向けさせた〉という、いわば子供を身ぢかにおいた父親の〈心境〉だけである。そういう心境をささえるものは藤村の不抜の生活信条であり、それは「若菜集」以来のながい苦難にみちた作家生涯をかけて、はじめてかちえられたものであった。

しかし、心境小説一般からいうと、「嵐」のように、かたちはどうであろうといちおう社会問題を視野のはずれにおいた小説は異例に属する。のちに「夜明け前」をかく藤村の資質がそこにあったわけで、他の多くの小説は、社会のうつりゆきとまったく隔絶したところにゆるがぬ心境の世界をきずいていた。たとえば志賀直哉の小説がそうである。大正十一年に後篇を起稿した「暗夜行路」に、社会状況の反映はまったく見られない。くりかえしになるが、この小説のおくゆきは、そのまま志賀直哉という作家個性のおくゆきにひとしく、かれの個性は、もはや時代の動向にわずらわされぬだけの〈自分の世界〉の定立に成功していたのである。

そういう心境小説をまえにして、読者は心境の背後につねに作者の全存在を読み、全生涯を読む。いわば作家個性の全円を〈索引〉としながら、その小説を読むのである。あきらかに、久米正雄や芥川龍之介もそういう読みかたをしたひとりである。かれらは心境小説の後景に、あざやかな光をはなつ人間の素顔を見た。たとえば、〈俗に解り易く云へば〉というただしがきをつけて、久米がつぎのようにいうゆえんである。

《心境とは、……一個の「腰の据わり」である。……要するに立脚地の確実さである。其処《そこ》からなら、何処《どこ》をどう見ようと、常に間違ひなく自分であり得る。……心の据ゑやうである。》

げんみつにいうと、私小説の〈私〉も作者の〈私〉とは別人格である。小説の世界を日常の世界から切りはなし、作品の内部で他のひとつの人格に化身し、他人の生を生きる、そういうこころみのなかでのみ、ひとははじめて作家でありえたはずだ。しかし、久米が心境小説の内部にみたのは他人に化身した作家の虚像ではない。生身の人間としての印象である。作品内部に息づく作家自身の倫理、感覚、感情、思想など、いわば全人格的存在の放射するひかりだった。その強烈なひかりに〈腰の据わり〉だとか〈立脚地の確実さ〉だとかを見たのである。

久米正雄の心境小説論は、だから、論点の微妙な移動を見せる。心境小説への仰望は、実はそういう心境をわがものとしえた人間への仰望にほかならなかった。久米の、ひいては当代の心境小説論一般は作品を論じながら、同時に人間論としての性格をもつ。そして、そういう性格をもつことで、たとえば「私小説と心境小説」という論文は、〈政治と文学〉という課題にたいする久米なりのひとつのこたえとなった。久米自身の〈腰の据わり〉の不足や〈立脚地〉の亀裂が、心境小説作家の安定した心境に羨望の眼をむけさせたのである。久米正雄をはじめ宇野浩二・佐藤春夫らの参加した心境小説論のかずかずは、こうして、さきに見たような「宣言一つ」以下の既成文学内部の深刻な動揺と決して無縁ではなかった。かれらの〈安心立命〉のわずかなよりどころが、心境小説の古風な趣味性や日本的風懐と、そこに生きる局限されたせまい日常的自我の像にもとめられた事実にも、当代知識階級の動揺とそこしれぬ不安がうかがわれる。

芥川コントラ谷崎論争もあきらかに、右のような心境小説論の一支流であった。芥川龍之介もまた久米とおなじように、作者の全生涯を索引として心境小説を読んだひとりである。志賀直哉の小説の背後に作者の全生涯を読んだ。澄明な心境のなぞり絵と、そのむこうに透けて見える強烈な個性の貌に低頭したのである。そうでなければ、かれはつぎのようにいうはずがない。

《志賀直哉氏の作品は何よりも先にこの人生を立派に生きてゐる作家の作品である。》

かれはまた、つぎのようにもいう。

《志賀直哉氏はこの人生を清潔に生きてゐる作家である。……長篇「暗夜行路」を一貫するものは実にこの感じ易い道徳的魂の苦痛である。》

これらの言葉の背後には、自分の〈立脚地〉を見うしなった作家の悲劇がかくされている。芥川もまた小説のなかに、作者の〈腰の据わり〉や〈立脚地の確実さ〉だけを読んだ。志賀直哉の小説は作家の全生涯を〈索引〉として、かれのまえにたかだかとそびえたっていたのである。芥川はそういう作家の〈「話」のない小説〉に脱帽する。自分の前半生の営為をことごとく抹殺して、なおかつ心境小説を仰望した。そこへいたるまでの動揺と懐疑の深刻さをおしはかるべきである。

死の前夜まで、芥川龍之介は「西方の人」の続稿をかきついでいた。神の子キリストの伝記である。かれは〈まざまざとわたしに呼びかけてゐるクリストの姿〉だけを書いた。その一節で、つぎのようにいう。

《クリストも彼の一生を彼の作品の索引につけずにはゐられない一人だつた。》

しかし、〈彼の一生を彼の作品の索引につけずにはゐられな〉かったのは、ほかならぬ芥川龍之介そのひとだったはずである。かれはこう書きながら、〈彼の一生を索引〉とする小説を完成した志賀直哉の像を、キリストとともにおもいだしてはいなかったか。いかにして作品の真実を保証しうるか——作家存在のすべてを賭したこのただならぬ懐疑に、わたしはあの〈ぼんやりした不安〉のひとつの意味をかぞえる。キリストが〈彼の弟子たちに「わたしは誰か？」と問ひかけ〉たように、晩年の芥川は〈わたしの文学とは何か〉をたえず自問している。ゲエテやストリンドベリイやボオドレエルや、あるいは「赤光」の歌人や志賀直哉などとひそかに自分をくらべながら……。だから、かれは「歯車」を書き「或阿呆の一生」を書いた。しかし、不幸にも、死を賭けたそれらの作品でさえも、索引としての真実をついに完成しなかった。

芥川龍之介の最後の不幸は、身についた比喩と仮構と計量の文学方法を死にいたるまで捨てることができなかったところにある。「或阿呆の一生」を、〈刃のこぼれてしまつた、細い剣〉のあざやかな比喩でおわる芥川である。この一行には、人生に絶望し、現実との対決にやぶれ、芸術のゆきづまりを自覚した作家のふかい疲れがにじんでいる。そして、壁のむこうに心境小説の安定した世界をのぞみみても、しかし、ひとは〈他人のやうに〉人生を生きることができない。久米正雄は心境小説への郷愁をかたりながら、通俗小説にのがれる。かれの保身も芥川龍之介のものではない。方法を否定し、あるいは否定による脱出をねがいながら、かれは最後までそれを捨てることができなかった。——意識は方法によってうらぎられたのである。〈「話」のない小説〉への屈伏がいっそうのいたましさをそそるゆえんであり、意識と方法の裂け目にたたずむ芥川龍之介の晩年もまた、当代知識階級のゆきくれた心情を象徴する凄絶な風景の一点描であった。

＊

芥川龍之介の死と、そこにただよう一種の終末意識を背景にして、昭和文学史の屈折おおい歴史の幕があがる。死にちかい芥川の眼にあれほど〈この人生を立派に生きてゐる〉と見えた志賀直哉も、昭和四年以降創作活動を停止した。「暗夜行路」も未完のままで放棄される。志賀直哉の名前はあらゆる雑誌の創作欄からすがたを消し、沈黙をまもるうらには〈時代に拘泥する気持〉(日記)が多少ともながれていた。志賀の沈黙をつぎの時期にしたがえていることで、芥川龍之介の死はもっと悲劇的な様相をふかめている。自裁と沈黙と、形こそちがえ、このふたりの文学者の死は、市民文学のゆきついた最後の地点だったのである。

私小説の動向

戦後の私小説の命運はかならずしも平坦ではなかったが、いくどかの屈曲を経て、昭和三十五年前後にふたたび再評価ないし再認識の機運が動いてきた。さしあたって、三浦哲郎の〈古風な情感〉をたたえた「忍ぶ川」が、昭和三十五年度下半期の芥川賞を受賞したり、島尾敏雄の「死の棘」一連の病妻小説が、私小説のあたらしい分野を開拓したといったふうな但し書で、おなじ年度の芸術選奨を受賞したりしたことは、まことに象徴的な事件であった。そのほか、この年の野間文芸賞は安岡章太郎の「海辺の光景」に、新潮社文学賞は庄野潤三の「静物」にあたえられ、ほとんどすべての文学賞を私小説作品で独占する観があった。文学賞の帰着をもって、文学の趨勢を占うことができぬのはもとよりである。しかし、この賑やかな一致は偶然にもせよ、たとえば安倍公房の芥川賞受賞が、いわゆる戦後派のこの国の文学風土への定着完了のしるしであったとおなじような意味で、すくなくとも私小説の流行現象を卜するに足る事態ではあった。「図書新聞」(昭和三十六年三月六日号)その他でいちはやく私小説論の展望が試みられ、「新潮」のおなじく五月号が三浦哲郎以下を動員して、私小説の特集をおこなったという事実などもある。

歴史的に見れば、私小説についての論議はほぼ一定の周期をおいてくりかえされてきた。まず大正十二年前後の中村武羅夫や久米正雄らによる心境小説論議があり、それは谷崎潤一郎と芥川龍之介の小説の筋（プロット）をめぐる論争にまでひきつがれる。第二は小林秀雄の「私小説論」を頂点とする昭和十年代のそれ、第三は第二次世界大戦後の一時期に展開された私小説論である。最初の論は私小説の肯定的評価に力点がおかれ、あとふたつは概して私小説批判の形をとっている。その肯定と否定の両極にはさまれた場所で、私小説ないしは心境小説の概念規定が成熟してきたわけである。

これらの時期がいずれも、なんらかの意味で歴史のいわば曲り角であり、時代の転形期だったことはいうまでもあるまい。ことあたらしく列挙するまでもないことだが、第一の時期は文字どおり大正から昭和へのさかい目であり、というよりも、プロレタリア文学と新感覚派の擡頭をむかえて、市民文学理念が動揺と解体の危機に直面した時期であった。以後、プロレタリア文学運動はマルクス主義文学としての深化の道をいそぎながら、ほとんど全文壇を席巻する観さえ呈したが、それもあいつぐ強権の弾圧と運動内部の矛盾の激化とがともなって、昭和十年代にさしかかる頃にほとんど潰滅する。実作と理論の両面で私小説がふたたび文壇の座を回復しようとした第二の時期は、そのマルクス主義文学の廃墟に、ようやくたかまりつつあったファシズムの脅威におびえながら、

〈文芸復興〉のむなしい呼び声がかわされていた時期とかさなるのである。その後、昭和文学の歴史は鋭剣のぶきみな光と軍靴の音を背景にして、戦争のはてしない泥沼に傾斜をつづけ、やがて昭和二十年の八月十五日をむかえる。敗戦という事態がこの国の精神史の内部にきざんだ刻印の意味は、あらためて説くまでもないだろう。私小説はおなじ時点で、それがもういちど論議の日程にのぼる第三の時期をむかえた。

これらの時期は同時に実作の面でも、私小説のいわば流行現象の生じた時期であるが、それがいずれも敗北、挫折、解体などの危機感を共通のメルクマールとしていたことは注意されてよい。否定されると肯定されるとを問わず、危機的認識を媒介として私小説がつねによみがえってくるというこの事実は、危機に耐えて生きる私小説の内在的なエネルギイをもっとも端的に暗示するものだったのである。もちろん、問題をそこまで拡大しなくても、私小説ないしは私小説論の流行が転換期のひとつの指標となるのは決して偶然ではない。なぜなら、私小説は好むと好まざるとにかかわらず、この国の文学伝統のいわば核であり、原型であった。転換を強いられる方向の摸索が、伝統の確認や批判からはじまるのは自然すぎるほど自然なことでもある。だから、昭和三十五年を送ると同時に私小説への郷愁がふたたび語られはじめ、その再認識が論議の対象となりはじめたというのも、推していえば、戦後十五年の文学がようやく円環を閉じるべきときにさしかかったことを意味したのかもしれない。

しかし、今後に予想される私小説論が従来のステロタイプとしてあらわれるかぎり、おそらくなにごとも解決できないだろうところに、ひとつの問題がある。いまや一個の概念と化し、わたしたちの暗黙の理解につつまれてある〈私小説〉を論の前提にすえるかぎり、それは攻めるべき城を見うしなうことになるのだ。かつて近代日本文学の唯一の小説伝統であった私小説はそのもっとも古風な風貌のなかでさえ、概念自体の変革を強いるかもしれない異質な因子を胚胎しつつある。私小説が戦後文学の歴史をともにあゆんだことの意味がそこにある、というのが戦後十五年間の私小説の転変を遠望するにあたっての、ややさきばしった独断である。

＊

昭和二十一年十一月五日の日付で書かれた、上林暁の「私小説の運命」(「文芸」昭和二十二年一月)という文章がある。おなじ年の五月に「聖ヨハネ病院にて」(「人間」六月号)を発表していた上林が、自他ともにみとめる私小説伝統のもっとも正統な後継者だったのはいうまでもない。

「聖ヨハネ病院にて」は、病妻をみとる精神病院の日々をうつした短篇小説である。〈僕〉は死期の遠くない狂った妻を愛しながら、彼女の異常な神経に傷つけられ、葛藤と和解をくりかえす苦渋な毎日がつづく。が、どうにもならぬ振幅でゆれうごく感情の大きな屈折をつらぬいて、死をまえにしてよりふかく妻を愛そうとする夫の祈念は美しい。——〈僕〉が上林暁であることを注記する必要はないだろう。作者は実生活にあった不幸な体験をなぞりながら、生活の微妙な陰影をたくみにおりまぜて、みごとな精神的風景画を描いたのである。

発表当時の世評も概して好評であった。なかにはこの小説を志賀直哉の「和解」と比較した中村光夫のように、志賀の小説に見られる純粋強烈な生命感を喪失し、つまり〈精神を失つて形骸化した芸術に特有なただ重苦しく風通しの悪い読後感〉を指摘する批評（「文学の框」）もあったが、多少の例外を別にしていえば、作者が当時書きつづけていた一連の病妻小説の頂点をきわめた作品として讃辞をあつめた。一九四六年の文壇を回顧した時評子の言葉をかりていえば、〈上林文学の極北〉をしめす作品と目されたのである（高山毅「主体の回復——一九四六年の文壇」）。昭和二十一年の批評は、この小説を上林暁の代表作とみとめる現在の評価を、さして裏ぎっていない。

にもかかわらず、「聖ヨハネ病院にて」をふくめた私小説ジャンル一般に対しては、おなじ時期にほとんど十字砲火にも似た批判が集中していた。「聖ヨハネ病院にて」を〈上林文学の極北〉とみとめて推讃したおなじ筆者が、他方では新人作家の私小説への傾斜を不吉な兆候として批判するという事態が生じていた。上林暁によって、〈この一筋〉につながる作家の自覚と自負と謙譲とをないまぜながら、「私小説の運命」なる印象的な一文が書かれねばならなかったゆえんである。

当時の私小説批判がどのようなものであったかを見るためには、上林自身が〈最近僕の目に触れた限りの〉という但し書をつけて引用している五つの批評を再録しておくのが便利であろう。ひとりの誠実な私小説作家の眼に〈総てが私小説一般に対する不信〉であり、〈継子扱ひ〉であると映じた時代の雰囲気をたしかめることができるからだ。

《私小説が誠実といふのは非常に同情的な見方だと思ひますがね。（笑声）そこまで行つてをればいいと思ふのですけれどね。》（中野好夫、座談会「世界文学の摂取」での発言）

《この問題解明のためには、「町工場」のやうなナイーヴな実生活派の文学志向はすぐ私小説といふ根ぶかい文学伝統と結びつきやすい近代日本文学固有のジェネラル・ラインをまづ打破する必要があるのではないか。》（平野謙「文芸時評」）

《近頃の日本小説は第一人称小説が常道で、作者はどうにも自分を衝き離しては主人公をすゑられぬ。主人公が画かきでも、之れは文士の当人の変称衣更へかと苦笑する。苦笑せずともよいのに苦笑が出るのは、イッヒロマン一本槍が術がなさすぎてつい笑止であるからだ。ストリンドベリイのやうに個性のつよい人間が、真向からロマン・ペルソネルで固まつたのは、あれはあれで面しろく、片言隻語悉く個人を通じて、社会の課題と結び付けて読者が感懐を有つが、個性のすぼけたアーテイザン肌のへろへろ作者が、作るに術なくて取りかへ引きかへ、一人称の職業やら気質やらを少し更へて書くことは、作品の真実性に先ず不信を捺す動因とならざるをえぬ。》（日夏耿之介「輓近の荷風文学」）

《上林の態度について特に注目されるのは、島木のいはゆる「自然観賞的態度」以外の作品に対して、頭から否定してかかつてゐる頑冥さである。彼をさうさせてゐるのは、いふまでもなく彼自身の文学観である。つまり、私小説作家の偏見に他ならない。私小説作家の陥る道程を示してゐる。》（板垣直子「文芸時評」）

《日本独特のジャンルとして文壇に依つて自己讃美された私小説が、如何に小説形態として弱点だらけの、謂はば小説として一人歩き出来ないものであるかを、僕達は厭といふ程見せつけられた。圧倒的な現実を築き上げるには、作者のコスモスが外界の異常な進行に従つて膨脹するに足りる程の充分の酵母をその胎に孕んでゐなかつた。》（福永武彦「二つの現実」）

上林の引用はむろんアトランダムだったにちがいない。しかし、ここにならんでいる顔ぶれを、ひとりは東京大学で英文学を講ずる講壇批評家、ひとりは「近代文学」所属の新進評論家、ひとりはキイツの研究で博士号を得た学匠詩人、そして美学出身の精力的な女流評論家とマチネ・ポエティクに属する詩人といったふうに数えあげてゆけば、この五人を組みあわせる人間模様はほとんど象徴的でさえある。五つの発言は背後に五つの立場と志向をになっている。それは無数の可能性がひしめきあっていた混沌の季節と、カオスのなかに没しさろうとする私小説の運命とを象徴したのである。

＊

昭和二十年八月につづく一時期ほど、ひとが現実的であることを信じながら、非現実的な論議に熱中していた時期はない。荘厳にして畏怖すべき理想主義の季節、かれらは虚無と絶望についてさえアイディヤリスティックに語ったのである。無限の可能性を信じる夢想と錯覚のなかで、ひとはおのが理想に殉ずることを怖れなかった。多くの作家が当時、私小説の形式にたくして自己の実感を痛切に定着しながら、そうした事態のかたわらで、現実の微視にたちいることを避けたアイディヤリストの多くは、自己の抱懐する理念に照らして私小説をまっこうから断罪したのである。私小説の全面否定という現象は、市民革命の実現を信じた不幸な錯覚と決して無縁ではなかった。

最初の錯覚は宮本百合子の「歌声よ、おこれ」(昭和二十一年)にすでに明らかである。人民のためのあたらしい歌声を期待した百合子の論理が、敗戦という事態のもたらす現実の帰趨について、いかに観念的、もしくは幻想的な予想のうえに築かれていたことか。昭和二十四年の青野季吉の指摘をまつまでもない。そして、「近代文学」を中核とする戦後文学運動の出発も、百合子とおなじ薔薇色の幻想ないし錯覚からはじまっていたことを、いまとなっては否定するわけにゆかない。それは現実を透視する視角の一方的性格によっても、まさに理想主義の豪華な饗宴であった。それが百合子を偶像とする新日本文学会の錯覚から自己を区別しえたゆえんは、たとえば「近代文学」の諸同人の場合に見られたように、かれらの論理が戦争下のいたましい記憶、つまり戦争を必至の帰結としたファシズムの暴威と、同時に、ファシズムへの抵抗拠点たるべきマルキシズムのむざんな崩壊とによって両様に傷つけられたとする自己認識を、発想の前提としていたからにすぎない。だからまた、無限にくりかえされる観念の操作によって、時代の苦痛をさぐりあてる測鉛を確保することもできたのである。

戦後文学運動が、運動の最盛期に提示したさまざまな問題が観念的な処理によって自己を見うしない、ほとんど解決不能のままでつぎの時期にひきつがれたのも、おなじ理由からである。時間の推移による現実のいやおうない変貌が創世紀の幻想を消しさるまで、たとえば政治と文学について、戦争責任について、革命文学の方法についてなどの問題を本質的に解決することは不可能だったのである。

だから、万華鏡のように交叉した戦後文学の光芒が光をうしなったあとに、運動の実質上のみのりとして残されたのは、主題における実存的関心と形式における方法的追求の市民権という、この国の文学風土に実験文学を定着するための困難な問題の解決らしきものだけであった。戦後文学の簒奪者の一系に大岡昇平と三島由紀夫が指摘されてよいゆえんである。〈「実験」を押売りする香具師〉という悪罵さえ放たれた戦後文学運動が、すくなくとも方法的省察を欠いた自然主義リアリズムに拮抗する方法意識の展開もしくは深化として、現代文学の沃野にひとつの可能性を準備したことはみとめられねばならぬ。戦後文学が私小説形式の強力な批判者であった理由である。

《日本人の書く小説の構成力の脆弱さは、日本人の素質的欠陥といふよりも、小説に関する奇妙な先入主、その写実主義的偏見から来てゐるやうに思はれる。小説における「まことらしさ」の要請と、劇的な時間の観念とは、どうしても日本人の頭の中で折れ合はなかつた。「まことらしさ」は、単調な羅列的な時間の経過だけが、醸し出すもののやうに思はれてきた。時間は永遠の反復であり、一個の現実の事件がその現実性を保証されるには、一旦時間の内へ解消される必要がある。かうした仏教的無常観から、小説におけるまことらしさは、いつも時間の非構成的原理に立たなければならなかつた。

つまり、かういふことである。一つの事件がある。それが小説の中に、小説世界の内的法則に包まれて存在してゐることは、まことらしさを失ふ所以だと考へられる。そこで事件は裸かの形で、無秩序な形で投げ出されてゐなければならぬ。さうすれば、小説を読むことの緩慢な時間によつて、読者が自分の内的体験のうちにその事件をとり入れて再構成し、読者自らが、それにまことらしさを与へることができる。……かういふ確信を私は写実主義的偏見とよぶのである。日本の小説に構成力がないと云はれる理由の大半はここに在る。》

三島由紀夫が「小説家の休暇」（昭和三十年）で書きとめたこの明晰な認識は、「仮面の告白」や「金閣寺」の作者にふさわしく、方法によってのみ世界を構築する作家の自覚にささえられていた。三島の論理によって、私小説が完璧に拒否されるのは見やすい道理であろう。戦後文学の、運動としての歴史的意味のみごとな定着である。

＊

括弧づきのいわゆる〈戦後文学〉は昭和二十二、三年の交に最隆盛期に達したが、以後は運動を担当した諸個性の個性的成長とともに文学運動としての解体現象を進行させ、荒正人によって戦後の終りが宣言された昭和二十五、六年をもっていちおうの終止符をうった。敗戦から講和条約の締結にいたるこの時期を〈占領下の文学〉と見る意見がある（中村光夫）。本多秋五の摘記にしたがっていえば、〈戦後七年間の文学をなにか正常ならぬもの、仮りのもの、「さまざまな変態現象」にかきみだされたもの、とみる〉（「物語戦後文学史」正篇）ことで、戦後文学運動の運動体としての実質や意義が全否定されるのである。

現在の時点で戦後文学を眺望するとき、戦後派をもって呼ばれた文学エコールは、結局、ある時期のきわだった文学現象にすぎなかったようでもある。その点で、運動としての実質を否定する意見もたしかに成立する。

しかし、かりに戦後派を第二次世界大戦後の一文学現象であり、その現象のなかで偶然にくくられた多様な個性の束にすぎなかったと見るにしても、束をつらねる強力な目的意識がなお共通の志向としてまもられていたのも事実である。世界観、主題、方法などのさまざまな異同をつつんで、かれらがひとしく自己の文学を賭けたのは、この国の文学的ないし文化的伝統の痛烈な批判と、超克の夢想であった。近代の実現ということばでそれを要約してもよい。実現が期待された近代の理想像として、つまり理想的近代のイメージには西洋があった。たとえばその間の事情は戦後文学の中軸と目された「近代文学」諸同人の批評的業蹟を検認すれば明瞭である。

《人間侮蔑とは反対に、人間の尊厳と個人の権威とを瞭然と打ちだすためには、いまこそ「個人主義文学」の確立が必要なのだ。……しかと近代個人主義の場を踏まへることによつて、個人を個人として把へにくい政治にたえず反措定を提出すること、それが現在文学者に与へられた唯一の「自由」ではないのか。》(「政治と文学(二)」)

平野謙のいうこの個人主義文学、あるいは近代個人主義なる概念が、ヨーロッパの十九世紀によって完成された歴史的概念と同質だったのはいうまでもあるまい。

だから、いわゆる戦後文学がその目的意識にしたがって、日本の文学的伝統の精髄と信じられた私小説を否定したのは、当然すぎるほど当然だった。同時に、その戦後派とともに、いや、むしろより以上に徹底した私小説の否定者として現われたのが、西洋に造詣ふかい講壇批評家——上林の引用した批評家の名をあげていえば、中野好夫とともに晴明な啓蒙批評を展開した大学教授グループ——だったのも故なしとしない。桑原武夫・西村孝次・本多顕彰・渡辺一夫・生島遼一などがこれに属し、これらの知的エリートが敗戦を機に日本文化の後進性についていっせいに発言を開始したのは、戦後のもっともめだった現象のひとつであった。かれらの論理によって、当時の私小説否定の基本的な発想のパターンがあきらかにされる。

いや、ことは私小説という一文学ジャンルの問題にとどまらぬ。西欧的知性の体現を信じたこれらの学者たちは、西欧市民社会の基本的型態に発見した近代の観念をふりかざして、日本文化の後進的表徴を痛烈に裁断したのである。

なかでも、桑原武夫の「日本現代小説の弱点」（昭和二十一年）はかれらの思考と論理の特色を結晶した典型的な文章であった。〈ルソーにはじまる西洋近代文学の――少なくともその主流の――根本的特色は文学の倫理化にあつた〉、西洋の〈偉大な文学者の中心問題は常に倫理の発見に、人生いかに生くべきかにあつた〉という根本の規定を論の前提として、その西洋の規矩に照らして日本の近代小説が痛烈に断罪される。

《思想と体験をかき、社会性を自覚せずして小説を書かうとする以上、作家は自己の私生活を語るよりほかはなくなり、私小説が生まれる。しかしその作家の個我は、社会と対決せんとするていの強烈なものではもとよりなく、したがつて人生いかに生くべきかの如き問題性を含まぬのであるから、これを作品として成立せしめるためには、「この一筋」に生きて自己をいよいよ狭ばめ《マヽ》、その圧縮凝固作用から発する一種の美的エネルギーを利し、これを文章の技巧によつて飾る以外に途はなくなる。たゞこの狭い道は日本文学に伝統する世外的隠遁的な風雅の道とつながるものをもつから、日本人のみには一種の淡い魅力を有するのである。》

桑原の所説にも明白なように、敗戦直後の私小説論は、小林秀雄の「私小説論」の再現という形をとってはじまった。桑原の論を駁したひとりに正宗白鳥がいる（「文芸時評」昭和二十一年）。〈泡鳴でも花袋でも藤村でも、或は秋声でも〉、かれらはかれらなりに人生いかに生くべきかに触れてゐるのだという白鳥の駁論をきくとき、それはすでに〈思想と実生活〉論争の再現であった。

小林秀雄と正宗白鳥との距離が、そのまま桑原武夫と正宗白鳥の距離である。ただ違うのは桑原の晴明な論理が、「志賀直哉論」を他方の極にもつ小林の振幅とは無縁に、直線的な批判をつらぬいたことだけである。小林の「私小説論」が批評家自身の理想的な現代文学のイメージをついに彷彿できなかったのに対して、桑原の夢想は西欧市民文学の傑作とひとすじにつながれていた。

桑原の指摘したかったのはしごく単純で明快である。実生活を離れていかなる人生が存するかという固有の想念に執した正宗白鳥らに対して——小林秀雄流にいえば——作家の〈私〉が実生活で死に、作品のなかによみがえる十九世紀リアリズムの正道を説き、私小説の傑作がもつ〈個人の明瞭な顔立ち〉を否定した。これは当時の私小説論の基本の骨骼である。社会化を放棄した自我に〈社会化された私〉の理念、つまり西欧ふうな近代個人主義文学の理念が対置され、私小説の文学伝統は近代日本文学の病根ないし歪みとして批判される。ここから理論的には、私小説の全否定という現象が生じたのである。

＊

戦後派の批評家や大学教授グループとともに、当時私小説のもっとも峻烈な批判者だったのは、他に、戦後派の内部で特異な位置にいた中村真一郎・福永武彦・加藤周一らのマチネ・ポエティクのグループや、ヨーロッパの近代を準拠として、日本近代の特殊性を測定するという批評原理から出発した福田恆存や中村光夫らがいる。

プルーストの心理主義手法を大胆に展開した「死の影の下に」一連の作者である中村真一郎は、同時に〈視像《ヴイジョン》の変革〉をとなえて現実把握のあたらしい角度を主張し、戦後文学の方法的課題の推進を担当した作家でもあった。かれを同人のひとりとするマチネ・ポエティクは、日本語による詩的音楽の獲得をめざして、ソネット形式の押韻の可能性を検証した。荒正人によって樹登り戦術だと揶揄された試行錯誤は、ついに西欧二十世紀文学の性急な移植の試みとしてのみ終ったが、そのかぎりにおいて、ヨーロッパの近代に自己を直結することで日本の近代を夢想する楽天性を否定できない。かれらの最初の発言に、私小説のさわやかな断罪がふくまれたのは自明である。

《何よりも一番大事なことは、フィクションを欠いた小説といふものが意味をなさないことだ。フィクションは小説の骨格であるにも拘らず、私小説は自ら小説の武器を捨て去つてゐる。ただ事実を羅列しただけなら、それは実話であり、記録であり、随筆である。如何に心理が詳しく再現されてゐても、それは畢竟作者個人のものだ。そこにある興味も亦事実として、現実としてのそれで、小説としての虚構の面白味からは縁の遠いものである。フィクションのない小説が面白くないことは、何よりも読者がよく知つてゐる。小説といふものはレストランに行つて食ふ飯の味なので、家で食ふ飯の味には何の新奇もない。》（「１９４６文学的考察・IX人間の発見」昭和二十一年）

マチネ・ポエティクの私小説批判が、意外にみすぼらしい比喩と論理しかもっていないのは不思議である。こういう常識論を展開するだけで、私小説の抹殺を本当に信じたのか。ここには自己の新しさをうたがわぬ批評家が、そのゆえに陥ちていった陥穽がある。かれらは私小説の古さをいちども本気になって考えたことはなかったのだ。

中村光夫は桑原の「日本現代小説の弱点」には同意しなかった。中村の「現代小説の弱点」は〈桑原氏の所論を駁す〉というサブ・タイトルつきで書かれた文章である。中村光夫は桑原の所説を〈抽象的な一般論〉だとしてしりぞける。中村によれば、近代文学の形成期の作者たち、つまり藤村や花袋や秋声らは〈文学の倫理化〉をめざして革新の情熱をささげ、フローベルやゾラを〈模倣〉してさまざまな錯誤をふくみながら自己の文学をひらいてきたのであり、重要なのはむしろ現代文学がその下降の歴史として出現したことにある。だから、中村光夫は日本文学の否定をかたる桑原の視点を〈文学の再建のため〉という視点に移行させ、現在の批評的関心の所在が近代文学の堕落の過程を明らかにすることにあるとした。しかし、おなじ中村が結論として用意したのは〈僕等がもし西欧の文豪から本当に何物かを学ばうとするなら、単に出来上つた作品を手軽に「模倣」するよりむしろこれを生み出した作家の精神をその生きた姿で理解し、嚙み砕き、身につけることこそ必要であらう〉という言葉であって、これを見ても、やがて「風俗小説論」にまで展開するはずの固有の発想が、西洋を師表として近代を追跡する定式とともにすでにととのえられている。

《「和解」から数へても三十年、「蒲団」まで遡れば四十年、我国の私小説の歴史もすでに半世紀に近いのである。或る文学のジャンルが極限まで発達し、行詰るにはすでに充分の歳月であらう。僕はここで所謂私小説否定論を繰返してゐるのではない。……ただその誕生以来すでに数十年を経て、生むべきものはすでに生み尽してしまつたかに見える我国の私小説が、今後もなほ文学の新生命を孕み得るジャンルであるか否かについて考へたいのである。小説を直ちに私生活告白の技巧と考へる自然主義以来の伝統的通念がどれほど現代の若い作家を毒してゐるかを考へたいのである。》(「文学の框」昭和二十一年)

「聖ヨハネ病院にて」を中村光夫が〈形骸化した芸術〉と呼んだ理由である。かれにとって問題なのは〈私小説といふジャンルそのものではない〉、固定化したジャンルをめぐって〈文壇の一部に今なほ抜き難く固着した心理上の形式主義〉が排されたのである。

福田恆存は昭和二十二年に「終戦後の文学」を展望した文章(吉田精一編「現代日本文学論」所収)

で、桑原武夫と中村光夫の論争にふれ、〈やはりこれは文学と政治との対立と同様に、現代文学が終戦後において明確な対決をすべく過去から引きついだ主題にほかならない〉と書いている。福田自身の立場はほぼ中村に近く、近代日本文学が過誤から発想してきた事実をいっぽうで認めながらなお〈過去の私小説をあくまで擁護〉し、が〈今日において、いはゆる私小説作家をみとめようとはおもはない〉という二元論を採る。

《私小説の正統は嘉村礒多によつて最後の終止符を打たれた。そののちにおいてふたゝび私小説の求道精神に身をよせることは、畢竟、安易な道といはねばならぬ。道なきところに道を拓く努力とその方法の発見とが私小説であつたとすれば、その道が拓け、方法の見いだされたあとにおいては、あたかもなほ道の拓けてをらぬがごとき苦吟一切いかゞはしいと見なければならぬ。》

＊

以上、敗戦直後の私小説論をきわめてアトランダムに見てきたわけだが、いっぽうこれらの批判に発して、私小説についてのより詳細な理論構成が展開されたことも、戦後における私小説論の特色として記憶されてよい。当時の批判が時代の要請を信じた批評家の性急な近代主義ゆえに、やや観念的な空転を見せたのに対して、私小説の構造を風土と歴史にたちあわせた本質論は、現象批判の不毛性を救えるだけの論理化に成功した。

福田恆存はいうところの歴史的錯誤をたずねて「近代日本文学の系譜」を書いた。芥川龍之介を〈比喩の文学〉という視角で再評価した試みも、私小説論の逆照射だった。「私小説作家論」の著者である山本健吉が、私小説の理想形に一種の批評小説を望見した発想も独自である。中村光夫の「風俗小説論」が私小説批判と車軸の両端をなす論理の発展だったことはすでに述べた。

しかし、それら多くの試みのなかでとりわけあざやかだったのは、伊藤整と平野謙による私小説の論理的構造化である。

伊藤整は「小説の方法」で、日本の文学風土とそこに生いそだった文学の構造に理論解明をあたえながら、自我の社会化を閉ざされた私小説作家を世間から文壇への〈逃亡奴隷〉という有名な規定で一括し、かれらの自我を調和型と破滅型の二型に分析した。平野謙はこの理論をさらに発展させて〈私小説の二律背反〉論を組みたて、批評的実践として「芸術と実生活」を書いている。

生の不安、生存の危機を救援せんとする希いこそ、私小説の徴表にほかならない。しかし、生の危機感を制作動機とする破滅型の作家は実生活に危機そのものを設定して、太宰治や田中英光のように生の破滅をいそぎ、生の危機と破滅を克服して調和的な自己完成をめざす調和型の作家は、内発的な制作意欲を喪失して寡黙となるかマナリズム化してくる――というのが、平野の論のおおそであった。

みごとな論理構造である。俗に平野理論などと呼ばれるこの公式が、今日私小説論の定説と目されるのも決して不自然ではない。

しかし、すべての論理的概括は論理の糸が細くなればなるほど、対象の附加的部分をきりおとし、素朴な事実を排除する傾向がある。はぶかれた部分の大きさは網の目の細かさとは無関係である。現象から出発したはずの論理が、理論的結晶を遂げたとたんに現象の変貌を追跡しえないという事態が生ずる。平野理論もこの論理の必然をまぬがれなかった。なによりも私小説の変貌という容赦ない事態が、平野謙によってあたえられた概括のそとがわで進行していったのである。

もっとも見やすい例は、昭和十年代にさかのぼる私小説のパロディ化であろう。たとえば伊藤整は「得能五郎の生活と意見」（昭和十五年〜十六年）で、私小説固有の発想を巧妙に操作しながら、閉塞した時代を生きる知識人の命運をカリカチュアライズするという独自の手法を試みた。〈小説の方法〉の執拗な追求者として知られる伊藤の理論は、戦後の「鳴海仙吉」（昭和二十一年〜二十三年）において、おなじく混乱した時代に処する自我の多面な様態を多様のままに定着するためのより多彩な方法上の実験にまで発展したが、そこでもなお、私小説の微妙な擬態が様式上のさまざまな試みの背後に発見できる。

また私小説のパロディという視点でいえば、太宰治の「ヴィヨンの妻」（昭和二十二年）以下一連の短篇も、あきらかに同系列の作品であった。「鳴海仙吉」が個性の多角形を志向する試みであったのに対して、太宰が私小説の語り口を借りてくりひろげた人間喜劇は、自我の稜角を不当に、もしくは極限にまで拡大して見せたというちがいがあるにすぎない。その他、佐伯彰一によって〈芸術家小説の一変種〉と呼ばれた織田作之助の「世相」(昭和二十一年)や石川淳の「無尽燈」(同年)「焼け跡のイエス」(同年)なども、ものを書く人間〈わたし〉を語り手とする一人称小説という単純な外貌と、その単純な設定に託された積極的な方法意識とによって、私小説の庶子、つまりパロデイと見ることができよう。小説様式の変貌という事態はこれらの試みのなかでいっそう明白だったわけであり、当然、戦後の私小説の命運について語るためには、この種の作品を避けて通ることはできない。

しかし、すでに見たような戦後の私小説批判があげて批判の対象にえらんだのは、そうしたいわば〈変貌した私小説〉ではなかった。もちろん上林暁がその運命について語った私小説もおなじである。この国の文学伝統にはより純粋な、風化しない私小説の命脈がなお生きのびていると信じられていたし、事実、生きのびていたのである。いうまでもないことだが、本稿が当面の対象としてその変容を指摘しようとしている私小説、わたしがさきに〈もっとも古風な風貌〉と呼んだのも、おなじ純粋私小説の系譜についてである。

＊

《今後私小説はどうなるか、その運命をトすることは、僕には出来ない。又、今後私小説はどうあるべきかに就いても、僕は理論づけすることは出来ない。ただ、今迄通り、私小説といふものは、客観主義に立つ本格小説に対する非本格小説として、理論的には継子扱ひを受けながら、実際的には不死身のやうに生きつづけるだらうといふことは言へると思ふ。》

「私小説の運命」の冒頭の一節である。八方破れの宣言である。が、現実の事態はその八方破れの正しさを立証していた。上林暁の断言したように、私小説は批評の如何にかかわらず書かれてきたし、現に書かれていた。

上林が私小説の永生を信ずる論の根拠として、〈いはゆる進歩的な民主主義作家と目される人々〉つまり新日本文学会に結集したプロレタリア文学の再起が、私小説の形をとって出現した〈終戦後の新しい事実〉を指摘するのは皮肉である。たしかに上林の指摘したごとく、宮本百合子の「播州平野」(昭和二十一年〜二十二年)「風知草」(昭和二十一年)以下、徳永直の「妻よねむれ」(昭和二十一年〜二十三年)、佐多稲子の「私の東京地図」(昭和二十一年〜二十三年)など、新日本文学会主流の作品は、ことごとく私小説的発想にたっていた。現実の矛盾にせまる革命的認識を私小説の枠内で処理するこの傾向は、中野重治の「むらぎも」(昭和二十九年)、佐多稲子の「歯車」(昭和三十三年〜三十四年)など、現在にいたるまで一貫してひきつがれてきた。新日本文学会の主要な業績は、私小説的風土の外側へ自己を拡大することがほとんどなかったのである。

もちろん、こうした傾向にたいして会内外からの批判が絶無だったわけではない。しかし会主流の基本的態度はつねに曖昧で、芸術方法の本質とつながるこの問題の正当な追求がおこなわれたことはいちどもなかった。福田恆存の指摘があるように、問題の回避は〈政治的拘泥〉のゆえであったかもしれぬ。が、いずれにしても、痼疾とも呼ぶべき病患の根はふかく、事態は戦前のプロレタリア文学運動が政治優先の不動の鉄則にしばられて、革命文学としての固有の方法をついに確立できなかった不毛性にかかわる。蔵原惟人や中野重治らの論によっても明らかなように、新日本文学会はその標榜する民主主義文学運動を、〈(プロレタリア文学) 運動の正規の成功、発展〉(中野重治「日本文学史の問題」) として位置づけるところから出発した。負債をふくめてすべての遺産が無批判に継承されたゆえんであり、したがって革命文学の私小説的風化という奇体な現象もつねに批判の外側におかれることになった。

上林暁が私小説批判の一事例とした平野謙の前記「文芸時評」は、おそらくこの問題についてのもっともはやい批判のひとつである。のちに「民主主義文学の問題」と題して「戦後文芸評論」に収められたこの文章で、平野は、当時民主主義文学の有力な新人として迎えられつつあった小沢清の「町工場」や、中野重治が激賞したという佐々木宣太郎の「病舎にて」などをとりあげ、かれらの小説が〈青年個有の初々しい純粋〉の晶化に成功していることをみとめながら、あまりにも素朴に体験的事実と密着していることを批判した。平野はこれらの〈質朴な作品〉をいっぽうで野間宏の「暗い絵」や梅崎春生の「桜島」と対比し、他方で志賀直哉の「兎」と比較する。平野野によれば、平野謙は間や梅崎の小説は〈実生活だけを養分として育てられたものではない〉、〈紛ふかたない独自の文学的思考が定著され〉た作品であり、それに対して志賀の短篇は、どの一行にも〈老年の美しさに裏うちされた「作家の眼」〉が光っている。

　眇たる一文芸時評に、芸術方法についての本質論を期待するのは無理であろう。しかし平野謙の描いてみせた図式は、私小説のすくなくともいちめんの真実をするどく衝いている。私小説が「暗い絵」や「桜島」のような〈独自の文学的思考〉——というより、独自の方法によって領有された構造的な文学世界といいなおしたほうがわかりやすいが——を所有しないのは論をまたぬ。方法の欠落を埋めるのは、肉体の全重量である。私小説はその文学的世界を統括する唯一の原点に、作家の生身をおいた。重要なのは、〈胸は紅く肌が見えてゐた〉(「兎」)という志賀直哉のなにげない文章の感銘が、平野の眼に、〈佐々木や小沢らのと較べ〉て〈確然たる質の相違〉と映じ、いわば〈文学と事実との相異〉と見えた事実である。

　志賀の文学をささえたのは何であったか。平野謙はおなじ文章のなかで、偶然目にふれた志賀直哉の写真について語り、頬から頤にかけておだやかな線を刻む〈美しい年寄りの顔〉を讃美する。〈この老年の美しさにまで醇化されてこそ「胸は紅く肌が見えてゐた」といふ一片の文章も流露する〉——これは一見して奇妙な感想である。ひとりの作家がながい時間をかけて獲得した一行の美しい文章、もっと正確にいえば、その美しい文章を書きうる円熟した才能と、かれの肉体がたどりつく美しい老年とを自在に混同したこの無造作な断言は、醜い老年によって書かれた美しい一行もありうるという自明の理をひきあいにだすまでもなく、論理上のあきらかな錯覚あるいは誤謬を犯している。もちろん、平野謙の発言は、文学的円熟をもたらすために必要な文学的修行の指摘などではなく、美しい一行と美しい肉体との素朴な対応を説いたものとして読むべきであったが、しかし、かれの錯覚や誤謬をなまじ咎めだてようとするのは、逆に、私小説についての正確な理解からいっそう遠ざかることになろう。実はこの種の飛躍的な認証のなかにこそ、私小説のもっとも本質的な部分がいいあてられていたのではないか。古風な文芸翫賞家をもってみずから任ずる批評家の実感は、私小説の読者が作品のなかに読むのは作家の素顔でしかないという事情の比喩としても、また、私小説の世界をそのあらゆる細部まで支配するのが、作品の中核から四方に強烈な光芒を放つ作家生身の個性であるという事実の比喩としても、ほぼ正確に的を射ていた。

＊

戦後文学の生んだあたらしい小説型態のひとつに、いわゆる風俗小説がある。丹羽文雄・舟橋聖一・石坂洋次郎らを有力な担当者とするこの〈通俗的な純文学〉――という意味で、それは横光利一の純粋小説の戦後的変種にちかかったわけだが――は、昭和二十四年ごろに最初の流行期を迎えた。その風俗小説の流行と表裏をなして、私小説の衰微が説かれ、あきらかな後退現象が生じた。時をおなじくして、いわゆる戦後派の文学運動としての解体と、その担当者たる諸作家の個性的営為への復帰という現象が生じた。昭和二十四年という年は、戦後文学を見とおすうえでの——あくまでも仮設的ではあるが——いちおうの時期区分の下限となる。戦後文学の戦後的意味のより重要な部分は、この年をもって消滅したと認めてよい。

おなじ時期、つまり昭和二十一年を上限とし、昭和二十四年を下限とする時期に書かれた私小説は、上林暁も力説していたように、かれ自身の「聖ヨハネ病院にて」をふくめて意外に多い。いま、思いつくままにあげてみても、平林たい子が「かういふ女」以下一連の自伝小説を書き、高見順は皮剝の決意をこめて「我が胸の底のここには」を連載した。自己の体験を私小説とはもっとも遠い方法で処理することに成功した「俘虜記」の作者でさえ、「海上にて」以後、私小説の世界へいちじるしく接近し、その他、宇野浩二の「思ひ川」、尾崎一雄の「虫のいろいろ」、島木健作の「赤蛙」、壇一雄の「リツ子その愛、その死」などが書かれた。

こんなふうに列挙してゆけば際限がない。野間宏の「暗い絵」がそうであり、梅崎春生の「桜島」がそうであったように、戦後文学運動の中枢に参画した作家といえども、戦争を濾過した暗い季節の体験から目をそらすことは不可能だったのである。彼我の異質は、要は体験を処理する方法の問題に帰着するわけだが、これは〈戦後〉という特殊な時代の意味が、それに先立つ暗い時代にすごされた生の意味を領略することなしに、いかなる出発をも作家に許さなかったという事情とも照応する。存在の原初型態にまでさかのぼるその生体験を、もっとも手馴れた手法で——だといって、それがもっとも安易で手軽な方法というわけにもいかないが——処理したのが私小説の作者たちであった。その事実を否定することはできぬ。しかし同時に、それを否定しえぬのとおなじ確かさで、かれらの小説がなまじな観念的、あるいは方法的操作を経て造型された作品以上に、より直截な感銘をさそいえた場合もあるという事実を否定できないのは、いったい何故であろうか。

わたし自身の感銘にそくしていえば、志賀直哉の「灰色の月」と、横光利一ののちに「夜の靴」としてまとめられた一連の日記体の小説とが、もっとも印象的な私小説であった。いずれも敗戦直後に書かれた作である。

＊

「灰色の月」は昭和二十一年一月の「世界」に掲載された短篇小説である。あらゆる夾雑物を昇華したあとの、いわば私小説の純粋な原型にちかい作品である。

《昭和二十年十月十六日の事である。》

という一行を末尾に有する「灰色の月」は、もちろんこの日付の意味する時代の状況を正確に思いあわせて読まれねばならない小説である。さりげない一行の日付を、いまなおわたしたちの心象から消えやらぬ暗い記憶で確認することによって、餓死寸前の少年工を乗せて走る電車のふしぎな光景も、その少年に対する乗客たちのさまざまな反応もはじめて正当に読みとることができよう。そういう意味でなら、これは恐ろしく時代性の強い——つまり芭蕉流にいえば〈流行〉の小説であった。

しかし、かりに昭和二十年十月十六日という日付の指定を欠いていたとしても、〈東京駅の屋根のなくなつた歩廊〉の描写からはじまるこの小説は、無用な細密描写をしりぞけた的確な一行だけをつみかさねて、あの暗く異常な時代の雰囲気をまざまざと再現している。つまり、事象の本質を表現するに必要な実質だけを感じとるすぐれた感受性と、その卓抜な感受性の網の目にすくわれたものを正確に対象化する無類の表現能力とは、志賀直哉という作家からいぜんとしてうしなわれていなかったわけである。

にもかかわらず、わたしがこの小説で真に目をみはる想いだったのは、小説の技術の冴えでもなければ、小説の思想でもない。それは飢えてよろめきかかる少年工を思わず肩で突きかえした、あの身のこなしのするどさであり、観念をうらぎる肉体の反射であった。そこには、たとえば「暗夜行路」の世界を傲然と支配したとおなじ、まぎれもない志賀直哉の生身が立っている。読者は作品のなかに作家の素顔だけを読む。作品の内的世界はそこに息づく作家自身の倫理、判断、感覚、思想など、いわばかれの全人格存在の放射する光によってくまなく照らしだされる。実生活と次元をひとしくして、だから真の意味での構造をもたない小説が実生活の断片に解消する危険を辛うじてふせいでいるのも、作品を内部で統一する作家個性の強烈な印象である。私小説の唯一の原理とはそういうものであったはずだ。「灰色の月」を小説としてのぎりぎりの一点でささえるのは、志賀直哉というたぐいまれな個性の放射する強烈な魅力である。あらゆる思想、あらゆる観念に優先して肉体の潔癖な反応を信じ、感覚の判断を信じてきたこの作家の健在は、うす汚れた少年工へのほとんど本能的な嫌悪をかくそうとしない身のこなしによってしめされた。「灰色の月」に志賀直哉の復活を喝采した読者は、作者のなお衰えぬ生身の魅力に拍手したのである。俗ないいかたをすれば〈少年工の身体を肩で突返した〉非情な老人が志賀直哉であったからこそ、「灰色の月」は佳作として迎えられたのだ。

横光利一の「夜の靴」にも似たような事情が指摘できる。この小説は昭和二十年八月十五日の敗戦の日に筆をおこし、同年十二月十五日まで四ヵ月間の日常をおそらく虚構を交えることなく、ありのままに書いた日記体の小説である。横光は当時、山形県の片田舎に疎開していた。敗戦の報を聞いたとき、かれは西日を受けて光る山脈の無言のどよめきをきき、夏菊の懸崖が焰の色に燃えあがるのを見た。つぎの日には、〈茎のひよろ長い白い干瓢の花〉について書いている。〈敗戦の憂き目をぢつとこのか細い花茎だけが支へてくれてゐる〉のかと。また、そのつぎの日には、老婆の〈最後の生の眺めのごとき曲つた後姿〉について、庭石に白い蝶の影をおとす午後の日ざしについて、歴史を秘める山河のたたずまいについて——などのことを書いている。こうして、作者は敗戦の痛手を孤独に耐えながら、故国の山河と、そこに住む人間たちのささやかな生の営みを写してゆく。横光はそこでは、旅人に似た疎開者にすぎない。かれの眼にうつる農民たちは無智で、強欲な生活者の心情と論理を隠そうとしない。しかし、かれらの生活と心理を見まもる作者は、透徹した主観の美しさを自分のものにしている。〈何か夜光の生物が放つ妖しい光のやうに冴えて美しい〉——「夜の靴」をこう批評したのは河上徹太郎である。わたしもまた同感であるが、この小説のそうした妖しい感銘は、作者自身の〈生〉の衰亡と、祖国の敗北がもたらした挫折感との二重のおくゆきをもっている。濃いフィルターをかけると、背景の空は暗く沈んで、被写体の陰影がくっきりと浮びあがる。虚構を放棄した横光は、危機を凝視する裸の眼をフィルターとした。私小説の方法がそれを可能にしたのである。

私小説が危機とともに羽ばたく不死鳥であったことの意味がここにもある。島木健作の「赤蛙」、尾崎一雄の「虫のいろいろ」、檀一雄の「リツ子その愛、その死」などとあげてゆけば、時をおなじくして書かれたこれらの私小説が、いずれも身辺の病気や死を発想の軸とする小説であったのは決して偶然ではない。危機的状況に遭遇した自我の緊張が、自我の軌跡をきざむ私小説の世界に高度の芸術的結晶をもたらすのは自明であろう。それは明治四十年代における自然主義形成の事情(註)にまでさかのぼって、挫折と敗亡の危機に際会した〈生〉が自己の肉体にまで後退した地点で、その存立を辛うじてたもつ〈所有〉の形式であった。

（註）　自然主義文学の成立、およびその成立過程における私小説性については別に書いたことがある。ここでは註記の形でその一節を引用しておく。

《現実と自我の対立の不均衡を、もはや耽美的・感傷的な夢と空想によつて処理できぬかれらは、自己の体験に作品の素材をもとめることで、いわば自己への集中による対立の解消をはかつた。現実における生の基盤がいかに稀薄だつたにせよ、すくなくとも私生活だけは、作家が生の意志を見うしなつていないかぎり、みずから確かめることが可能なゆるぎなさをもつている。いや、すでに彼等にあつては、近代社会そのものが——自身生産し、発展し、変型する外在的機能としてではなく——個人的な哀歓や思惟にさまざまに染めわけられた内在的契機として、作家の内部にのみ存在し確認されるものにすぎなかつた。したがつて、封建社会を批判する「近代」も、それを支えるべき社会の重量感をもちえず、個人の私生活のうちに解体し、個人の記録のなかだけに存在する。おそらく浪漫派の歴史がそれを立証した。藤村や花袋はそういう私的な記録に、自我を追求する場を限定し、そこに彼等特有の近代所有のありかたが生れたわけである。むろん私生活のささやかな近代性も、つねに現実とあらがつてともすれば崩壊しがちである。自我はたえず鬱屈した想にとざされている。しかし、私生活における閉塞した自我も、すくなくともその背後には、作家の全人間的な精神の重量をおいているはずだつた。そして、社会的な壁のなかで、壁をつきくずしてでる自我のつよさを信じえないままに、能動的な行為を放棄せざるをえない藤村や花袋は、私生活の自我の悩みや被辱をうつすことによつて、その背後にあるべき近代精神の全重量をも、あわせ提示しようとした。解放された自由のなかにだけでなく、敗北する悲傷のうちにも自我のすがたは存在したのであるし、敗北の悲劇は、自己の体験をかたることによつてのみ、いつそう切実であつたのはいうまでもあるまい。》

「夜の靴」の具現した夜光虫の妖しさも、おなじく危機にたちあう生の裸形の妖しさであった。と同時に、この小説のもたらす感銘がひときわふかいゆえんは、それが〈小説の神様〉のいたましい破産の姿を告げるものであった、という事情ともおそらく無関係ではあるまい。つまり「旅愁」から「夜の靴」への道に横たわる横光利一の別の悲劇が、小説自体の感銘をいっそう深いものにする。「日輪」から「旅愁」にいたるあの作者がついに「夜の靴」を書くにいたったのか、という楽屋落ちの感慨が、淡々とした日記体の叙述をひどく陰影のふかいものにするのである。楽屋落ちではある、だがそれは決して無用な感慨ではない。

《開発者として遍歴者としての君の便りのなかに、僕は君の懐郷の調べも聞いてゐた。……感覚、心理、思索、そのやうな触手を閃めかせて霊智の切線を描きながら、しかし君は東方の自然の慈悲に足を濡らしてゐた。君の目差は痛ましく清いばかりでなく、大らかに和《なご》んでもゐて、東方の無をも望み、東方の死をも窺《うかが》つてゐた。》

「横光利一弔辞」の一節でこう書いたのは川端康成である。この弔辞の美しい響きもまた、横光の変貌をすべてみすかしたおなじ感慨に発していたはずだ。「夜の靴」も、「灰色の月」とおなじように、作者の全生涯についての正確な知識と理解が読者に要求されるのである。これはもちろん、私小説を読む必須の条件にすぎない。最初の私小説論がにぎやかに論議されていた大正十五年に、谷崎精二がすでにつぎのように書いている。

《作家と同時代の読者は雑誌のゴシップ記事や何かで朧げながら作家の私生活の輪廓を察し得る。だがそうした便宜の無い後代の読者に執つて、作家の私生活に就いての予備知識を持つ事は作品を味ふ事に必要でないと云へない。即ち作家自身が其の生活を蔽ふ処無く作品の中に示す事は、さうした事情から云つても大切である。》（「作家と私生活」）

この種の奇怪な断言が、さして奇怪でなく通用するところに、私小説のひとつの側面があった。私小説のもっともあざやかな魅力が作家個性の総体とともにあった以上、かれの全容を知悉する試みが決して無用でなかったのも当然である。

しかし、谷崎の誤解は、作家が私生活の全域を作品のなかにえがきこむことと、読者が作家の私生活についてすべて知悉することとをあまりにも無規定に同一視したことにある。この種の誤解にかかわって、私小説の身辺雑記性が、あたかも私小説の本質と化したかのごとき錯覚が生じた。だが、身辺雑記の安易な手法にまで堕しおわった私小説を問題にする必要はない。重要なのは、無数の身辺雑記のなかにあって、なお、危機的状況とともに再生する作家個性の強靱な魅力が、たとえば「灰色の月」や「夜の靴」などのような形で存在したという事実である。それは私小説の永生を支え、私小説とともに生きのび、ほろびなかったものである。そしてまた、あらゆる私小説論がついにねじ伏せることのできなかった唯一の実質である。西欧のリアリズムが、わが国の文学伝統と出あった場所に胎生した、日本の近代文学の実質でもある。

＊

大正十四年に、久米正雄は心境小説を目して〈芸術の花冠を受くるもの〉と断じながら、つぎのように書いた。

《心境とは、……一個の「腰の据わり」である。……要するに立脚地の確実さである。其処からなら、何処をどう見ようと、常に間違ひなく自分でありい得る。……心の据ゑやうである》

かれの心境小説論は忽然として、文学論から人間論に転化したのである。ややおくれて、芥川龍之介も「暗夜行路」を讃美しながら、つぎのように書いた。

《志賀直哉氏の作品は何よりも先にこの人生を立派に生きてゐる作家の作品である》

心境小説を仰望した久米正雄や芥川龍之介は、実は小説の背後に透けて見える強烈な個性の表情に脱帽したのである。かれらもまた、小説の内部に生身の人間の素顔を読んだのだ。かれらの論理は、危機的状況に耐えてそびえる強靱な肉体への信仰告白にほかならない。

きびすを接して、芥川龍之介の悲劇がつづく。この市民文学のすぐれたチャンピオンは、思想以前、文学以前の裸の〈人間〉にいたましい憧憬を語りのこして、自裁した。そして、芥川の死が知識階級の内部にあたえた大きな衝撃を完全に処理するいとまもなく、昭和文学の狂燥な歴史は自己の軌道を自転しはじめる。自転は、久米や芥川によって仰望された〈人間〉を完全に黙殺することからはじまった。

たとえば小林秀雄は昭和十年につぎのように書いている。

《わが国の自然主義小説はブルジョア文学といふより封建主義的文学であり、西洋の自然主義文学の一流品が、その限界に時代性を持つてゐたのに反して、わが国の私小説の傑作は個人の明瞭な顔立ちを示してゐる。彼等（マルクシズム文学）が抹殺したものはこの顔立ちであつた。思想の力による純化がマルクシズム文学全般の仕事の上に表はれてゐる事を誰が否定し得ようか。》（「私小説論」）

しかし、マルクス主義文学は私小説の〈個人の明瞭な顔立ち〉を、果してよく抹殺しえたか。たとえば中野重治がその転向小説を、「小説の書けぬ小説家」や「村の家」のような形で書かねばならなかった事実に照らしても、誤算は明らかである。なるほど、かれらはその〈個人の顔〉を黙殺した。だが、黙殺と抹殺はちがうのである。事態は昭和十一年に、当の小林秀雄が正宗白鳥と、トルストイの家出をめぐるいわゆる〈思想と実生活〉論争をたたかわせたときに、いっそう明らかになる。

論争の展開をこまかく紹介する必要はないだろう。〈実生活から全く遊離した抽象的煩悶はない〉、したがってトルストイの家出もそれが抽象的煩悶の結果であったにせよ、その決行をうながしたのは〈夫婦間の実生活〉である、〈実生活と縁を切つたやうな思想は、幽霊のやうで案外力がない〉

という唯一の論点を固執する正宗白鳥に対して、小林秀雄は〈あらゆる思想は実生活から生れる。併し生れて育つた思想が遂に実生活に訣別する時が来なかつたならば、凡そ思想といふものに何の力があるか。大作家が現実の私生活に於て死に、仮構された作家の顔に於て再生するのはその時だ〉という本質論をつきつけた。

論理の整合と構成の密度を比較すれば、小林秀雄のほうがはるかにたちまさって見える。論争に終止符をうった最後の文章、「文学者の思想と実生活」などのごときは、実生活を超越し、実生活につねに犠牲を要求する〈思想の壮大にして且つ無気味な力〉を力説しながら、堂々たる大論文の風格をそなえている。にもかかわらず、小林の緻密な論理をもってしても、思想のあらゆる顕現を作家の私生活に還元する白鳥の固陋な思考方式――小林のことばを借りていえば、〈永年リアリズム文学によつて錬へられた正宗氏の抜き難いものの見方とか考方とか〉を、ついに否定しさることも抹殺することもできなかったではないか。小林秀雄は手をかえ品をかえ、執拗に城を攻めつづけた。しかし、白鳥の城を抜くことはついにできなかった、というのが〈思想と実生活〉論争を再読しての印象である。論争の首尾をつらぬいて崩れさることのない白鳥の単純な、それでいて強固な〈白鳥らしさ〉――それはかつて十年前に、久米や芥川によって仰ぎ見られた心境小説作家の生身の人間像にそのままかさなるものであった。

小林秀雄の論は、論争に先立って書かれた「私小説論」で、実生活のうちに〈私〉が死に、作品のなかに〈私〉のよみがえる文学者の〈社会的自我〉について説いた論理と軌を一にし、同一の視点をふまえて発想されている。そのような視点の設定に、マルクス主義文学運動の崩壊と、モダニズムの形式主義運動の解体が併行した時点に登場した小林秀雄の歴史的意味があったわけだが、そのとき、小林の最大の敵としてたちあらわれたのが、昭和文学の実質を形成したふたつの文学運動によって、まったく否定ないしは黙殺された作家の肉体であり、人間であったという事実を〈思想と実生活〉論争は暗示している。白鳥がトルストイの家出をややおとなげない茶化しかたをしながら、抽象化された思想の無力をかくも執拗にくりかえすことができたのは、かれのすでに生理と化した自然主義的人間観のせいであったことはもちろんであるが、同時に、生身の肉体と乖離する思想の悲喜劇として終始したマルクス主義文学運動の転変を、冷ややかに見すごしてきた傍観者の実感もそこにこめられていたにちがいない。

おなじ頃、久米正雄はふたたび「純文学余技説」を書いて、志賀直哉を〈純文学の最高峰〉にあおぎながら、私小説・心境小説への郷愁をかたりはじめる。横光の〈色々の構成や本職的企みのある小説〉は、かれの基準に照らしてやはり〈六ケ敷い通俗小説〉にすぎなかった。中断されていた心境小説論が忽然とよみがえったのである。かつての「私小説と心境小説」の筆者であり、私小説の屏息期に〈尻尾を巻いて〉外国へ逃げだしたはずの久米正雄によるこの自信に満ちた断言は、それを批判する広津和郎がふたたび〈散文精神〉について語らねばならぬという照合をもあわせて、まさに時流のうごかしがたい回帰を思わせたのである。

思想の跳梁に耐えて生きのびたこの〈個人の明瞭な顔立ち〉の日本的なエネルギイ――肉体によって所有された〈近代〉の確固不抜――を、マルクス主義文学は強力な敵として、全力をあげて打つべき文学上の敵としてついに気づかなかった。のちに上林暁から私小説の不死身の実証としてひきあいにだされるほど、かれらが文学方法の上でそれを超ええなかったゆえんである。

*

わたしがさきに純粋で古風な私小説の変貌と呼んだものは、右に見たような、かつて私小説の背後に光芒を放っていた壮大な肉体の死にほかならない。私小説をささえ、私小説とともに生きのびてきた〈所有〉の形式が、戦後十五年を経た時点でまったく解体したという事実の確認である。たとえば三浦哲郎の「忍ぶ川」を理解するために、読者は私小説の通例であったはずの作家についての完全な知識を必要としない。これは作者が無名の新人であり、経歴や人柄を知るてだてが読者に残されていない、という自明の理にかかわるものでは決してない。この小説のどこに、個性の魅力と呼ぶにふさわしい人間の体臭がこめられているか。

形こそ変っても、島尾敏雄の「死の棘」にもおなじことがいえそうである。

「忍ぶ川」の古風で善意にみちた恋物語は、〈私〉についての描写をできるだけ簡潔にきりあげる私小説の方法を逆用することで、無用な夾雑物なしに情念のゆらぎをうたいあげることが可能だった。たとえば兄姉たちの無惨な生きように対する〈私〉の反応は、〈背信〉という簡単な一語で処理される。たとえば青年の恋が恋としてなりたつためには、他者の〈背信〉と〈愛〉のモラルの成立についてなど、描かれねばならぬ多くの心理的屈折をとりおとしたまま、作者はいそいそと、現実ばなれのした恋の世界へはいってゆく。主人公の性格と心理にこうした曖昧さをのこして物語を進めることは、私小説にのみ許された特権である。作者は私小説の方法を援用して事実の選択と抽象をはかり、体験を再構成しながら〈古風な〉小説的世界を結構したふしもある。

「死の棘」では事態はもっと明瞭である。ここでも〈私〉の描写は必要かつ最小限にとどめられ、そのことで、〈私〉は座標系の原点の位相を確保する。あくまでも受身の〈見る人間〉と化し、狂った女人の像を刻明に描きこんでゆくのである。戦後派の過中に身を置いた島尾敏雄の方法論が、そこにみごとに示されている。

やや大胆な推測だが、私小説的発想はいまや明晰な方法的自覚と化しつつある。もっとも古風な風貌のなかに、明らかな異種を胚胎したのであって、それは戦後十五年の転変が私小説に強いた最大の変容であった。おそらくその端緒をひらいたのは、安岡章太郎や庄野潤三らのいわゆる第三の新人たちであろう。かれらは昭和二十五年前後の戦後的状況の終焉期に、奥野健男のいう〈相対安定期の作家〉として出現し、戦後文学の土壌の地ならしを私小説風土への復元によって試みたのである。おなじ頃に、田宮虎彦の「絵本」や志賀直哉の「山鳩」など私小説の制作がふたたび活発化し、川崎長太郎の一連の娼婦ものも、異様な生活と題材への興味からひろく読まれたが、安岡以下の仕事は、それらとははっきりと質のちがったものであった。いずれにしても、私小説の方法的自覚というこの変質は、従来の私小説論の視点を根本的に変えることを要求する。いや、要求するかもしれないのである。

あとがき

機会のあるごとに書きついできた旧稿から、多少とも文学史の動向を視野に入れた論を選んで編集しました。わたしとしては最初の文学史論集ということになりますが、時々の発表の場所に応じて、かなり啓蒙的な文章もふくまれています。

「日本文学の近代と反近代」という書名は、われながら羊頭狗肉の感をまぬがれませんし、所収論稿のすべてがこの主題で統一されているわけでもありません。むろん、反近代という言葉自体のあいまいさにも問題がのこります。

いいあとがきでなにをいっても、所詮は見果てぬ夢のくりごとに似るでしょうが、目下、わたしの関心の対象である——というより、わたしに必要な〈反近代〉は西洋の受容を強制された明治の知識人が、そのゆえにみずからの内部にめざめさせた反西洋の感覚、思想や論理にまで形をととのえる以前に、より多く感性や美意識、そしてまた無意識の領域にかかわって現われてくる反措定であります。西洋を基準とする〈近代〉と、そのあわただしい受容が逆照射した〈反近代〉とを同時に見とおす複眼を手に入れることなしに——言葉をかえていえば、文学史の評価基準を文学史の外にではなく内から発見しなければ、日本の近代文学史は正当に評価できないだろうという予想が、わたしにはあります。西洋の近代文学が、もはやこの国の近代文学を写してみる無謬の鏡でありえないのは自明でしょう。

もちろん、そうした複眼なり評価基準なりはわたしにとって――「舞姫」の太田豊太郎にならっていえば、〈猶ほ重霧の間に在りて、いつ往きつかんも、否、果して往きつきぬとも、我中心に満足を与へんも定かなら〉ぬ前途の方鍼にすぎません。なによりも、そのことが本書に〈さまざまのなげきとわづらひ〉をのこしたわけですが――これは「藤村詩集」序の口真似です――にもかかわらず、最初の文学史論集に羊頭を掲げたことだけで、いまは満足しています。

なお、所収論稿の初出はつぎの通りです。

近代文学の諸相――谷崎潤一郎を視点として

原題「明治大正昭和三代文壇史」、中央公論社版『谷崎潤一郎全集』月報に連載。昭和四十一年十一月〜四十五年七月。

日本の近代化と文学

東京大学出版会刊『東京大学公開講座・文学と人間像』所収。昭和四十年十二月。

反近代の系譜

『解釈と鑑賞』(至文堂)昭和三十五年一月号。

漱石の反近代
　原題「漱石と反近代」、『国文学』（学燈社）昭和四十年八月号。
詩的近代の成立――光太郎と茂吉
　原題「光太郎と茂吉――詩的近代の成立に関する側面の主題」、『国語と国文学』昭和三十六年十月号。
白樺派の青春
　『解釈と鑑賞』（至文堂）昭和三十二年八月号。
芥川龍之介の死とその時代
　角川書店刊「近代文学鑑賞講座」第十一巻『芥川龍之介』所収。昭和三十三年六月。
私小説の動向
　原題「現代文学の動向――私小説をめぐって」、有信堂刊『現代日本文学』所収。昭和三十七年九月。

　最後に、本書の刊行に際しては、東京大学出版会の各位にお世話になりました。記して謝意を表します。

　　昭和四十七年八月

三　好　行　雄

解説

安藤　宏

本書は、戦後の近代文学研究に大きな足跡を残した三好行雄の、その代表的な文学史論である。特に題名の「反近代」という概念は三好の文学史観の根幹をなすもので、昭和四七年の刊行以来、わが国の研究のパラダイムの形成に大きな影響を及ぼした。単に学術書として古典的な価値を有するのみならず、叙述は広く一般読者をも意識したものなので、これから近代文学研究を志す若い読者、あるいは近代文学の研究で何が問われてきたのか、という概要を理解したい読書人にとっても、今なお入門書として大きな価値を持つのではないかと思う。

時間の差異と空間の差異

よく知られるように、夏目漱石、森鷗外、永井荷風という、近代を代表する文学者たちは、それぞれに洋行の経験を持ち、当時の日本人として最も西洋近代文明に通暁した知識人でありながら、同時に日本が安易にこれを模倣することに本質的な批判を投げかけた点で共通している。たとえ物質面では追いついても精神面において、西洋近代の数百年の歴史を数十年で消化することは到底不可能だ。それを強いられる「悲惨な国民」の宿命を、漱石が『現代日本の開化』でわかりやすく解き明かしたのは明治四四年のことであった。永井荷風が耽美派の作家として名声を獲得し、『歓楽』(明治四二年)を初めとする一連の作品で皮相な近代を批判したのもこれに並行している。また鷗外が『妄想』(明治四四年)で「洋行帰りの保守主義者」を宣言したのもやはり同じ時期のことだった。「日本の近代化がそれなりに進展し、ある帰結をとげた明治四十年代になって、その起点においてすでにはらまれていたひずみがようやく顕在化してきた」(九七頁)のである。

明六社の同人をはじめ、明治初頭の啓蒙知識人たちは、日本と近代西洋との距離を「時間の差」と捉え、「空間の差」であるとは認識していなかった。だからこそ彼等は「近代」を理念として信じ、自身と自身の生きる時代との「蜜月」を実現することができたのである。こうした「時間」差への認識が、やがてある種絶望的とも言える「空間」の差異として認識されるようになるまでのプロセスを明らかにすることに、本書の基本的な問題意識が置かれていると言ってよいだろう。

明治二十年代の草創期の近代文学において、すでに問題は明確に表れていた。たとえば二葉亭四迷の『浮雲』(明治二〇―二二年)と森鷗外の『舞姫』(明治二三年)は何よりもその象徴的な存在である。「「浮雲」は知識人の挫折の劇を、挫折を強いる現実のひずみとともに描こうとし、「舞姫」はおなじ劇を、挫折する自我の内部のひずみとともに描いた」（一一四頁）のである。この点で、「ふたつの作品は、日本の近代化のはやい時期に、当時の知識人が遭遇した本質的な矛盾を、外と内との両様から明らかにした作品」（一一五頁）である、ということになる。

二葉亭も鷗外も漱石も荷風も、彼等がいずれも旧士族の出であるのは、この場合、決して偶然ではない。明治を主導したのは下級武士群であり、文学の担い手もまた多くは「士族知識人として自己を形成した」（一二五頁）のであった。近代文学は、没落士族の立身出世、「家」の再興という〝夢〟が挫折する姿を描くところから出発したのである。

成島柳北もまた幕臣として高位にあったが、維新政府に与することをよしとせずに野に下った。『柳橋新誌』第二篇（明治七年）は時勢への痛憤と冷笑に満ちた文明批評であり、「日本の近代における〈反近代〉のもっとも原初的な形態」（一三五頁）でもある。無論、柳北は〈反近代〉としての自身の歴史的役割を必ずしも明確に自覚していたわけではない。大正末から昭和にかけて荷風が柳北を再評価したことによって、それは初めて一つの系譜として歴史の稜線に浮かび上がったのである。それをもって柳北は〈前近代〉から〈反近代〉に転じた（一四六頁）、という指摘は、この間の事情を巧みに示した名言と言えよう。明治四十年代以降、「時間の差」としてそれまで意識されていたものが、「空間の差」——西洋近代への同化の本質的な不可能性——として、一斉に自覚的に語られはじめることになったのである。

「近代」が「近代」を否定する自家撞着

三好の慧眼は、こうした〈反近代〉が、外在的な批判ではなく、まさに批判者自身の内に当初から組み込まれていたゆえんを明らかにした点にあると言ってよい。開化を主導した下級士族たちは、まさにその「士族」の論理に従って、自ら形成した「近代」への疑義を明らかにしたのであり、「近代」の文学は、「近代」を成り立たせた母体への反逆、ないしは違和から始まったのである（一一九頁）。その意味でも「漱石や鷗外の批判が、〈あるべき近代〉の理念に照らして、いわば日本の〈近代〉のかなたにある西洋との対照においてなされているかに見えて、実は、かれらの拠ってたつ思想や美意識の基盤は、かれらの内部にある〈古さ〉に支えられていたのではなかったか」（一四七頁）という洞察は鋭い。〈近代〉と〈反近代〉とは「単純な併立の関係におかれるのではなくて、両者が一体不可分な形に癒着して、——つまり、〈近代〉が〈反近代〉＝日本を内包して成立しているところにある」（一四八頁）、とされるゆえんである。「あとがき」に記された著者の肉声に耳を傾けてみよう。

わたしに必要な〈反近代〉は西洋の受容を強制された明治の知識人が、そのゆえにみずからの内部にめざめさせた反西洋の感覚、思想や倫理にまで形をととのえる以前に、より多く感性や美意識、そしてまた無意識の領域にかかわって現われてくる反措定であります。西洋を規準とする〈近代〉と、そのあわただしい受容が逆照射した〈反近代〉とを同時に見とおす複眼を手に入れることなしに――言葉をかえていえば、文学史の評価基準を文学史の外にではなく内から発見しなければ、日本の近代文学史は正当に評価できないだろうという予想が、わたしにはあります。

おそらく近代文学史の落とし穴は、西洋を後追いした文学の歴史を、西洋の文学史の基準に沿って裁いてしまう自己矛盾にこそ胚胎していた。なるほど個々の作家たちは西洋文学の強い影響のもとに、あるいはそれを理念と信じて創作を強いられていたのかもしれない。しかしそれを研究する側もまた、同じ基準でこれを整理しようとしてしまうならば、そこには〝未熟な近代〟とその限界、という結論しか待ってはいないのではないだろうか。

実はこれは、今日のわれわれ研究者にただちに跳ね返ってくる批判の刃でもある。たとえば近代文学史を書くときに、われわれはともすれば「ロマン主義」から「自然主義」へ、という展開に沿って個々の現象を考えてしまいがちだ。だが、たとえば西洋の「ロマン主義」の名作に該当する小説は日本の場合何なのか、という問題設定をしたとたんに議論は百出し、迷走を開始することになるだろう。あるいはまた、日本の「自然主義」を〝本家〟の西洋と比較したとしても、結論は、はなはだ不正確で恣意的な理解であった、という地点に落ち着くのが関の山だろう。三好の言うように、「文学史の評価基準を文学史の外にではなく内から発見しなければ、日本の近代文学史は正当に評価できない」のである。

「日本の近代文学が、世界文学とのアナロジイによっては決して解き得ぬ位相差を、その成立期においてすでに内包していた」（一〇一頁）という発想は、まさにこうした問題意識に発している。繰り返すなら、「士族知識人が近代知識階級にまで転化してゆく過程で、かれらの精神構造の内部にひそむ微妙な幽暗が、時として反近代主義への傾斜をうながすことになった」（一四五頁）のであり、〈反近代〉は、すでにその当初から、〈近代〉を主導した「士族意識」の中にはらまれていたのである。

三好の〈反近代〉という概念はともすれば水増しして理解されがちで、西洋文明の皮相な移入に対するアンチテーゼの系譜、という形で安易に援用されがちだ。しかしその本質は、〈近代〉を主導した主体が、まさにその主体に根ざしていた気質故に〈近代〉を自己否定する自己撞着を摘出することにこそあり、そこから日本独自の〈近代〉のありようを見据えるための視角として提起されたものなのである。

「漱石の反近代」の章にも明らかだが、三好は一方で、〈反近代〉という概念が一人歩きすることへの警戒を怠らない。もしもこれを単純に「近代主義」（近代を安易に理念化してしまうわれわれの思考様式）へのアンチテーゼとしてのみ理解してしまうなら、そしてもしも西洋近代自体に、最初からこれを理念として疑う要素が内蔵されていたとするなら、結局はそれをも含めた西洋の模倣として——自己否定をも含めて西洋近代の後追いをしている点で——あまり意味のないものになってしまうことだろう。明治の〈反近代〉は「反〈近代主義〉」（近代を安易に理念化してしまうことへの反発）と「反〈西欧的近代〉」（西洋近代との間に横たわる本質的な距離の自覚）との重層という、〈二重の構造〉（二五三頁）を持っており、その両者の関係をこそ問わなければならない、というのが三好の理解なのである。

「近代」のうちにある「近代」ならざるもの

〈近代〉の論理で裁こうとすればするほど、あるいはまた、〈近代〉への同化に努めれば努めるほど、かえって顕在化してきてしまう精神内部の固有性。しかしもしもこれに安易に「伝統」であるとか「日本的なるもの」などといった言辞をかぶせて説明してしまったならば、議論はたちまち昭和十年代以来繰り返されてきたあのあやうい論理に足を掬われてしまうことになるだろう。それはたしかにどこかにあるのだけれども、決して一個の概念として簡単に指させるようなものではない。〈近代〉の論理との綱引きにおいて初めて自覚のレベルに上ってくる、個別具体的な〝何か〟なのである。この点に関して慎重な本書は、安易な一般化を避け、あくまでも個々の作家に即した形で、それも必ずしも肯定的ではない、正負両面を合わせ見る文脈の中でその存在が暗示されていく。それら個別のシグナルを汲みとっていくのがいわば本書を読み解く勘どころの一つでもあるので、読者には以下の説明を読む前に、今一度〝宝探し〟をされてみることをおすすめしたいところである。

便宜のため、そのほんのいくつかを参考までに挙げておくと、たとえば「近代文学の諸相」の章に述べられる、谷崎潤一郎の「関西」の発見がある。彼は漱石・鷗外の世代と違い、西洋を「敵」として認識することはなく、西洋文化の延長線上に、ごく自然に固有のメンタリティとしての「江戸」、あるいは〈忘れてゐた故郷〉としての「関西」を発見した。周囲の新世代が西洋の最新思潮の理解に努めれば努めるほど、あるいはまた〈日本への回帰〉を説けば説くほど、それらとは別の美意識の領域で、「東」と「西」との境界が溶解していくことになる。おそらくはこうしたおのずからなるうながしにこそ、谷崎の谷崎たるゆえんがあったわけである。

第二に、高村光太郎と斎藤茂吉とを論じた「詩的近代の成立」の章からもある種のヒントを読み取ることができよう。

日本人である自覚を恐れなかった茂吉は、そのゆえに短歌の抒情形式としての可能性をうたがわず、もっとも風土的な韻律に〈生のあらはれ〉を籠める詩法を完成した。光太郎は日本人であることの絶望から発して、日本的風土から無限に脱出する生《いのち》の可能を信じた（一八三頁）。

両者はこのように対極の地点から歩み始めながら、いずれも〈近代〉という歴史の制約から逃れた表現を達成することができた。しかし結果的に、彼等は〈近代〉を生きる自らの歴史的な身体にその成果を裏切られてしまう。茂吉はその後『赤光』を超えることはできず、光太郎は忌まわしき戦争賛美へと傾斜していく。日本語の韻律は、自らが考える以上に彼等の宿命として、言わば〈近代〉を超えようとする志向の軛《くびき》として、彼等の眼前にそびえることになったわけである。

第三に挙げられるのはいわゆる「私小説」の問題である。「芥川龍之介の死とその時代」の章で論じられている芥川、谷崎、志賀の三者の関係は、まさに近代小説史を読み解く要諦であると言ってよい。当初「私小説」を忌避していた芥川は、最晩年の谷崎との「小説の筋をめぐる論争」で、自らの資質を裏切る形で志賀の「心境小説」への憧憬を語ることになる。それはまた、「私小説の動向」の章で述べられる、戦後の「私小説」論議の動向とも無関係ではない。近代主義的な観点からどのように「私小説」を批判しようとも、その系譜がなくなることは決してなかった。作家の「肉体によって所有された〈近代〉の確固不抜」（二六二頁）を明らかにする基準を、西洋リアリズムとは異なる観点から用意しないかぎり、安直な「私小説批判」を克服する事は出来ないのである。

谷崎の古典回帰、詩的韻律、私小説、これらはいずれも、西洋近代の論理では裁くことのできない、肉体により深く根ざした〝何か〟として、〈近代〉を達成しようとする志向をうながし、あるいはまた、その前に立ちはだかってきた。逆に言えばこうした機制があったからこそ、それでもなおかつあらがいがたい〈近代〉の宿命が、その固有の相貌を現し始めることになるわけである。

三好行雄における〈反近代〉

三好行雄がその若き日、研究者として第一歩を踏み出した記念すべき論文に、「泉鏡花における〈虚構〉の意味」（「国語と国文学」昭和二六年三月）と題する論考がある。のちの主要な検討対象が島崎藤村、芥川龍之介、森鷗外、夏目漱石らであったことを考えると、一見意外に思えるスタートである。だが、三好がその研究の出発点に鏡花を選んだことの意味は重要で、すでにここに、のちの思想としての〈反近代〉は萌芽していたのではないかと思う。この論文の中で、三好は北村透谷の早すぎる死に西洋近代の「主体」の挫折を見、〈粋〉や〈侠〉といった日本的庶民の心性を体現した硯友社（尾崎紅葉ら）の文学の否定しがたい存在感をこれに対置する。鏡花は紅葉の弟子としてこれらを基盤に独自の虚構世界を構築していったが、それが近代市民社会の形成とは別個の地点に花開いていく道行きに、我が国の近代文学のある種不幸な宿命を見定めるのである。論文末尾には「（近代文学史ノート）」という付記が記されているのだが、どうやら三好はその当初から、この発想を基点に近代文学史論を構築していく構想を持っていたらしい。本書に収録されている「反近代の系譜」が雑誌に発表され、その構想が花開くのはそれから九年後のことであった。

ちなみに三好が研究のスタートをきったこの時代は、まさしく「近代主義」の渦中にあり、「戦後」の近代的自我の確立、知識人の主体性論議が華やかなりし季節である。これらを主導していたのは平野謙、荒正人ら雑誌「近代文学」のグループで、三好もまた学生時代にはその強い影響下にあり、また昭和二九年には日本文学協会の中央委員になるなど、三好自身もまた、「戦後」というあらたな時代の申し子として活動を開始していたのだった。たとえば先の第一論文にも、近代的主体が未確立に終わった病巣を剔抉する、という戦後派的な主題の痕跡は明らかなのである。しかし一方でこの論文の中には、先に指摘したように、すでに戦後の主体性論議の発想では裁けぬ、「もう一つの近代」を評価していく志向が色濃く内在していた事実はここでより重要な意味を持つだろう。

平野謙、荒正人ら「近代文学」の同人たちを支えていたのは、かつてプロレタリア文学の弾圧、転向によって「第一の青春」を終え、続く戦中の「暗い谷間」をくぐり抜けて戦後に三十代を迎えた自分たちこそが、「第二の青春」の名のもと、あらたな〝解放〟を主導しうるのだ、という「三十代使命説」であった。自らを戦争の「被害者」と規定することのできた立場にこそ、彼等の特権があったわけである。しかし三好は彼等よりさらに十年若い戦中世代であり、十代の純真な若者として軍国主義を疑わず、これを内面化して育った世代である。「八・一五」を境にそれまでの価値観が崩壊し、信じられるものがもはや何もないという虚無に一度突き落とされる中で、あらためて全ての権威への反逆として、虚学としての「文学」に転身した世代なのである。

こうした中で三好は、次第に「戦後派」の主導する主体性論議との距離を意識し始めたようだ。人はある一日を境に自身の全てを塗り変えることはできない。それまでの自分を否定することによって、初めてなお否定しがたい固有性もまた明らかとなる。〈反近代〉は、その当初から、〈近代〉を主導した「士族意識」の中にすでにはらまれており、「士族知識人が近代知識階級にまで転化してゆく過程で、かれらの精神構造の内部にひそむ微妙な幽暗が、時として反近代主義への傾斜をうながすことになった」（一四五頁）、という先の分析の背後に、「戦後」の「近代主義」に対する三好自身の抜き差しならぬ〝怨念〟を感じるのは、あるいはうがちすぎた見解であろうか。

三好行雄が自身を「文学研究」に自己限定していく決意を明確に表明しはじめるのは昭和三十年代の初頭になってからなのだが、その方向を決定づけた論考の一つに、「日本文学史研究の展望」（日本文学協会編『日本文学講座Ⅰ』昭和三〇年二月、所収）という総題のもとに書かれた、長大な論考がある。この中で三好は戦後のいわゆる近代主義的批評の形成とそれへの批判を展開し、錯綜する戦後十年の見取り図を整理してみせている。そこでは「文学史研究の確実な成果」にこそ研究者の「主体的存在」の意義があるとされており、実証研究の成果を研究主体のうちに統合していくための手立てが模索されている。三好にとって「文学」を「研究」するというストイックな立場に自己を限定していくこと自体が、ある意味楽観的に横行していた「主体性」論議へのアンチ・テーゼだったのであり、実証的な研究に自己を追い込んでいくリゴリズムには、明らかに戦後の近代主義に対する異議申し立ての意図が秘められていた。対象とする文学者たちの精神の奥深い部分に一度沈論してみることによって――言わば迂回路を通ることによって――初めて「近代」を成り立たせた日本的エートスを追尋していくこともまた可能になるわけで、その柱となったのが、〈反近代〉の系譜を検証していく文学史研究だったのである。

作品に内在した文学史

我が国の近代文学研究が次第に組織化されていくのは関東大震災以降のことである。吉野作造を中心に、柳田泉、宮武外骨、木村毅らによって明治文化研究会が組織され（大正一三年）、ここから『明治文化全集』が刊行され、あるいはまた東京帝大に明治新聞雑誌文庫が設立される動きなどがあった。すでに遠くなった「明治」を回顧し、これを記録することを目的に、基礎資料の収集を中心とする「もの集め」的な考現学から研究がスタートしたのである。やがて若手の国文学畑の研究者を中心とする明治文学会が設立され（昭和七年）、少しずつアカデミックな研究が本格化していく。昭和十年前後になると史的唯物論を基盤とする歴史社会学派の仕事も現れ、一方で文学の表現自体の自律的、世界普遍的な価値を追求する岡崎義恵の日本文芸学が登場するなど、ここに早くも研究に関するその後の基本的な立場が出そろったのである。換言するならばそれらは、資料に即した文献学的な実証研究と、社会科学的な「歴史」への問いと、審美学的な表現研究という三つの志向であると言ってよいだろう。

やがて戦後を迎える。それまでの国体賛美に沿った昭和十年代の国文学と決別し、あらためて近代文学研究がどの方向に舵を切るべきか、という問題は、いまだ歴史の浅いこの学問にあって、きわめて重要な課題であったにちがいない。

戦後の始発期に研究をスタートした三好は、戦前以来の実証研究、日本文芸学、歴史社会学派それぞれの発想を批判的に振り返りつつ、なおかつ「資料」と「歴史」と「表現」研究の三者をいかに独自の方法で折り合わせていくか、という課題を自ら背負うことになる。それは、好事家的な資料の博捜とは一線を画した「実証」への問いであり、唯物史観や皇国史観とは異なる形で「文学」の「歴史」を記述する道の模索であり、また、世界普遍的な原理に回収する前に、何よりも作品固有の特殊性を明らかにしていく表現研究のあり方を問うことでもある。特にこのうち、個々の作品の固有性に向かう表現研究と、個別の事象相互の関係をトータルに記述していく文学史への問いとをいかに縫合していくか、という課題は、くしくも近代国文学発祥の地である東京大学で初めて近代文学の講座を担うことになった三好に与えられた大きな使命でもあった。

三好が提唱した方法としての「作品論」が、個々の作品の自律的な解読を基盤に据えた研究のあり方として、昭和四十年代以降、学界に大きな影響を及ぼした事情はすでに広く知られている。しかし三好がその一方でこだわり続けたのは、個々の作品論をより大きな射程にたって関連づけていく「文学史」への問いなのだった。『作品論の試み』（昭和四二年）の後書きに「作品論」を「出口のない部屋」に例えた有名な文言があるが、作品の固有性をいくら微細に論証したとしても、これをただちにトータルな近代文学への問いに架橋していくことは難しい。三好の問題意識は、個々の作品の自律性に立脚しつつ、なおかつそれらが一筋の「系」を形成していく、より大きな文明論的な批評に向けられていたのである。

その意味でも本書の中核をなす「日本の近代化と文学」の章は、短い文章ではあるけれども、その理念が見事に実践された、ある意味では理想の文学史論であるとも言える。概要は先に述べたように『浮雲』と『舞姫』の分析を通し、「近代」を主導した士族知識人たちの自家撞着を剔抉し、そこに〈反近代〉の原点を探るところにあったのだが、一方でこの論文の説得力は、それらが鋭利で緻密な作品分析に裏付けられている点にあると言ってよい。

『浮雲』と『舞姫』に関しては、実は本書の刊行後半世紀近い年月のうちにさまざまな読み替えが試みられ、評価の変遷があった。しかし今回あらためて読み返してみると、本書で展開されている論理が作品論としていささかも色あせていないことにあらためて驚かされる。その後の研究のパラダイムは両作の主題を「近代知識人の挫折」として読む事を批判的に相対化していく方向へと進んだのだが、むしろ「知識人」を主人公に据えねばならぬ必然性にこそ事態の本質があり、そこにもう一度立ち戻って主人公の挫折の意味を考えてみる必要があるのではないか、という反省をわれわれに強いる力をこの論考は持っている。こうした説得力を生み出す要因の一つには小説表現を正確に論理的に読み解いていく分析力——文学研究のすべての基本でありながら、本書は結果的にそれがおろそかになりがちな今日の状況への痛烈な批判にもなっている——に支えられている点にあり、またもう一つは、その後の〈反近代〉の系譜を士族知識人のエートスに求めるという、より大きな文学史的な展望に裏打ちされている点にあるのだろう。読者はいかに批判的に読もうとしても、緻密な作品分析と、その背後にある史的展望の大きさに心地よく〝負けて〟しまう。微視と巨視とを合わせ持つ「複眼」にこそあらゆる学問の原点があり、双方を高い次元で撚り合わせた「作品に内在する文学史」こそが、三好のめざしていたものなのだった。それはまた、戦後の始発期の研究課題に対する三好なりの一つの解答でもあり、少なくとも状況と表現との関係を常に相互変革的に語ろうとするこのモチーフ自体は、時間と共にいかに研究のパラダイムが移り変わろうとも、決して古びることはないのである。

見果てぬ夢

三好は昭和五一年に「作家論の形の批評」という文章を書いている（『岩波講座　文学9』）。その一部を抜粋しておこう。

「作家論や作品論の領域に自己を閉鎖するかぎり、文学研究は学としての体系も自律性もついに獲得できない。」「わたしの独断でいえば、文学研究は文学史の体系によって完結する認識の純粋運動である。」「〈文学史〉という歴史学のひとつの系としてのみ、文学研究ははじめて成立するというのが、わたしの偏見である。そのとき、研究者の主体は歴史を見る認識者の眼のなかに、もっともあざやかによみがえる。そこまでの過程で、〈研究〉はつねに志向性においてしか存在しえない。」

実は三好の「作品論」を支持する人々の間では概してこの論考の〝評判〟は芳しいものではなかった。文学を「歴史学」に従属させ、客観的な「体系」に固定化してしまう発想なのではないか、という批判もあったようだ。しかしこのリゴリスティックなマニュフェストを読み解くカギは、研究は「認識の純粋運動」であり、「つねに志向性においてしか存在しえない」という文言の中にこそあるのではないかと思う。三好は決して唯一客観的な体系としての「文学史」が可能であると信じていたわけではない。恣意的な細部に落ち込むアナーキズムを忌避し、「体系」を仮想の到達概念として志向しようとする認識の「運動」を通して初めて〈研究〉が可能になるのではないか、という主張を、多分の韜晦を込めて語っていたのである。

〈反近代〉のモチーフは、実は三好の世代的な宿命に淵源していたものなのではなかったか、という見通しを先に述べたが、このように「文学史」もまた、個人の肉体により深く根ざしていることを否定できはしない。しかしそれは壊されながら構築を繰り返す「運動」であることによって、また、さまざまな立場や観点の公約数としてあることによって、さらには実証の手続きに基づく微視と巨視とに裏付けられていることによって、初めて一個の美しき作業仮説として、その人間の「学問」を支えることができるのである。

「見果てぬ夢」という言葉は、実は三好の愛用したキーワードの一つであった。この語句はある時は対象とする作家のモチーフとして、またある時は研究者である自身の肉声として論考の行間にふとその顔を現し、魅力的な相貌をもって読者に謎かけをする。「文学史」は三好にとって、永遠に継続され、更新され続ける「見果てぬ夢」にほかならなかった。それは永遠の作業仮説であり、しかしだからこそ意味を持ちうるのだ、という〝冷めた情熱〟こそが、虚学としての「文学研究」を成り立たせるのである。先の引用もまた、こうした学問創造の機微を知悉した人間の、独自のダンディズムとして受け止められるべきなのだろう。

三好の描いた「文学史」が、決して客観的な「体系」をめざしたものでないことは、実際の文章に接して見れば何よりも明らかだろう。それらは常に具体的、個別的で、その中で扱われる作家、作品は生き生きとした精彩を放って躍動している。本書の冒頭に置かれた「近代文学の諸相」の章は、まさにその見本であると言ってよい。初出の性格（『谷崎潤一郎全集』月報）もあるのかもしれないが、谷崎を軸に据えた上で、叙述は縦横無尽に近代文学の諸相にまたがり、演劇、映画等、さまざまなジャンルを横断していく。小見出しの個別のトピックを追ううちに、読者は「西洋近代」という軸では決して裁くことのできない谷崎の文学活動の総体に触れることになるだろう。三好はほかにも一般読書人を対象に、本書と同年の昭和四七年に『日本の近代文学』（塙書房）を刊行しているが、やはりその後復刊され、今日ますますロングセラーとしての評価を高めつつある。こちらも個別のトピックにそった記述のうちに、おのずと近代文学史の諸相を時間と共に追跡できる工夫に満ちており、言葉の正しい意味での「職人芸」を連想させるのである。

末尾になったが三好の業績の全貌を見渡すためには『三好行雄著作集』全七巻（平成五年、筑摩書房）があり、また、右とは別にその研究観を一書にまとめた試みに『近代文学研究とは何か　三好行雄の発言』（平成一四年、勉誠出版）があるので、関心を持たれた方はぜひ繙かれることをおすすめしたいと思う。

（あんどう・ひろし　日本近代文学）

著者略歴
1926年　福岡県に生まれる
1950年　東京大学文学部国文学科卒業
1972年　東京大学文学部教授
大妻女子大学文学部教授，昭和女子大学文学部教授，
山梨県立文学館館長を歴任
1990年　逝去

主要著書
『島崎藤村論』（至文堂，1966年，のち筑摩書房，1984年）
『作品論の試み』（至文堂，1967年）
『芥川龍之介論』（筑摩書房，1976年）
『鷗外と漱石 明治のエートス』（力富書房，1983年）
『近代の抒情』（塙書房，1990年）
『三好行雄著作集』全7巻（筑摩書房，1993年）など

新装版 日本文学の近代と反近代
UPコレクション

1972年 9月30日　初　版　第1刷
2015年10月16日　新装版　第1刷

［検印廃止］

著　者　三好行雄《みよしゆきお》
発行所　一般財団法人　東京大学出版会
代表者　古田元夫
153-0041 東京都目黒区駒場4-5-29
電話 03-6407-1069　Fax 03-6407-1991
振替 00160-6-59964

印刷所　大日本法令印刷株式会社
製本所　誠製本株式会社

ISBN 978-4-13-006533-7　Printed in Japan

「UPコレクション」刊行にあたって

学問の最先端における変化のスピードは、現代においてさらに増すばかりです。日進月歩（あるいはそれ以上）のイメージが強い物理学や化学などの自然科学だけでなく、社会科学、人文科学に至るまで、次々と新たな知見が生み出され、数か月後にはそれまでとは違う地平が広がっていることもめずらしくありません。

その一方で、学問には変わらないものも確実に存在します。それは過去の人間が積み重ねてきた膨大な地層ともいうべきもの、「古典」という姿で私たちの前に現れる成果です。

日々、めまぐるしく情報が流通するなかで、なぜ人びとは古典を大切にするのか。それは、この変わらないものが、新たに変わるためのヒントをつねに提供し、まだ見ぬ世界へ私たちを誘ってくれるからではないでしょうか。このダイナミズムは、学問の場でもっとも顕著にみられるものだと思います。

このたび東京大学出版会は、「UPコレクション」と題し、学問の場から、新たなものの見方・考え方を呼び起こしてくれる、古典としての評価の高い著作を新装復刊いたします。

「UPコレクション」の一冊一冊が、読者の皆さまにとって、学問への導きの書となり、また、これまで当然のこととしていた世界への認識を揺さぶるものになるでしょう。そうした刺激的な書物を生み出しつづけること、それが大学出版の役割だと考えています。

一般財団法人　東京大学出版会